荊都夢

下卷

雲城梟奪

綠水 著

回目

第二十一回　天龍會

只見九大派個個高手，閉著眼隨便挑名弟子，武術都遠在鐵尋楓之上。每個門派、每位門徒，在驕陽下揮汗舞劍，散發著昂揚威猛的鬥志，連兵刃都磨礪得閃閃發光。

離開雲城後，司空淵一行人的去向自然就是天龍會了。

亦如多數的武林大派，天龍會也座於山上——人稱「京西珠穆朗瑪」：河北東靈山。

素來有名的武林大派高手，自古以來都是隱遁深山，潛心修行，拋擲人生菁華歲月，只為成就武學與俠道的萬丈光輝，如少林、武當、峨嵋、泰山……

他們剛毅的身心、超凡的武技、滿腔的熱血、為懷的俠義，自千百年來，就為這蒼茫大地，寫下一首又一首動人的江湖詩篇。

也許是因為練武太苦，太需毅力與專心；而內功艱深，更務求斷絕雜念，非山林無能致靜，是故，當一個人選擇了武道這條路，花花世界的迷人絢麗，也等於是從此絕緣了。

可惜這個道理，很多人都不明白。

很多人以為步入武林、習得武藝，是條揚名立萬的終南捷徑，所以每一年都有成千上百名的少年，下跪磕頭也搶著要拜入司空門下，瞻仰九思劍法的光彩，卻不知道，成為天龍會一員的辛苦，常人絕難想像。

每一年的弟子徵選，先觀筋骨，後行診脈，在這一關就會先汰去半數體魄不佳的新人。

然而就算能順利入派，也得捱過頭一年的嚴格考驗，像是奔行、負重、站樁、背誦等種種考驗體力與記心的訓練。能熬得過這些已經很不簡單，惟六月伏天仍得在驕陽之下練拳舞劍；歲末年關還得到寒瀑下赤裸上身，坐禪寧心，可就更是考驗著武者的心性與毅力了。

往往至此還能留下來的弟子，百人中不過五、六，數量雖少，其質卻勝絕他派。

天龍會之強大，其來有自。

但，掌門司空淵過的生活，卻不是這麼回事。

他跟很多人都不一樣，天差地遠的不一樣。

身為第二代天龍會掌門司空璦的獨子，司空淵一出生就像隻鳳凰，俯視蒼生，高高在上。

他這一輩子，活到現在五十有二，從沒聽過一句逆耳之言、從沒瞧過別人半分臉色、從沒體會過絲毫的人間疾苦。

他學著最絕頂的劍術、修習著最高深的內功、服食著最滋補的丹藥……，乃至於生活享受，喝的是燕窩魚翅、穿的是蘇繡綾羅、佩的是七星寶劍、騎的是千里駿馬，就連房間裡植栽的花兒也是罕見的蝶蘭、籠裡的小鳥也是千金難求的綠眼黃鶯。

這，就是司空淵！

因為他自認是武林第一人，所以他用的一切也必須是最好的。

就像現在，他們一行人回天龍會，不是騎馬，而是各自坐在三頂豪華馬車裡。

馬車是用上好檜木打造，裡頭鋪著滑軟的絲綢軟墊，寬敞通風，四馬駕轅，一路上又快又平穩。

不過兩天，他們就已抵達目的地。

東靈山上，旗幟飄飄，山頭各處都插著九大派的旗幟，旗式眾多、五色紛雜，說不出的壯麗恢宏。

隨著中秋劍會的腳步接近，九大派的掌門人及弟子均會陸續上山，齊聚天龍會，等著在劍會擂台之上，大展身手，露臉出頭。

每一年的這個時候，約莫都會有四、五百名高手會在天龍住下；所以，這便是為什麼每年的中秋劍會都得在天龍會舉辦，為什麼天龍會會是九大派領袖的主因。

天龍會根本就不像一個門派，而像一座小城。

據山千畝、闢林為地，放眼望去，黃瓦白牆的屋舍儼然，在陽光照射下發著閃閃金光——此處之雄偉眩目，更勝雲城一籌。

怪不得人人都說司空世家不僅在江湖上舉足輕重，論家產也同樣富可敵國。若非如此，這些時日五百人一齊上山的吃食住宿，又有哪一派負擔得起？

縱九大派聲勢日衰，司空世家光環依舊。

司空淵老早就將白馬堂的住處安排好了，司空雪幾天前就連同沈幽燕一家人抵達了天龍會——自然是為了涂爾聰失蹤於迴燕嶺之事。他一下馬車，立命前來接應的下人帶涂爾聰他們去休息的屋舍。

這一去，兩家各自團圓。司空雪見到愛子平安歸來，歡喜得跟什麼似的，拉著他不住問長問短；沈菱這邊也差不多，全家上下見她無事，由衷感激上蒼。

惟沈菱身陷雲城之際，畢竟全事由上官夜天照拂，此涉女子清白私隱，沈幽燕於是將她帶往客房，仔細探問：

「阿菱，你這些日子，都是跟上官夜天在一起嗎？」

沈菱點了點頭。

「那麼……他可有對你做出什麼不妥當的事來？」

沈菱見父親的神情語氣有幾分古怪，一想下便知父親疑心什麼，秀眉微蹙，低下頭來，搖了搖頭。

「當真嗎？」沈幽燕並不相信。「阿菱，這裡並無外人，你若受了欺侮，只管告訴爹爹，爹爹一定替你作主！」

沈菱俏臉微紅，道：「爹，我跟他什麼也沒有，你別多心。」

「真的？」

沈菱嘆了一聲，道：「我那時候傷得可重了，他一心只盼我早些把傷養好，從來也不存半分歹念。他……待我好極了！」

沈幽燕聞言一怔，只見女兒雙眼怔怔落下淚來，一滴、兩滴……滴在潔白的手背上。

沈菱連忙以袖拭淚，裝得一副沒事人的樣子，又道：「爹，你去退了我跟涂爾聰的婚約，好嗎？」

沈幽燕再次一怔。

沈菱道：「您當初跟白馬堂訂下這個好奇怪的婚約，無非就是希望雲城若對魏蘭動武，能得到白馬堂的協助。關於這事，夜天早已跟我說過，他們要的地方是苗疆，不會動魏蘭分毫。」

沈幽燕聽出她心裡的怨怪之意，溫言道：「你還在生爹的氣，是不是？唉，說來確實是爹不好，要不是我逼你嫁給涂爾聰，你也不會夜中出門，險些再也回不來了。」思及此，心頭仍自顫慄。

「好，爹答應你，你不嫁他，爹就把婚約退了，以後再也不勉強你跟不喜歡的人在一起。只是你要明白——」他話鋒一轉，道：「爹並不是那種為了大局前途著想，就會犧牲子女終身幸福的父親。你瞧你哥哥，他不娶雷翠，要娶秋晴，惹得苗王大動肝火，爹最後還不是一樣成全了他嗎？爹只盼你明白，我之所以選中涂爾聰這個女婿，只有一個原因——他配得上你！」

「爹……」沈菱聽著父親如此誠懇辯解，也悔方才出言傷了老父之心，咬著下唇，一臉歉然。

沈幽燕見她態度軟化，便在她身旁坐下，道：「我瞧你對上官夜天並未全然忘情，怎地卻隨爾聰回來了？」

一提此事，沈菱便有無限感慨：「我……原以為他是大英雄、大好人，可是他不是。有人說他發狠起來，連女人跟小孩也殺得下手，我問他此事，他竟然沒有否認……」

「喔。」沈幽燕點了點頭，道：「你發現他是大惡人，決定與他一刀兩斷了？」

「……」

一刀兩斷？這是何其嚴重、何其決裂的一個詞兒！沈菱猶疑了，她真的斷得了對他的念想嗎？是，她對上官夜天已可說是失望透頂，不單是質疑他的為人，連他對她的感情她也質疑了！可是，自離開雲城那一刻直到現在，她竟沒有一個時刻是不想著他的！

怎會如此？上官夜天竟已佔據她的心神到了這等地步了嗎？

頓時，她完全不知該如何回答父親的問話。

縱然應該要一刀兩斷，可偏就是說不出口！

「阿菱，爹希望你能跟他一刀兩斷，最好從此將這個人忘得乾乾淨淨最好。」

沈菱訝道：「爹，這是為什麼？再怎麼說，他畢竟也救過我兩回……」

沈幽燕嘆道：「我就知道你心軟。你聽好，上官夜天他活不久了。」

沈菱一聽，全身都緊張起來，問道：「什麼意思？有人要害他嗎？」

「爹來此地時，偶然聽得一些消息，似乎這一回九大派齊聚上山，還不只是為了參加中秋劍會，更是為了聚集力量，誅殺雲城高手。上官夜天自然也在他們誅殺的名單之內。這般強敵環伺，爹不認為他能倖免。」

沈菱聽了，倒抽口氣，卻也並不意外。

自從去了白馬堂又到了雲城，她對於雙方間的恩恩怨怨也已有了幾分了解。除了勢力的爭奪、武功的較量，還有更糾纏難解的，便是雙方積怨多年的廝殺血仇。

不管在什麼地方，殺人的罪只能用血來洗清，這道理，哪怕是像她這麼一個小姑娘，也是十分清楚的。

頓時，她一顆心七上八下，惟恐上官夜天有絲毫不測，忙道：

「爹，你知道他們打算怎麼對付夜天嗎？」

「阿菱，你怎麼到現在還如此關心他？你之所以離開雲城，不正是為了要將他忘了嗎？」這話正好戳中沈菱心坎，教她一時間啞口無言。

是的，當初是她先從這份感情裡退縮的，因為這裡頭原來有著其他誤會與欺騙，彷彿如夢初醒，可是……

地宮裡的患難相守、雲城中的生活點滴，只要一遙思回憶，即分外清晰的浮現腦海，箇中滋味仍深深牽動心靈。

原來，她還是忘不了他。

當他深陷危難的時候，她還是不能不牽掛他。

沈菱垂下頭來，說不出半句話。

沈幽燕見她對上官夜天竟已如此眷戀情深，沉迷難返，不由得也跟著心疼起來。他是從來都捨不得罵沈菱一句的，卻又不曉得該如何才能使她覺悟清醒，不由得深深嘆氣，當真是欲救而不知從何援手。

感情從來就是最讓人無可奈何的，有時候人們會忽然愛上另一個人而說不出所以然，有時候也會忽然不愛一個人而自己也並不完全明白緣故。

既是這麼，那沈幽燕就只好等了，只要分隔日久，再熱烈的感情也自會薄淡。

他不必急。

「罷了，你自己好好想一想吧！」他站起身來，決定讓女兒自己冷靜，畢竟感情之事，只能賴當事者自行看破。

「阿菱，你知道嗎？」沈幽燕臨去前忽回頭道：「有時候爹真希望，把你從苗族手裡救回來的人不是上官夜天，而是爾聰，那麼你如今就不會有這麼多煩惱了。」說罷，方緩緩將門帶上。

沈菱不解：父親這麼說是什麼意思？他在暗示什麼嗎？

沈幽燕帶上房門後，立聽長廊上有人問道：「何故嘆氣？」抬頭望去，來人是翟抱荊——戴著笠帽的翟抱荊。

自從他來找沈幽燕後，他就一直戴著黑紗笠帽，不肯讓人瞧見面目。

原來那日沈菱與涂爾聰雙雙失蹤，找了一天一夜後仍然未果，沈幽燕便修書一封派人送至魏蘭，告知翟抱荊自己因尋女之故，將同司空雪前往天龍會，暫不回魏蘭，魏蘭諸事全數由他打理主持。

出乎沈幽燕意料的是，翟抱荊居然沒有依他的吩咐幫他照應城中事務，反而一路騎乘快馬，在途中落腳的客棧追上了他們，並一齊上路！

此事連秋晴都大為吃驚，她數月來替他治腿，自然知道他腿傷情況沒好九成，也有八成，可到底是腿疾多年了，縱然癒可，也必行動遲緩，豈料翟抱荊竟能這樣一路策馬緊追，足見其原本下盤根基之深了。

翟抱荊找上他們後，遮掩住臉，要沈幽燕他們替他隱瞞住真實名姓，都喊他「金先生」，此乃取本名「荊」的發音。

沈幽燕知他原本是雲城中人，不想讓同行的司空雪知道他的面目身分，也是情理之常，不以為意。

惟當晚，翟抱荊說起此番趕來的動機，竟是因為——

「我看過你的信了，此事不想可知，定是上官夜天將你女兒跟涂爾聰都帶走了。」

沈幽燕點頭道：「涂夫人也這麼說。」

「我怕出事，所以過來。」

「出事？阿菱會出事嗎？」

「不，不關阿菱的事，是雲城跟司空世家，恐怕這一回，雙邊都不會善罷干休。」

「所以你前來是為了……」

「上官夜天。」

「咦?!」

「不必驚訝，我雖是雲城逃犯，躲著他們都來不及了，可這上官夜天卻是我當年親手交到上官驪手上的孩子。他如今幹了這樣的事，我無法不替他擔心。」然後，他說了一段跟上官夜天初入雲城有關的往事給沈幽燕知道。

沈幽燕聽罷，方知原來翟抱荊跟上官夜天還有這等淵源！惟那時仍不理解，「雙邊不會善罷干休」的結果，究竟會伊於胡底，竟使得翟抱荊非得千里而來，策馬緊追。直到終於踏上這聞名久矣，如雷貫耳的天龍會後，他才終於理解此中涵義。

以涂爾聰跟司空淵之關係；以上官夜天在雲城的地位，這兩人一但有所交鋒，又豈會不牽動兩派全身？

只見九大派個個高手，閉著眼隨便挑名弟子，武術都遠在鐵尋楓之上。每個門派、每位門徒，在驕陽下揮汗舞劍，散發著昂揚威猛的鬥志，連兵刃都磨礪得閃閃發光。

這一次雙方交手，必定見血。

所以他看到女兒這般繫戀上官，他實在忍不住憂心，怕結果將會讓她無法承受。恰好翟抱荊見問，也就道：「女兒不快活，我自然嘆氣。」

翟抱荊打趣道：「哈！她一定是看上了上官夜天，而不要你挑給她的涂爾聰，是也不是？」

「唉，這可一點都不好笑。瞧這陣仗，雲城跟九大派間，只怕是一觸即發了。」

「你瞧哪方會佔上風？」

「這我可說不準，但想來輸的那方固然淒慘，贏得那邊只怕也贏得慘烈。」

翟抱荊點了點頭，同意他的分析。

沈幽燕沉默了一會兒，又嘆道：「說來，他救了阿菱兩次，於我實有難報的大恩。可惜偏生是雲城少主，否則，倒是萬事皆美了。」

翟抱荊聽他對「雲城少主」這個身分似有偏見，莞爾一笑，不置可否。眼眸深處光芒閃爍，卻不知道在想些什麼。

＊　◆　＊

當晚，沈菱怎麼樣都睡不好。

下午她跟沈冰都去瞧熱鬧了，九大派的高手們不是在校場擺劍陣，就是在武館比劃武功，使的全是他們兄妹倆做夢也未能想像的高妙劍術。沈冰瞧著自不禁連聲喝采，但沈菱只要一想到那些人練那麼厲害的劍法，是準備要用來對付上官夜天的，就不免憂心忡忡。

她一日無事，老早就上床就寢了，卻在床上翻來覆去，直到三更才入眠。卻也睡得淺，腦海中盤桓不去的雜念煩憂，全是上官夜天的安危。

「夜天！」

忽然間，她陡地瞠大眼睛，從睡夢中驚醒，全身冷汗，心口怦怦亂跳。喘息了好一會兒，回想著方才夢中景象，不禁撫著嘴巴，隱隱啜泣。

「不要……你不要死……我不要你死……」

她夢到了，好多劍往他身上刺去，他流了好多好多的血，都已半跪在地站不起身了，依然傲慢冷笑，揮著鞭子想要殺人。

為什麼他的生命，總伴隨著血腥跟殺戮？而偏偏自己就是喜歡上了這樣的人，卻該怎麼辦才好？

正當她愁眉長嘆，靜謐深夜，竟忽有微微低語響起：

「你──夢到了我？」

沈菱整個人猛地嚇一大跳，背都抽了起來。暗夜之中，她哪裡想得到床帳外頭，居然會有人說話，惟旋即發覺，這聲音是如此熟悉！

她一把揭開紗帳，只見月光斜照的窗下，那身影，果真是他遙遙站立著──上官夜天！

她一時間既是驚喜，又是矛盾，還未來得及說話，便聽他道：

「你別誤會，我來此找你，只想弄清一些事情，沒有別的意圖。」

沈菱連忙穿好鞋子，向他走近幾步。

「你怎麼來了？這裡很危險！」

「危險？」他不覺得，他只知道就算是皇宮內外，他也能夠來去自如。

「爹說，九大派的人上天龍會來，全是為著商討如何對付雲城高手，你……快去吧！」

上官夜天忽地沉默不語了。

他背窗而立，沈菱瞧不清他面容表情，可她知道，他一定在瞧著自己。

如此尷尬的寂靜讓人難耐，過一會兒，她忍不住問道：「你……怎麼了？怎麼既不動，也不說話？」

「你還會擔心我？」

他不說話則已，一說，便又教沈菱羞紅了臉頰。

「我……我只是……不想你有事。」她聲音極輕極細，仍然字字分明的鑽入他耳裡。

房間立刻又陷入了沉靜裡，過一會兒，他才道：

「那麼，除非你回答我一件事，否則我不會走。」他強自讓聲調聽起來冷靜，然則凝肅的眉頭已忍不住為著她的回答而舒展。

「什麼事？」

「那一天，他到底跟你說了什麼？」

沈菱略微一想，即知他指的是她離開雲城那天，涂爾聰在她耳旁說的私語。

上官夜天發現這事一直牢牢繫著他心神，如不先弄個明白，他根本無法專心抗敵救人。

「他告訴我，你之所以要娶我，是因為上官驪曾說過，你若是跟我有了孩子，他就將城主之位傳讓於你。」

上官夜天心中暗凜：果然是此事不錯！

「他怎麼知道的？」

「他被人帶出地牢時，那一名前去應接的手下跟他說起的。」

上官夜天心道：「那日是朱銘派人去帶涂爾聰的，何以這麼多話？」不禁懷疑是否有人授意，又問：「你就為了這個，這才要離開我？」

她輕輕哼了一聲，將頭別過，賭氣似的道：「對不起，害你當不成城主了，你很失望吧。」

上官夜天又不說話了。但沈菱感覺得到，他肯定又在盯著自己瞧了，全身上下不禁緊繃了起來，動都不敢動。

好一會兒，他方道：

「好，我說完兩件事就走。一、我是殺過女人跟小孩，可我相信九大派必然也幹過同樣的事，因為女人跟小孩當中，也一樣有可恨可殺的，就說鐵尋楓吧，她不也是女人嗎？」

沈菱愣住了，還不是因他的話令她茅塞頓開，而是她想不到上官夜天趁夜潛入天龍會來找她，只是為了要跟她解釋這個！

「二、義父的確是說要把城主之位傳給我，但那是在你醒來後的隔天才說的。我將你帶回楓紅小築療養照護，跟這份承諾一點關係也沒有。此中因果，我不希望你混淆顛倒。」

說完後，他看向她，道：「我言盡於此，再沒別的可說了。你好生保重，我不會再來打擾你了。」

可他一轉身，沈菱立刻奔向了他：「慢……」

彷彿深怕錯失什麼，她連忙握住了他的手，那掌心依然跟躺在床上療養時摸來的感覺一樣，是那麼的溫暖、厚實、粗糙，卻有力量！

上官夜天隨意由她拉著，卻道：「我走，我留，你只能選擇一個。我這一去，從此便不再見你一面；但若這回你不讓我走，今後想離開我，可再不能夠了！」

沈菱心頭微凜，他的口吻沒有半分溫柔之態，只有一種鋼鐵般的決絕與堅持。

是啊，他畢竟是雲城少主，哪能由得她這麼一個女娃兒心思搖擺，反覆不定？她能夠明白。

沈菱只想了一會兒，便低下頭來，將掌心貼住了他的，心想不管他過去如何，至少已能確定他對自己的感情是真心的。

那時候她在床上養傷，什麼事都不能做，面對全然陌生的環境、面對傷勢的痛苦折磨、面對復原情況的不安疑慮……全是他陪著自己捱過去的！

這些，她無法不懷念感激。

何況，他也實在深深吸引著她。

「我……我不希望你走，可是你非走不可，要不然給九大派的人發現，你會出事的。」

上官夜天全身微微一震，眼睛閃動著狂喜的光芒。

「你的意思是，你願意回來我身邊了？」

沈菱點了點頭，臉上也漾起了羞澀的笑意。

「我已請爹爹退掉跟涂家的婚約，我跟他沒有關係了。」她知道，他一直都很介意這個。

上官夜天一聽這話，再次笑了。可惜房中沒有點燈，沈菱看不到，否則一看到他那笑容，她就會明白此刻他心中是何等的歡喜！

沒有言語回應，他將她擁入懷中。

他抱得太緊了，弄得她左肩隱隱生疼，可是她忍耐著，也伸出雙臂，環住了他。

「等我！」他在她耳邊輕語。「等義父出關，一舉解決雙方多年恩怨，我會親赴別登樓，向你爹提親。」

「好，我會等你。我只希望，你千萬千萬不要出事。九大派武功很高的！」

上官夜天莞爾一笑，神情溫柔。

「不必擔心，雲城武功更高。」

「還有……」

「嗯？」

「少殺人……如果可以的話……」她聲音變得有些畏怯，彷彿想懇求什麼，又怕他生氣。

上官夜天聽了這話，登時心弦撩動，有一種自己也說不上來的奇異感覺。

陡地發覺，自己之所以會被她這麼一個沒見過世面的少女吸引，除了她確實可愛討喜，是否也為著這份單純良善的秉性？

「好，我答應你……」

語音未了，他吻住了她，真是連心都沉醉，捨不得放手了。

✻ ✻

同是在天龍會裡，離客房甚遠的另一端花廳，司空淵與涂爾聰兩人正在此處議事，神情都很嚴肅。

「聰兒，你認為上官夜天是什麼樣的人？」

「甥兒以為，他果真非常年輕，就像柄不知道收斂鋒芒的利刃，銳利得顯眼。可惜一個人若不懂得過剛易折的道理，遲早是要吃虧的。」

司空淵不接話，想聽他說下去。

涂爾聰飲了口茶，續道：「甥兒敢說，上官夜天絕對不會等到上官驪出關再來行動，他一定會搶在中秋劍會之前，設法救出費鎮東。」

「為什麼？」

「因為他輸得太難看了！」涂爾聰放下茶盅，凝神望著司空淵。

「那日在雲城大廳，您先用假的費鎮東白換走了我，與他交上手後，又逼壓得他在部下面前幾無還手之力。這口氣他若真這麼乖乖嚥下，就不是我們認識的『殺神』了。」何況，連沈菱都離他而去了。那一刻涂爾聰看見了他的眼神，是不甘心亦捨不得的。對沈菱，他只怕不會這麼簡單就收手。

「有理。」司空淵同意他的分析。

「這一回他若敢上東靈山來，我必教他有去無回！」

司空淵聽他語氣激進，頗異平常，不禁側頭打量了他一眼。「你有什麼想法？」

「這一回，我要利用費鎮東作餌。舅舅，我能瞧一瞧費鎮東嗎？」

司空淵臉上出現遲疑之色。

「不行嗎？」

「不是不行，而是——實話告訴你吧，我手上並沒有費鎮東。」

涂爾聰傻住了。

「那日我等夜襲岳陽分舵，讓他逃脫了。」

涂爾聰不敢相信自己聽到的：「怎麼會這樣？除了您以外，其他師叔可也都在的啊！」

「他座下那匹赤燄馬乃是千里馬中的王者，混亂中又有不少雲城死士拚命掩護他逃離，這才讓他走脫了。不過你也不必擔心，我已派出精銳弟子嚴密監視湖南各處分舵，絕不讓此人活著返回雲城。」司空淵說得十分輕描淡寫。

涂爾聰握著拳頭，胸膛起伏，當真惋惜無已。

他多年來對秋家兄妹深懷歉意，一直都想替他們報這殺父之仇，遂其心願，可是司空淵等即便是「夜襲」，都還能走脫了此獠，他區區一個小輩，又能說什麼了？暗暗嘆了口氣，道：「所以您當日在雲城大廳，揚言要拿他血祭，是虛張聲勢來著了？」

「若不如此，我如何引得上官夜天入彀？實則，我是恨不得他前來救費鎮東。那日我刻意挑釁他們，就是料定上官夜天肯定會沉不住氣，提早出手。我縱然前次拿不住費鎮東，這一回也必要將前來相救的雲城妖人一舉成擒，尤其是上官夜天。」

涂爾聰聽罷，恍然地點了點頭。話說到這份上，他可什麼都明白了。

以司空淵的身分，帶人夜襲雲城分舵，卻無能拿住大敵費鎮東，那麼這次行動就不能算是勝利，而是敗了。

這麼難堪的失敗，他自然得竭力隱瞞，所以才虛言費鎮東在手上，希冀上官夜天前來救人。若能藉此拿住上官夜天，那是最好，更能維持住他的領袖聲望，統率九派；若不遂，也可將費鎮東之事順水推舟賴到雲城的救援行動之上，將責任撇得一乾二淨。

所以司空淵才會在這樣的靜夜找上自己，便是想讓自己替他出謀劃策，解決困局，卻又死愛面子的不肯明說。

也罷！反正，不管司空淵撥得什麼算盤，都不影響他要對付上官夜天的決心。

今日下午，他已經答應沈幽燕的退婚了。

他雖不願，卻無法不答應，因為沈菱的心既不在他身上，他的尊嚴也絕不允許自己勉強。

可是，只要一想到那麼天真的姑娘為邪道誘引，至今仍心囚自苦，他就無法旁觀坐視——他當真惱恨上官夜天到骨子裡了！

對，他承認，不是於公，是於私。

他實在也有些討厭這樣為情迷亂的自己，想要快些找回過去那顆溫和卻也冷淡的心。

涂爾聰沉吟片刻，計較思量，道：「舅舅，我這裡倒是有個法子，卻不知道能不能成。」

「說來聽聽。」

「既然我們沒有真餌，索性便弄個假餌。」

「假餌？」

「好比獵人會在捕獸籠裡放下餌食引誘獵物，我們也是用同樣的手法。反正獵物入彀後，就算發現餌食是假的，也已自身難保，還能如何？」於是，他緩緩剖析如今雙邊情況，與雲城可能的潛入手法，以及自己預將做的佈局安排。

涂爾聰說了很多，也說了很久。這麼多年以來，他潛心思考所有關於雲城高手的情報資料—當中除了有巫羽暗渡的，也有九大派多年來費心搜羅的—為的就是等待時機，狠狠扳倒雲城一回。雲城中人的心性手段，也不知道已被他在腦海中揣想過多少回，如今，總算等到一個屬於他的機會了！

「……所以，只要讓他們誤以為費鎮東在寶蓮寺，上官夜天必定入彀！」

司空淵聽他說了大半個時辰，神色非但不倦，而且雙目炯炯，覺得此計大有可行之處，喜道：「很好，此事我全權交付於你，你只管好好去辦。」

「謝舅舅。不過，要如何不著痕跡的讓雲城知道此事，還得多費心思，否則寶蓮寺再怎麼布局縝密，一樣無用。」

「還要費什麼心思？」

「如果甥兒沒記錯，寶蓮寺的那扇精鋼雙合門，需要兩柄鑰匙才打得開？」

「不錯。」司空淵點頭。

「好，那我們便放風聲出去，就說『哪怕是雲城城主親出，也救不回費鎮東，因為沒那雙合門的鑰匙，大羅天仙也休想把人從東靈山帶走。』」

司空淵想了一會兒，道：「你是想先以鑰匙為餌，偵測他們的行動？」

「不錯，敵人若來，必是躲在暗處窺看，我們完全不知道他們會如何出手；既是這麼，不如先扔出個顯眼目標給他們，再看對方會如何行動。成是最好，惟就算此計失敗，我們也不會有任何損失。」

司空淵沉吟一會兒，點頭道：「那便依你說的去辦吧，舅舅信得過你。」

「謝舅舅。」

聽見司空淵的讚美，涂爾聰沒有半分得色，眼眸深處，寒凝如霜。他想起自己成為階下囚的那段日子，當真活得連豬狗也不如——這，全拜上官夜天所賜。

如今雙方較量，鬥智更勝鬥力，若想一雪前恥，便看這一次了！

第二十二回　山雨欲來

趙劍飛撫著臉頰。見司空淵隨意出手便是高手手段，縱使羞忿難當，也不敢再出言不遜了，當即垂著頭，站起身子，咬牙奔了出去。

自從那天晚上司空淵與涂爾聰談過之後，對他便很是信任，私下常與他一同商量大計。說來他們是舅甥之親，走的近些也很正常。

可是，有些人瞧著就覺得不是滋味，他們覺得司空淵不該這樣冷落他們。吃這飛醋的，自然就是趙家父子了。

這天，司空淵與涂爾聰正在跨院裡討論著他們的「滅雲大計」，說起山腳下已來不少雲城人馬，不但包下鄰近村落所有客店，就連離開天龍會最近的兩處分舵似也磨刀霍霍——其實也不是什麼太正式的討論，反正事情大多交由涂爾聰發落打理，司空淵挺放心。閒事說過，兩人便從上官驪談到九大派，又從上官夜天的鞭法談到天舞劍。

一提到天舞劍，涂爾聰實極想見識一番，便道：「舅舅，您那日在雲城大廳，以天舞劍壓制得上官夜天毫無招架之力，不知道甥兒能否一觀全套劍法？」

司空淵早知他有此心，答道：「你想看也不妨，就怕你看了之後，反而忘了本家的劍法了。」

「這是何故？」

司空淵輕輕一嘆，不再多言，挪步到院子中央，拔出七星寶劍，先擺出一個劍式，然後——秋風瀟瀟，劍氣颯颯。

只見絕頂的劍手、絕世的寶劍、絕倫的劍術，一齊交織出犀利的劍招、懾人的劍勢、凌發的劍氣，令人心為之折、魂為之奪。

涂爾聰簡直是看得忘記眨眼了！

這是什麼劍法？

這又算什麼劍法？

這簡直就是……

司空淵舞得愈來愈快，片刻間就將五十九招劍法使完。他不是故意要使得快，好教人看不清楚，而是這套劍法本身就具有一種詭異的導引，令他的出手不由自主地快將起來，正猶如擅琴藝者，若遇著了音律絕佳的琴譜，彈奏時往往亦全神投入其中，心思隨旋律蕩漾，完全不由自主。

天舞劍對於劍者，正具有著這樣的魔力。

過一會兒，司空淵收劍入鞘，微微喘氣，走向院角的石桌，端起茶盅啜飲。飲罷，便問向看劍的人：「覺得如何？」

涂爾聰腦中猶仍滿滿劍影，雖耳中聽得他問，一時間卻還說不出個所以然來。他闔上眼睛，沉思好一會兒，方才有了心得，道：

「這劍法果真極不尋常，似是把諸派劍法的絕招都再一次重鑄運用、簡化錘鍊，故威力更勝、精簡更勝。好比這招……」

涂爾聰提劍站到中央，緩緩比劃起方才印象最深的一招。

「就說您方才使的這招，瞧這出手的要害方位，分明是自白馬堂的絕招『燕銜』演化而來，惟這右肘卻不外斜，左足屈膝凌空，較之『燕銜』可又更快猛了三分。還有，這一招顯然也是從泰山劍法變化來的……」

涂爾聰又憑印象演練了幾招。

司空淵就這麼仔細瞧著，聽他分析，也不禁暗讚他果真聰穎非凡，後輩中無人可及。

一會兒涂爾聰收劍道：「舅舅，怪不得天舞劍能降住悲聲島主，這是一套站在各派劍術大家的眼界上，再立高意的絕頂劍法啊！」

「不錯，可余樂梅的可怕之處還不只如此。你瞧這招——」

司空淵來到一株大樹旁，右手扣劍，一揮而去，在樹幹上留下不淺的劃痕，不料此招仍未勢盡，他右腕微翻，拇指運勁，那已去的長劍立時又盪了回來，於樹幹上再劃一道。

「這不是——」涂爾聰看出蹊蹺來了：「這不該是鞭法嗎？」

「對，就是鞭法。」

涂爾聰深深吸了口氣，因為他已明白司空淵為何說余樂梅可怕了。

「余樂梅創這套劍法，還不只是挪用各家劍旨，於技巧再行精進，他甚至鎔化其他兵器的特色於劍招。除了劍的法度嚴謹，還兼有刀的威猛霸氣、棍的剛直強勁、鞭的靈幻莫測！」

涂爾聰聽到此處，嘆服無已。

須知，每一種兵器俱有自身獨到巧妙之處，非此兵刃不能發此招，若要強行摹擬套用，反而會失其所長、曝其所短。故武林千百年來，各種兵招涇渭分明，彼此絕無半分挪用假借的空間。

可是，余樂梅卻還是在這麼困難的限制下，成功融和劍法與其他兵器的長處，非但毫不突兀勉強，更使得天舞劍法奧妙萬千，難勘難破。

涂爾聰思及此處，不由得深深一嘆。

「怎麼了？」

「沒什麼，甥兒只是可惜蕭朗死得太早了！他實在該有個徒弟，將余前輩的劍道精髓傳承下來……」

「可我討厭這套劍法。」司空淵冷冷打斷他道。

涂爾聰一愣，還當自己聽錯了。

「你道為什麼？不為別的，就因為這套劍法果真超絕，連天龍會的九思劍法，都非其敵。」

涂爾聰一聽，立即知曉其心意，情知與他爭辯亦是無用，隨口道：「不錯，舅舅說的是，這套劍法神妙超凡，當世無二，倘若宣之於世，各家劍派的菁華絕學再無可觀之處，屆時高手盡學天舞劍去，眾家劍法豈非名存實亡？」

司空淵點了點頭，道：「我的憂慮正是為此。若非大敵逼近，這套劍法還真該封回去余樂梅的墳墓裡，永遠別再出世！」說到後來，沉穩的語調竟帶著一絲憎恨之意。

涂爾聰隱約了然緣故，不再多言。

這事他自然是從母親那裡知道的——二十五年前，蕭朗當年曾在中秋劍會上打敗過司空淵，中止了他最傲人的連十二勝。

此戰嚴重傷害了司空淵的自尊。他原以為自己早站上了劍術頂峰，只有高處不勝寒的寂寞，哪裡曉得寂寞還太早，驀然抬首，天闕瓊樓還有仙人，睥睨他這個強者猶如他睥睨凡人。

思及此，其心頭的妒恨酸楚，筆墨難言。

儘管物換星移，人事已非，司空淵始終耿耿難忘。因為他完全沒有機會一洗當年慘敗的印記了。蕭朗已死，而且還死得那麼光榮偉大，頂著「少年英雄」的桂冠，成為武林史上最動人的絕響！

有時候，他還真希望蕭朗其實還活著，更希望屆時在中秋劍會上撂倒的人物除了上官驪外，還有他這個「少年英雄」，成為真正的武林第一人。卻渾不想二十五年前，天舞劍殺了悲聲島主，挽救九大派於傾倒；二十五年後，他一樣還得再仰賴天舞劍的力量，對付眼下最棘手的敵人。其心心念念的，全只是個人的榮辱勝敗。

「你會怪我先你一步學了天舞劍嗎？」過一會兒，他問涂爾聰。

涂爾聰淡然一笑，道：「起初甥兒確實有不忿之心，但方才見您舞劍，自問現下的修為還無法從容駕馭這套劍法，倒不如由舅舅您使更好。反正只要能打敗上官父子，誰學都是一樣。」

司空淵點了點頭，眼神甚是嘉許，「你能明白事理，很好。」

忽然院門外頭傳來急遽的腳步，兩人朝外頭看去，只見趙家父子當先快步而入，一名護衛慌忙隨後而入，向司空淵道：「掌門，小的遵從你的吩咐不讓人入院打擾，可是趙掌門跟趙公子卻還是執意要進來……」

司空淵隨意擺了擺手，示意護衛退下，眼睛則瞬也不瞬的瞪著神態嚴肅的趙正峰，慍道：

「正峰，你闖我跨院，到底何事？」

「師兄，我想借天舞劍劍譜一觀。」

「什麼？」司空淵不覺拉高了聲音。

「不行嗎？」

「自然不行！」

「為什麼？」

「你的八卦劍法已練得爐火純青，何故還要去學天舞劍？那又不是什麼正宗的劍法。」

「那麼，師兄當初怎地又處心機慮的要得到天舞劍了？」

「那不一樣，若非為了要對付上官驪，否則你以為我希罕碰蕭朗的劍法？待我果結了上官父子，殲滅雲城，自會將它封印。」又補道：「記著，我可不是為了與人爭強才練天舞劍的！」

「師兄，我也不是為了爭強，我是為了殺杜紫微。」

「你想親手報仇？」

「換作是師兄你，你不會想報仇嗎？」

「殺妻之仇，豈能不報？可我早已允諾你，一定會取那姓杜的項上人頭，祭慰殷琴表妹的在天之靈，你又何必要在這時候跟我索要劍譜？」

趙正峰忿然道：「師兄，為了這套天舞劍法，我鐵膽莊先後惹來三隻雲城走狗，全派上下死傷慘重，其中那姓杜的還殺我妻子、拐我兒媳，尤其可恨無恥！我身為一派掌門，至今尚不能手刃此獠，反觀你自從得到天舞劍後，視為私家所有，祕而不宣，獨自修練這套傲世無雙的劍法。敢問師兄，難道我趙正峰受您驅策奔走，還不配得天舞劍一觀嗎？」

司空淵雙眉豎起，拂袖道：「你如何這樣說話！得天舞劍、賺韋千里，這些事是咱們一開始就說定的，我又不是神仙，如何料得到杜紫微會因此上鐵膽莊尋晦氣，這豈能怪在我頭上？九大派折損了殷琴表妹，我同樣傷心難過，然而讓你學習天舞劍，那完全是另一碼事，豈可混為一談！」

「此中因果相關，怎不能混為一談……」

司空淵霍地舉手阻道：「此事我心意已決，休要再爭執！至多我答應你，待我與上官驪一決雌雄後，立刻號召所有九大派弟子誅殺杜紫微，這總可以了吧？」此非商量，乃是定論。

「若無其他要事，你們父子且都退下吧，我還有事要跟爾聰商量。」

趙劍飛一直默默跟在父親身旁，此刻見司空淵一再推諉，忍不住發性道：

「師伯為何就是不肯公開天舞劍法？想當初若不是我鐵膽莊助您得天舞劍，您以為您憑著九思劍法，就能殺上雲城，橫行無阻，在上官夜天面前大顯神威嗎？」他少不更事，言出無狀，其他二人聽了盡皆變色，忍不住為他捏一把冷汗，就怕司空淵一時羞惱出手傷人，後果堪慮。

果見司空淵橫眉豎目，沉聲喝斥：「放肆的東西，在這裡胡說八道什麼！」說罷揮動衣袖，袖尾挾勁甩向趙劍飛頰面——

「師兄手下留情！」

趙正峰見他出手太快，連忙疾呼阻止，哪來得及？

只見長袖拂去，趙劍飛頓覺一道強大的勁風襲來，腳下立時重心不穩，踉蹌跌倒，臉頰亦是又紅又痛，活似被人用力摑了一掌。

「出去，以後不准你再進來！」司空淵雙手交握在背，峻色瞪著地上的趙劍飛。姿態一派從容凝穩，渾看不出方才出手傷人的痕跡，足見其發勁、運勁、收勁之瞬動轉換、分寸拿捏，幾可說是隨心所欲。

趙劍飛撫著臉頰。見司空淵隨意出手便是高手手段，縱使羞忿難當，也不敢再出言不遜了，當即垂著頭，站起身子，咬牙奔了出去。

趙正峰擔心愛子，也立刻行禮告辭，隨之離開。

＊

＊

趙劍飛吃了一頓教訓，心中惱恨無已，賭氣走出了天龍會。

他不明白鐵膽莊為何會淪落到今日這般田地？想雲城分明是九大派共同的敵人，偏偏只有鐵膽莊付出慘痛代價，換來一個為人作嫁的下場。司空淵之霸道自私，還真教人心寒啊！

他累了，真的累了。多希望能有個人陪在他身邊，聆聽他這些悲傷的心事，給他一些溫柔的安慰。

每當這種時候，他就會想起一個人——

「小翠，你在哪裡？你到底在哪裡……我很想你，你知道嗎？」是的，趙劍飛在心靈脆弱之時，想起的人就是小翠。

就在杜紫微劫走韋千里的那天晚上，方素霞跟小翠也跟著失蹤了。他完全不在乎方素霞，因為不必想也知道，那淫婦必然是迫不及待的私會她的舊情人去了。

但小翠呢？她為何不告而別？他娘親中毒的那夜，她不是還很殷勤的在床畔悉心照料，斟茶遞水嗎？為何隔天醒來，人便杳然無蹤了呢？

她到底去了哪裡？她又為何要走？莫不是見趙家的對頭太厲害，怕被牽連其中，所以選擇切斷干係，明哲保身？

種種疑雲盤旋心頭，始終無解。他真的好想再見小翠一面，向她問個清楚。

不知不覺間，趙劍飛已來到一處十分寧靜的湖畔。

那是東靈山上有名的秋水靜潭，湖水終年森寒，周邊林地亦是深幽清靜，少有人跡。

趙劍飛乍然見到這片冷景，激憤的情緒也稍微平息了些。他坐在一顆大石上，回想前事，眼淚忍不住怔怔落下，道：

「小翠，難道我這輩子，就真的再也見不到你了嗎？你一個人無依無靠，又能去哪裡？」

也不知道是否老天爺終於聽見他的誠心吶喊，這時，居然聽得一道幽幽的嗓音回應：「誰說你再也見不到我，我這不就來找你了嗎？」語音清柔嬌脆，韻味幽長，彷彿能穿魂懾魄。

趙劍飛全身登時雷殛似的一震，霍地轉頭相視——

是她！是她！真的是她！

怎麼可能？

但是，真的，小翠依然穿著當時那件素白漢裝，長髮垂肩，舉步輕盈曼妙，緩緩朝他而來。

她一點都沒有變，渾身上下還是那麼的嬌怯柔弱，只有那雙哀傷的大眼，蛻變成一種幽邃俏靈的神色，平添了幾分神祕迷離。

趙劍飛只覺身在夢中，一臉的困惑難信，直到她終於在他身前站定，伸手撫觸他的臉龐頸窩，柔聲道：

「對不起，我對不起你……」

趙劍飛這才信了，猛然將她擁入懷中，幾乎要將她纖細的背脊揉碎——

小翠，他的小翠，她終於回來了！

他就這樣糾緊纏綿的擁抱著她，彷彿要確認什麼，良久良久，才略鬆開手，神情如同孩子似的認真執著，急切問道：「小翠，這些日子你都到哪兒去了？你為什麼要離開我？」

「對不起，劍飛，那天我不告而別，實在是因為害怕……」

「害怕？」

她微微點頭：「對，我被那天晚上的事給嚇到了，我沒想到雲城高手如此厲害，連伯父伯母也不是對手。又想那韋千里中了我的蠱毒，給治得死去活來，我擔心他日後會找我報復，所以就……」她聲音愈來愈小，頭也愈來愈低，最後索性不說，也不需再多說。

她這副可憐羞怯的情態，甚有動人心處。趙劍飛哪裡還忍心責怪，不自覺地放軟聲音，問道：

「既然都走了，怎麼又回來了？」

「因為……」她嘆了口氣：「因為我忘不了你，所以又回來了。我想見你！」

趙劍飛聽到這番堅毅而誠懇的告白，柔腸觸動，已不知道該說什麼了。他只能深深的凝視著她，握住她的手，道：「小翠，你別害怕，我會保護你，就是性命不要，我也會護你到底。你今後別再離開我了！」

小翠聽了，無甚動容之色，只是淡然的報以一笑。

他們攜手在湖畔坐下，訴說別後之事。

小翠這邊廂自全是敷衍了事，趙劍飛則是掏心掏肺，凡她問及之事，必據實以告之——

「……這樣聽來，你們雖擒得了費鎮東，雲城也一定會千方百計地要將人救出。你們可要小心防範啊！」她在聽完趙劍飛的說話後，好意提醒。

「你放心，憑那批鼠輩，就是等到中秋劍會結束，也休想找著費鎮東的下落。」

「這是為什麼？」

「我偷偷跟你說，其實費鎮東根本就不在天龍會裡，而是關在白熊峰寶蓮寺。那是司空師伯長年供養的寺廟，裡頭的和尚個個武功非凡。」

小翠失笑道：「藏在那裡倒也奇巧，但雲城的高手若真要救人，那幫和尚再怎麼厲害，只怕也抵擋不住吧！」

趙劍飛搖了搖頭，道：「你不知道，那關著費鎮東的囚室有個名稱，叫『雙合門』，乃是一扇特製的機關門，門上有太極雙魚圖，陰陽雙點即是鎖孔，須得有兩柄鑰匙同時轉動，方能開啟囚室。」

「原來如此！」

「所以說，這一回雲城可休想再像上回救韋千里那樣，把人給帶出去。最好那姓杜的再來，我好跟爹一齊聯手，把他剁成肉醬！」

小翠聽了，怕他再說下去會惹禍上身，忙道：「那你知道那兩柄鑰匙在誰身上嗎？這兩柄鑰匙如此重要，想必一定都是在九大派最絕頂的高手身上吧？」

說到這個，趙劍飛不禁面有得色，道：「不瞞你說，這兩大高手其中一個，正是我爹爹！」

小翠瞧他這樣子，便微笑道：「我就知道其中一人必是伯父。那麼另一柄鑰匙，想必是司空掌門自個兒收著了？」

趙劍飛搖頭道：「不是。司空師伯最近也不知道怎麼回事，對爾聰表哥極是推心置腹——說來，他武功雖好，畢竟年輕，如何能跟其他四大掌門人比得？可司空師伯不知哪根筋不對，居然將陰魚的鑰匙交由他保管！哼，他上回被雲城的人拿住，還是我爹跟司空師伯去救他出來的，要是這回再栽了，看他如何交待！」

小翠聽罷，點了點頭。

該知道的她都已經知道，便不再多說，由著趙劍飛自己滔滔不絕，宣洩著滿腹的委屈與不得志。她只是靜默不語，像個溫柔賢淑的妻子，乖巧聆聽丈夫大吐苦水。

只是不知道從什麼時候開始，她的眸子已逐漸映上一道俊魅人影，從趙劍飛身後的樹林裡從容而來，她卻不動聲色，視若無睹。

「……等到我大仇得報後，咱們就成親。」趙劍飛渾然未覺身後已來了個人，正挑眉冷笑地俯看自己，自顧說道：「小翠，只有你，是真心待我好——」語音未了，背部幾個要穴猝然遭人襲點，立時不省人事。

小翠斜眼看著趙劍飛倒下，什麼話也沒說。

她沒說話，點穴的人卻先開口了：

「雷翠，你會不會覺得這個人很好笑？」此人不問可知，自是杜紫微了。

「他有什麼好笑？」

「他完全不知道你的底細，卻還如此一往情深、死心塌地，豈不是很有趣？」

「要這麼說，方素霞不也一樣？還有其他千千萬萬遭你玩弄拋棄的女子，不是比他還更可笑千倍萬倍？你早該笑死了。」

杜紫微聽了這話，眼睛閃過一絲陰沉之色，嘴角的笑弧卻更顯：「不一樣，我畢竟沒殺掉她們的娘。」

小翠一怔。

「如果這傻子有一天知道，原來殺他娘的是你不是我，想必他的臉色一定好看得很。」

小翠彷彿被制住了死穴，只能慍怒瞪著杜紫微。

杜紫微瞧她那敢怒不敢言的臉色，知道自己贏了，笑了笑，便不再說。

他從隨身的皮袋裡取出工具，打算開始製作趙劍飛的人皮面具。

「咱們運氣當真不錯，原還想跟廚子李調換身分，潛入裡頭，這小子卻自己送上門來了。」

他說的廚子李是雲城派去的內應之一，不會武功，只會燒菜。這樣的三等內應自然不易為人察覺，可以潛伏很久，負責的事情也十分單純，至多偷渡天龍會的房舍地形等情報資料。雖說都不是頂要緊的東西，可遇上用得著的時機，也能省下不少麻煩。

「我要易容成他的樣子，把趙正峰的鑰匙騙過來。」杜紫微抬眸看向小翠，問道：「你瞧我成嗎？」

「不成！」雷翠毫不客氣地潑他冷水。

「喔？」杜紫微的疑問帶著幾分好笑。

「趙正峰可不是瞎子，你縱然變得跟趙劍飛一模一樣，言行舉止也騙不了人。」

杜紫微道：「是嗎？」說著，拿起鐵片括刀，在趙劍飛臉上快速且均勻的抹上人皮膠。

小翠不禁凝神細瞧。

雖說各地都有製作人皮面具的技藝，然箇中巧妙，別若天淵。苗族也是有這門技藝的，而且手法不俗。想當初，她也曾想弄一張沈菱的人皮面具混入別登樓去。可當她第一次戴上杜紫微給的人皮面具時，實不得不驚異那柔軟如真的觸感，與那貼合後傳神靈動的逼真效果。讓人讚嘆：這樣的人皮面具，實乃天下第一！

「我跟你提過，我曾是唐門的人。」杜紫微忽然說道。

他明明右手拿著抹刀，左手端著漆膠，貌似專注做著手上的事，卻像是只要用眼角餘光一瞥，就能知道小翠在想什麼。

小翠看了他一眼，沒有回話。

他又道：「我八歲死了父母，無依無靠，四處流浪。十歲時，蒙唐門七少爺收留，拜入門下。我只花了六年的時間，就已摸索到了唐門三絕藝（毒藥、易容、暗器）大致的精髓。唐門的人待我都還不錯，只可惜門規太嚴，我過得並不自在，所以叛逃師門。先去以前待過的地方，將得罪過我的人都殺乾淨了，這才去投奔雲城。」

「為什麼跟我說這些？」

杜紫微沒有正面回答，自顧道：「進了雲城後，我由於頗通音律與玄學命術，很快就得到了城主跟夫人的寵信，一路受到拔擢，升到了今日的天王地位。看上去好像很幸運，其實不然。」

他話說到這裡，將抹刀上多餘的漆膠在盒緣揩淨收好，等著趙劍飛臉上的膠膜自行乾透。

「原來，我還是作不了自己的主，我還是得供人驅策。遠的不提，先前在岳陽，上官夜天一封書信就能使喚我過去，我在不能發動摧仙指的情況下，還得硬著頭皮跟穆琛那樣的高手比拚──哼，對上那種瘋子，沒受傷都不見得能贏了。差點兒把性命送掉！」

「你的意思是，再也不想聽從上官父子的命令了？」

「縱想如此，也身不由己。至少上官驪的話，目下還沒辦法不聽。」

小翠聽得話中有話，眼眸閃過一絲異光：「那麼上官夜天的話呢？你曾說過，他是你唯一妒嫉的人。」

曠野風大，草木搖曳，膠漆一會兒就乾透了。

杜紫微撕下膠膜，貼合在臉上，亦不忘回話：「對，因為他是雲城少主，而我不是，可我並不覺得自己有什麼地方不如他。」

小翠一陣驚愣，不是為著他所說的內容，而是想不到他貼上了人皮面具，連聲音都模仿得極似趙劍飛！

「來，替我撲粉，再幫我貼上假眉。」杜紫微提醒。

小翠立刻動作，又問：「你打算怎麼除掉他？」

「要殺他，沒有比這一次更好的機會了。順利的話，我們可以利用天龍會借刀殺人；縱不能，也可以……」

小翠聽著，眼中漸漸閃出了興奮之色。若真能依他所言，不必等到練全摧仙指，她也能報這滅族之仇了！

等一切都打理好，杜紫微已變身成另一個趙劍飛。

小翠瞧著，不由得為之屏息。

想不到就連眼神情態，杜紫微也能將平素那股精幹邪佞的神色收斂得乾乾淨淨，似連性情也驀借了來，端地就是個全無機心的淳厚公子。

杜紫微把她的臉色變化全都收入眼底，嘴角一勾，忽地握住她的手，柔聲道：「小翠，待我大仇得報，咱們就成親！只有你，是真心待我好……」

「你──」小翠一愣，嚇得忙抽回手。他的言語神態，簡直就像是給趙劍飛附身了！

杜紫微瞧著，忍不住縱聲大笑，何其得意！

小翠雖知他是存心戲弄自己來著，猶不禁動容道：「可怕！我自問已是十分的精乖狡猾，想不到還有你這種人……」

「哪種人？」

小翠冷哼一聲，才道：「毒如蛇、狡如狐……貪如狼、狠如虎……你、你太可怕了！」

杜紫微聽了，非但不怒，眼中還帶著一絲讚賞：「你倒誠實。」接著，他剝除了趙劍飛的衣物配件，只留給他襯裡的衣褲，跟著在他大腿踢了一踢，道：「這個真貨，我看便綁上石頭扔進湖裡罷。」

「別殺他！」

「你捨不得？」

「我……他畢竟救過我。」

杜紫微微一沉吟，道：「如果我一定要殺他，你會怎樣？」

小翠的臉色立時變得很嚴肅，道：「我只希望你知道，在這世上，只剩一個趙劍飛會真心對我好。若他真就這麼死了，我永遠也不會忘記今天，更永遠不會忘記殺他的人！」

「你會殺我替他報仇？」

小翠想了一會兒，深吸口氣，緩緩道：「我也不知道，我只求你別逼我。放他一馬於你無甚緊要，於我卻非同小可。我只求你成全我這項心願，別的事一定都聽你的！」

杜紫微打量著她良久，小翠的眼光沒有絲毫退縮。

「好吧。」他的口氣像是認輸似的：「要我不殺他也可以，但你得負責不讓他回去揭穿我的身分，否則事情若因此敗露，我一定殺你。」

小翠怕他反悔，搶道：「一言為定！」嬌小的身子立刻扛起趙劍飛，快步遠離杜紫微的視線。

杜紫微見她那因負人而顯得蹣跚的背影，忽地陷入一種詭異的沉思之中，連自己都驚訝竟有這樣的念頭——

若昏迷的是我，她也會那樣背負我嗎？

第二十三回　下藥

他瞪向沈菱，只見沈菱手上亦無氣力，放下吃了半塊的芸豆糕，臉色恍惚，隨即趴倒在桌上，動也不動了。

江南多水澤，也多漁家。

這艘漁船，並不像其他漁船儘往大澤捕撈漁獲，反而獨自揀些細小支流，遠避人群，就好像船裡藏著什麼寶貝似的。就在湖南境內一條不知名的溪流上，一艘漁船不尋常地緩緩向西划行。

然船裡雖沒有寶貝，也相去不遠，因為裡頭確實藏著一個人，給了漁夫一枚黃玉戒指，珍貴得足可買下他這輩子所捕撈的魚。

這已是七天前的事了——

那天黃昏，漁夫正要回家時，偶然在渡口救起了一名全身是血，臉色慘白的男子。

他從來也沒見過這等模樣的人，一身紫衣，棕髮高鼻，看去不似中原人士，且身後還背刀配劍的，彷彿會武?!

漁夫怕惹事，原想要棄之不顧，男子卻不讓他走，從懷裡掏出了一枚沉甸甸的黃金元寶，道：「只要你能救我性命，我包你一生榮華富貴，享用不盡！」

黃金的力量果真強大，紫衣男子成了漁夫的貴賓。

當晚，小小漁村突兀地來了好些黃衣劍士，個個拿著紫衣男子的畫像，官府似的到處問人是否見過，又說若有人發現此人行蹤，向鐵膽莊回報下落，必有重金酬謝。

然而漁夫倒沒因此就出賣紫衣男，因為紫衣男又拔下了右手尾指上的那枚黃玉寶戒，道：「你若肯掩護我，我就再給你五百兩黃金，夠你把整座漁村買下來了。鐵膽莊可給不起這樣的酬庸啊！」

鐵膽莊當然給不起，給得起也不見得肯這麼大方。於是，欣喜若狂的漁夫就成了紫衣男的護衛，目標是雲城在四川的分舵。

然而船中的紫衣男實是傷勢沉重，痛苦難當。他從來也沒受過這麼重的傷！

若非他的赤鯊馬乃萬中選一的良駒，當晚絕不可能就這樣輕易脫困。

他身上受了至少三十道劍傷！

好在三十道劍招，沒有一劍是殺招。

因舞劍的人意在炫技，難得碰上像他這樣的用劍高手，未將新學劍法揮灑淋漓，絕不肯太快將他殺死——嘿，這反倒讓他有了逃走之隙。

只是，紫衣男腦海裡再也忘不了這套出神入化的劍法了。

「天舞劍……原來這就是傳說中的天舞劍！」

陡地，他竟覺得自己以前看過學過的劍法，不是垃圾，也不遠矣。

午後，涂爾聰跟一些他派的師兄弟隨意比劃幾招後，便離開校場，回房間休息。

他不喜歡交際，也不怎麼喜歡跟九大派的人往來，儘管他風度儒雅，言語隨和，兼之出身高貴，劍術超凡，九大派中不分男女輩分，欣賞他的著實不在少數。可他所到之處，總是習慣性的跟他人保持距離。

原因只有他自己才知道，連對司空雪都不曾吐露：其實，他一點兒都不喜歡這些同道親族，不論長輩或平輩。

忘了是幾歲的事了，年幼時，有一回中秋劍會，身邊所有的人都不住口的吹捧司空淵劍技如神、超古絕今，他覺得說得誇大，無心問了一句：「舅舅難道比英雄蕭朗還厲害嗎？」頓時，他不知道自己說錯了什麼，只感氣氛忽然僵澀凝滯，司空淵更是當場賞他一記惱怒生厭的眼神。

幾年之後，他才意識到九大派中除了涂家，其他人彷彿都希望蕭朗此人最好從來也不曾存在。而這現象實在詭異，因當時如果不是蕭朗犧牲自己，九大派包括天龍會在內，都將慘遭悲聲島虐殺殆盡。

直到他年歲漸長，方明白為何大家都絕口不提蕭朗，只因司空淵年輕時曾敗在蕭朗手裡，蕭朗是世上惟一讓司空淵嚐過敗劍滋味的人！而餘派則趨炎附勢，說話只管迎合司空淵心意。

鐵膽莊就是一個近例，其下場之慘，自然也不必多提。

所以涂爾聰看著他們都覺得不齒，絕少與之往來，真正的朋友除了白馬堂的師兄弟們，就屬秋家兄妹。

哪怕司空雪一直希望他能從九大派裡選個匹配的對象，早日成家，他亦全無心思，若說近來真有什麼令他心動的對象，大概也只有——

「涂爾聰，你在嗎？」

門框忽響起了扣門聲，恰正是沈菱站在門外，朝裡頭張望著。

涂爾聰一向有不關房門的習慣，他喜歡開敞、通風、明亮的環境。這一循聲望去，立刻就瞧見了她。

涂爾聰立刻請她進來坐，精神也變得十分爽朗。

只見她穿著一件藕色秋衫，手上提著一個八角點心盒。

「沈姑娘過來，有什麼事嗎？」

涂爾聰心情很好，因為沈菱很難得自己一人來找他。

「昨日你娘送了兩瓶桂花蜜給我，我白白拿她東西，怪不好意思的，所以今天就做了一些點心，拿過來給你們吃。」

涂爾聰一哂：「有什麼不好意思的，一定是秋晴跟她說你愛吃甜食，所以才送給你。別放在心上，她喜歡送人東西。」

沈菱微微一笑，將點心盒打開，裡頭共放了六樣江南糕點，都是她跟秋晴學做的。

涂爾聰眼睛一亮，笑道：「好漂亮，都是我愛吃的。」裡頭還有他最喜歡的山藥棗泥糕，難道她向秋晴打聽過他的飲食好惡了？這麼一想，不覺喜悅：沈菱竟有與他修好之意嗎？

沈菱將盒子往他遞進，道：「今早做的，你吃吃看味道怎樣？」

涂爾聰當即拿起了一塊棗泥糕，入口只覺香軟鬆滑，毫不膩口，讚賞不已，又多拿了一塊，道：「想不到你手藝這麼好，比我家的廚子還厲害。」

沈菱微笑道：「我又不像爹跟哥哥，成天得忙著練武跟理事，無聊的時候，就往廚房裡做些小點心給他們吃，一來是有趣，二來也消磨時間。」

「聽起來你日子過得很愜意，真教人羨慕。」

沈菱道：「難道你就過得不愜意嗎？」

涂爾聰聞言，笑了笑，反問她：「你覺得我該愜意？」

「不是嗎？你們家幾乎掌握了半個南武林，你又是獨子，備受尊寵，平素還有什麼事可教你煩心的？」

涂爾聰道：「有些時候，位置站得愈高，煩心的事也愈多，只是旁人未必瞧得出來。」他低頭喝了口茶，續道：「真要過上愜意的日子，也得等過了中秋劍會後，方知分曉。」

「中秋劍會怎麼了？」

「你知道的，我舅舅已向上官驪下戰帖了，上官驪一定會來。若舅舅降住了他，我們九大派才能過上平安順心的日子。」

沈菱微笑道：「是嗎？」然後小口小口嚼著手裡的芸豆糕，默默聽著，不再搭話。

驀地，涂爾聰腦中一陣詭異暈眩，整個房間似都在旋轉，立知狀況不對——糕餅，有迷藥！

他瞪向沈菱，只見沈菱手上亦無氣力，放下吃了半塊的芸豆糕，臉色恍惚，隨即趴倒在桌上，動也不動了。他疑慮盡去，心道：「不是她下的藥！她沒有幫著雲城來算計我……」正想要開口呼人求救，雙目卻沉重一闔，完全不省人事。

當他清醒過來，已是半個時辰之後，沈冰與秋晴都在身邊。

「我……是被下藥迷昏了嗎？」

這是他醒過來說的第一句話，問的對象是秋晴。

「是。」秋晴答道。若非她正好要來詢問費鎮東的事情，也不會這麼湊巧救醒昏迷的他們。

「沈姑娘呢？」

「我在這兒。」沈菱從沈冰身後走向床畔，她吃的糕點較少，因此早他轉醒過來。涂爾聰立刻坐起，歉然道：「對不起，是我連累了你！」

「不……你千萬別這麼說！」沈菱的表情看來竟似比涂爾聰還要歉疚，連聲音都帶著三分心虛。

這時秋晴問道：「爾聰，你知道是誰下迷藥的？」

涂爾聰點了點頭，跟著摸向衣內錦囊：裡面的鑰匙果真不見了。

「是誰下的？」

「雲城。」他淡淡回答，穿起鞋子，要將此事告訴司空淵——大魚上鉤了！

雲城的動靜果然如他所料，他們探出了「費鎮東」囚於雙合門內，開始打起鑰匙的主意了！

他唯一算不到的是，上官夜天居然為了達成目的，不惜將沈菱也捲進來！

臨去前，他又轉頭望了沈菱一眼。只見她垂頭坐在椅上，臉色很不好看，還當她是被嚇著了，於是道：「你別怕，這事我一定給你討回公道。我去去便回。」說完，轉身即出。

沈冰跟秋晴見涂爾聰神情凝重，皆不敢多問，他這一走，他們立刻追問沈菱方才發生何事？不料沈菱居然也沒理睬他們，隨即奔出房門，追了涂爾聰去。

「涂爾聰，你等一等！」

沈菱在長廊上叫喚住他，涂爾聰立停下腳步，回過頭來。

沈菱快步上前，道：「你現在是要去找司空掌門嗎？」

「當然。」

「我拜託你，你可不可不去？」

「你說什麼？」他不敢相信自己的耳朵。

「實話告訴你吧，我一開始就知道糕餅裡有迷藥了。」

涂爾聰一愕。

「夜天說，我須與你一起昏迷過去，這樣你才不會疑心到我頭上。」

涂爾聰的臉色從來也不曾這麼難看過。話都說到這份上，他若還聽不懂，就真是傻子了。

「原來他已跟你聯繫過了！」

「是，他說你身上或許藏著一柄很重要的鑰匙，他非拿到手不可，故來向我打聽你平日的作息。我怕他動武行搶，於你們都不利，這迷藥的法子，其實是我想的……對不起。」

「夠了，不必說了！」

涂爾聰愈聽愈驚，快步前行，不想再看到她。

沈菱卻還是執意追上去，緊追在後頭，微喘著氣道：「我知道你生氣，可是你聽我說……他已答應我，這回把人救出後便下山，絕不傷害半個人……」

「那又怎麼樣呢？」涂爾聰霍地停下腳步，峻聲峻色地打斷了她。

「你是覺得，姓上官的願意饒過九大派的人，我便該求之不得，感激涕零？」

「我……我不是這個意思……」沈菱沒料到他會是這樣反應，不由得怔愣。

「我告訴你，九大派從來就不需要雲城留手，上官夜天還是我舅舅的手下敗將呢！你不過是因為還放不下對他的感情，這才犧牲我們來成全你心上人——沈姑娘，我看錯你了，既是這麼，你當時又何必離開雲城，跟我們過來呢？」

涂爾聰不言則已，一言必中。此刻他對沈菱甚為惱怒，每句話更是刻意要往她心裡刺。

「我……對不起……」她的本意實在只是想降低雙方衝突，不想卻大大刺激了涂爾聰。她低下頭來，一臉歉疚，完全不知道該怎麼賠罪才好。

惟涂爾聰生氣歸生氣，卻不能置她安危不顧。

「你聽好了，方才你跟我說的，一個字都別向他人提起，連秋晴也不行！知道了嗎？」

沈菱雖不明白情由，卻也愣愣的點頭道：「好……我知道了，可是，為什麼連秋晴也不能說？」

「因為費鎮東是她的殺父仇人。若她知道你居然想幫上官夜天救出費鎮東來，她一定會恨死你的。」臨去前，他最後道：「沈姑娘，勸你一句，我們跟雲城的事，你別再管了，你管不起的！」

說罷，他快步朝司空淵住處而去，心頭帶著妒恨的痛。

沈菱太殘忍了，她怎能利用他對她的信任，偏幫另一個男人？

可是，即便涂爾聰的自尊已受到傷害，幾經思量，他最後仍決定妥協。因為他真的喜歡沈菱，無論如何，還是想得到她。

反正，上官夜天就快死了。

沈菱的心不會長久停留在一個死人身上的。

他，願意等！

＊ ◆ ＊

他走後，沈菱一個人呆立良久，心神兀自震撼著他方才說的事——費鎮東是秋晴的殺父仇人?!而她竟在不知情的情況下，幫了上官夜天拯救秋晴的殺父仇人？怎麼會有這樣讓人哭笑不得的事呢？

忽地，一陣狂風吹來，涼意沁骨。

秋風蕭瑟，最是肅殺時節。空中驀地烏雲蔽日，灰灰暗暗的，沒來地平添一股寒意。

沈菱瞧著，不禁心頭煩憂：「好亂啊！九大派跟雲城的恩怨，怎麼會這麼複雜，這麼亂？他們為什麼非得鬥個你死我活不可？雙方偃旗息鼓不好嗎？中原武林究竟要爭鬥到何時，才有寧日呢？」

可惜她的心願非但無法成真，最擔憂的事恐怕也已近在眼前。

西北上空，忽有一根青煙筒炮直衝天際，她看見了、涂爾聰看見了，每個人都看見了！

西北是寶蓮寺的去向，寶蓮寺出事了！

第二十四回　殺神之死

說話的人聲音凌厲，一鞭掃去，當頭劈得對方腦漿迸裂——不是上官夜天，還能是誰？

咚！咚！咚……

無預警地，天龍會的鼓聲忽然響起了，雄壯激昂，傳聲極遠，告訴著山上每個人：大敵來襲！

這架大鼉鼓在天龍會已有半百歷史，只響過兩次，第一次是二十五年前，悲聲島的高手上門下戰帖，而第二次，就是現在。

在這中秋劍會逼近的時日，鼉鼓竟突然響起，每個人都有些意外——來敵難道不曉得九大派的菁英好手，此刻都在天龍會裡嗎？

霎時，山頭震動，威武的叫殺之聲由遠而近，林中鳥獸因人潮驚散，雄渾的嘶吼衝破天際。

「殺！殺光九大派，給我們的費天王討回公道！」

雲城人馬從四面八方湧來，備著毒水、弓弩、飛石……，強勢阻斷天龍會的高手前往寶蓮寺救援。

九大派的核心人物們，紛紛指揮防守、參與作戰。

司空淵跟涂爾聰則站在高塔上，俯看著圍牆之外，雙方人潮如蟻，刀劍相伐，殺聲隆隆。

司空淵一臉霜肅之色，道：「姓上官的向天借膽了，居然敢帶人挑我地盤！」

涂爾聰道：「方才寶蓮寺點了沖天炮，上官夜天算準我們會派人救援，早安排這一批人馬潛伏阻撓。」

「哼，憑這些不入流的貨色，也想攔住我天龍會的菁英？笑話！」

「舅舅，吩咐他們力守即可，不必硬拚。幸得沈家公子借我一件好東西，寶蓮寺那裡我早已布置好了，就算不帶人過去，上官夜天也休想安然而退。倒是雲城這回出動這麼多人馬，前方必定有帶頭的大人物，若能再將他們生擒了來，雲城勢力便等於是去一半了。」

司空淵嘴角勾起一抹冷笑，「也好，上一回我使了天舞劍，那麼這回就讓他們見識我本家九思劍法的厲害。」說著，疾步轉身，準備親赴戰場，再拿下個雲城要角來。

另一方面——

寶蓮寺在天龍會左近，是司空淵供養的寺廟。之所以供養，原是因為司空淵的母親篤信佛教，日日吃齋唸佛，到得晚年，索性便自己蓋一間廟宇，供養百來個和尚替她念經迴向，消除業障。

不過，司空淵本身不信這個。

所以他在母親過世後，覺得每日白白養這群和尚未免浪費無用，開始規定所有的和尚都得練武習陣，熬不住的就滾下山去。又在後堂安設八間囚房，其中一間更是精心打造的精鐵雙合門，但凡遇有須囚禁之惡徒，一律交付寶蓮寺嚴加看管。

從沒外人知道，寶蓮寺於天龍會還有這層用處，所以寶蓮寺一向都十分平靜。

可是現在，這批和尚傷的傷、逃的逃，面對敵人全無招架之力，因為他們的敵人不是尋常門派，而是「殺神」上官夜天，還有一干強悍善戰的雲城部眾！

杜紫微扮成了趙劍飛潛入雲城，順利從趙正鋒的房間裡找著了雙合鑰匙，回頭與上官夜天會合後，決定兵分兩路：朱銘跟杜紫微率領一千人馬包圍阻攔天龍會前後門，上官夜天跟顏克齊則帶半百精英殺上寶蓮寺。

是故，就算寶蓮寺早已發射報信的筒炮，僵持至今，天龍會那兒仍無半個人趕來救援，依然一片混亂。

上官夜天答應過沈菱，儘可能少殺人，他果真也信守承諾，除了自己不用鞭子，也令部下出手留三分餘地。雖因此延長戰時，但他覺得值得。

他揪住一名鼻青臉腫的和尚，問：「費鎮東在哪裡？」

和尚顫聲道：「在……在後堂……你別殺我！」

顏克齊過來道：「我方才看過了，後堂有八間囚室，哪一間是雙合門？」

「右邊走廊走到底那間……」和尚一說完，上官夜天便扔垃圾似的將他甩開，率顏克齊快步進去。雙合門上，果真有太極雙魚圖案。主僕二人將鑰匙插入陰陽圓點，同時扭轉，緊閉的門縫立出現一絲空隙，便將門緩緩推了開來。

這扇門果真極重，若無鑰匙，憑人力萬難動搖分毫。上官夜天心想：「他們將費鎮東關在此處，也算很看得起他了。」

然而向裡頭看去，黑壓壓的一片，全無半分光亮。

他大聲道：「費鎮東，在裡頭嗎？聽到的話，應我一聲。」

地牢裡，回音隱隱作響，可等上好一會兒，還是一片寂靜。

顏克齊道：「少主，我身上有火摺，我進去看看。」

上官夜天用手背抵住他胸膛，阻止他冒然的勢子。

「慢著，事情有些詭異。去捉個和尚過來，替我探路。」

「和尚能跑的都跑了，來不及跑的，大多都昏死過去了。」

上官夜天低頭沉思，吩咐道：「在這兒守著，我去捉個和尚過來。」

「少主，不必麻煩，我進去探路就是了。想必此刻朱、杜二位天王，在那邊也周旋得辛苦，我們動作得快一點！」

「你別忙，他們抵得住。沒聽見費鎮東應聲，只有兩種可能，一是他已被殺害了，二就是這裡頭不知安排了什麼陷阱要算計我。不怕一萬，只怕萬一。」說完即離開後堂，直往後院走去。因前門有他們的手下堵著，和尚要逃，自然只能經由後門。

顏克齊待他離去後，咕噥道：「少主也太仔細了，都到了這田地，還怕他們什麼？」便逕自燃起了火摺，走入門中。

那門裡接著一段陡峭石階，走到到中途也不知是潮濕還怎地，踏去只覺鞋底黏滑膠膩，走起來滯礙不爽。

他取下石壁架設的油燈點燃，繼續往下裡走，喊道：「費天王，我是顏克齊，聽到請應我一聲！」然而此間當真異常闃靜，他連自己的呼吸心跳都能聽得見。

顏克齊心中不安陡升，如此景況，若非九大派存心耍弄，就是費鎮東確實已遭遇不測。這樣想著，便更想將這裡頭探究清楚，縱然是發現費鎮東的屍首，至少也有個結果。

走到底後，只見那是個石磚砌成的圓底房間，牆緣處有個人紫衣襤褸，側牆而坐，背向來人。

「是費天王嗎？」顏克齊快走上前，扳過那人將油燈一照，不意卻是個木製的等身佛像！

顏克齊一愣，只見佛像胸前貼著張紙，寫道：「費賊早已命喪於江南，伏誅於九思劍下，足證司空掌門凜然神威，當世無雙。上官鼠輩若願真心懺悔，乞求苟全性命，速向佛像三叩首以示虔誠，方得全身而退，否則天理昭彰，報應不爽，滅佛殺佛，必將墮於地獄業火……」

顏克齊唸到此處，心頭火起，呸的一聲，大罵：「誰要向這鬼東西磕頭，混帳王八！」腿一伸，使上了九分氣力將那佛像踢碎。

他自己卻萬想不到，這一踢的後果竟是這樣的——

砰！砰！砰！砰！

數顆黑色小丸混著硫磺粉塵，從佛像裡飛彈而出，激撞後竟便爆炸開來。他不知四周牆緣散灑著硝粉、油脂、稻草……，登時，房間以迅雷般的速度燒起，熊烈如海，宛如阿鼻地獄。

顏克齊方才一路走來，鞋底黏附不少油脂，腳下當先起火，長長的樓梯亦如一條火龍似的直燒到門邊，已逃不掉。

他瘋狂得直想擺脫火舌，淒厲嚎叫道：「少主……少主……九大派無恥……用這等手段要算計你……少主……啊——啊——」便灼痛得在地上打滾，想要把火燄壓滅，可是地上全是易燃之物，他沾得愈多，身上的火燄只有愈大。

「啊——啊——好燙……好燙啊……」

烈火無情的燒著，把囚房焚成金爐，只聽顏克齊的叫聲愈來愈激亢尖銳，撕心裂肺一般，須臾便漸轉低微，最終細不可聞。只剩下了火聲。

火還在燒。

烈火靜靜地，吞噬了他的生命，也吞噬了他痛苦至極的慘烈哀號。

上官夜天向來就是個十分謹慎仔細的人。

出道這些年來的歷練，已使他的心機成熟，成熟得足可應付多數小人的陰謀暗算。

他只有一次是栽的，就是給雷翠捉住那回。

因為看不起南疆，所以自負得連鞭子都沒帶，也不聽慈姑的忠告，險些連自己也賠了進去。

這樣的大意輕敵，一次也已很夠了。

果然，來到後院，他就慶幸著自己的決定。眼前的事物卻令他臉色大變，後院不尋常的堆放許多柴薪稻草，都澆上了油，溼漉漉的一地，若遇星火，將一發不可收拾。

「好狠的九大派，居然想燒死我！」立刻便要回頭命部下全體撤退，可是已來不及了！

羽箭破空之聲，從身後連珠炮似的發來。

他仰空大駭：是箭雨，更是火雨！

每支飛來的箭鏃，上頭都燒著烈火，似要擇人而噬、毀滅一切。

上官夜天迅速奔回屋子，大喊：「快退！是陷阱！天龍會要用火！」他說時鼓足了真氣，聲音遠遠傳開，幾乎寺裡的每個人都聽見了，唯此同時，後院也已淪陷為一片熊熊火海。

雲城部眾當即拔足搶出門外，然而一踏出寺門，慘叫聲即接連響在耳際。

天龍會早在寺廟近旁的樹林裡埋伏了一百名弓弩手，一見有雲城的人逃出，即當場用箭射斃。

頓時，哀嚎之聲此起彼落，奈何雲城高手個個身經百戰，此刻卻無能衝殺出一條血路，即一個個命殞黃泉。

至此，上官夜天知道對方實是縝密設謀，要至自己於死地，如今大勢已去，只盼能與顏克齊全身而退，他日再圖報復，便回後堂大聲道：「顏克齊、顏克齊……」驀地，他全身一顫——

火！

烈火！

雙合門內，竟全是火舌吞吐，比後院更為猛烈！

不想可知，顏克齊必定是點著火褶子進去了。雙合門內也必然堆放了許多易燃之物，起火才會這樣迅速，教人連逃跑的空隙都沒有。

顏克齊只怕已……

上官夜天頓時再也無法強忍，眼眶已溼。

那顏克齊在雲城不過是一個中階護衛，兩人身分懸殊，他卻欣賞他淳厚樸實、開懷爽朗的性子，常交付事務於他，私下底便當他是兄弟一般。而顏克齊遭如此厚待，亦是恩感銘心，忠勇不渝。主僕二人之親厚，勝過雲城其他。

此刻他傷憤難言，蜷起拳頭，望著頂上，心道：「天可憐見，若讓我逃出生天，必將滅亡九大派，以報今日之仇！」

然而，火勢只有愈來愈大，外頭弓弩手的笑聲也愈來愈響，哪裡還有生還之望？

「哈哈哈……我們燒死殺神了！我們燒死殺神了！哈哈……哈哈哈……」

寶蓮寺外頭圍著一圈天龍會弟子，望著熊熊火燄，群情興奮難抑，似乎從未想過，原來「殺人放火」也可以讓人幹得如此開心。

忽然間，弓弩手們都歇聲了，他們的臉上，一滴、兩滴、三滴……

雨！

是雨！

竟然是雨！

還不是綿綿細雨，而是急驟滂沱的傾盆大雨！

只一下子，天邊黑壓壓的，雨聲嘩啦嘩啦的，不但將每個人都打濕，更瞬間澆冷了那片噬人毒燄。

登時，眾人先是錯愕，繼而不甘，隨之怒上心來，指天大罵：「老天爺，你長不長眼睛，你什麼時候不下雨，偏生這時下雨，是存心跟我們作對來著嗎？」罵猶未了，一道黑色人影倏地從由屋頂破瓦衝出。

眾人都是一凜。

帶頭的人喝問：「誰？」

「你爺爺！」說話的人聲音凌厲，一鞭掃去，當頭劈得對方腦漿迸裂——不是上官夜天，還能是誰？

其他弓弩手見他大劫餘生，氣勢更加剽悍懾人，一時間雖自心慌，仍不忘儘快拉飽長弓對向他——既然天公不作美，那麼他們就靠自己親手圍殺，將他亂箭射死！

可是驟雨打得人連眼睛都睜不開，上官夜天身法又快，要瞄準談何容易？

每個人最多只有一次機會，箭矢一旦放開，失手了就不能反悔，因為他的鞭子，會在敵人拔出第二根羽箭之前，就取走他們的性命——

啪！啪！啪！啪！啪！啪……

一鞭、一鞭、一鞭、一鞭、一鞭……

每一鞭都挾帶著揮鞭者失控的傷心忿怒，每一鞭都打算用鮮血來洗淨今日的仇恨！

再度地，寶蓮寺外，哀嚎聲此起彼落，奈何天龍高手個個身經百戰，此刻卻連抵抗的機會也沒有，一個個命殞黃泉。

就算有人見敵我懸殊，想要逃跑，哼，哪裡會有機會呢？

啪！又一人後背遭遇鞭襲，當場嘔血身亡。

直當滿地都是鮮紅，直當大地除了雨聲，直當只剩一人還站定於雨中——

死了！

都死光了！

都被上官夜天殺光了！

佛陀座處，裡裡外外，數不清的積屍如山。

他是殺神，殺人於他，輕鬆如砍瓜切菜，不過舉手眨眼之事。

儘管他曾經也想聽進沈菱勸告，儘可能的少傷人命，所以他並不怎麼為難這幫和尚，打算只要找到費鎮東，就鳴金收兵，退出東靈，豈料換來的只是這樣一個教訓：就算你肯放過你的敵人，你的敵人也不會放過你！

而今，他心中更形空虛，因他就算殺人盈野，洩了一時之恨，顏克齊也無法活轉過來了。

天啊！顏克齊……

上官夜天吞下眼淚，拖著沉重的步伐，打算召回朱銘跟杜紫微先行撤退，再作打算，驀地——

「上官夜天，你殺了人，還想逃到哪去？」

尖銳高揚，是女人的聲音，挾帶著忿怒、痛恨、激亢、切齒……種種深刻情緒，連大雨都能穿透。

上官夜天愕然回頭，迎面來的竟然又是一根箭——毒箭！

他的身體告訴他這是毒箭，因為中箭處流出了紫色的鮮血。

他並沒有躲開，一來，這箭委實來得又快又突然，發射前毫無預兆；二來，他也累了，就算他是一流高手，轉瞬間便殺盡這麼多的天龍弟子，也要耗損不少精神氣力的。

可當他真正看清了射箭的人，那才是真正的吃驚。

昂首而立，神色森冷——雷翠！竟然是雷翠！

她怎會……

上官夜天怎麼樣也想不明白，何以當初那條漏網之魚，竟會出現在這裡？只見她那雙眼睛，酷寒如千年冰山，熾怒如燎原大火，彷彿帶著千世萬世的詛咒，隨著那根離弦而出的小銀箭，要將他射入地獄！

「怎麼，看到我很吃驚嗎？」得手之後，她放下銀色弓弩，森寒著臉，緩緩向他走來。她手上拿的玩意叫「殺人弩」，乃是唐門的獨門暗器，尺吋比一般弓弩約小了一半，可藏於寬袖裡。上頭的機簧可裝七枝銀箭，不但能連射，發射勁力更是不容小覷，連黃檀都能釘入。

上官夜天只覺身上愈來愈難受，雖是右肩中箭，按理說應無大礙，然而傷口卻有種詭異的侵蝕感，彷彿有什麼蟲子往身子裡囓咬，由皮到肉、由肉到血、由血到骨，寸寸深入。卻又竟不甚痛，麻癢癢，只像是給蛛絲沾上，黏膩難除。

「你怎麼會在這裡？」

「這有什麼好驚訝的？為了殺你，就算你逃到天涯海角，我也一定會把你揪出來挫骨揚灰！」

「你在箭上餵了毒？」

「你沒瞧見流出來的血是紫色的嗎？這是我為了你精心調治的『天蛛散』，乃苗族第一劇毒，無藥可解。」

上官夜天的心臟失控的劇跳著，跟著頭一昏，有些暈眩。

雷翠續道：「不過你放心，天蛛散不會那麼快要了你性命，你至少還可以活上七天，只是這七天內，你落在我手裡嘛……哼哼，我可不會這麼簡單就放過你，我要把你的肉一刀一刀片下來，日日夜夜將你凌遲！」似乎猶不足洩恨，她再高聲道：

「我要挖你的眼、割你的耳、刨你的舌……最後再把你的心臟挖出來，瞧瞧看究竟是什麼顏色！」

雷翠說得激動而快意，到後來甚至仰天大笑，將面迎天。雨水打在她臉上，混著淚水一同滑落。

終於，她終於等到了這一天。

同樣是火，三個月前，在南疆的那一場惡火，奪去她的一切，可憐卻不曾有這樣一場大雨，給予他們苗人一線生機；如今，上官夜天雖也嚐到了大火之厄，卻蒙上天垂憐相救——

呸！老天爺當真瞎了眼！

就為這，她恨透蒼天！

所幸這回上官夜天運氣再好，也要用盡了。

老天爺再厲害，難道還能幫他解這無藥可解之毒嗎？

唯一最深層的遺憾，就是美好的時光不可能倒流，她再也回不到從前，做回那個意氣風發的苗族公主了……

有此覺悟，內心隨之苦恨無極，殺意陡盛。

她雙目精光暴射，只待上官夜天抵受不了毒性昏倒，就立刻上去將他眼睛戳瞎。

然而，上官夜天非但沒有昏倒，甚至還有奔跑的力量，早已背向她往另一方逃跑了！

上官夜天知道這毒厲害，馬上取出懷中的「靈樞解毒丹」吞服而下。這丹藥是巫羽配的，正是肇因於顏克齊前次中了苗人毒物，上官夜天便吩咐巫羽配了這藥，日後好隨身帶著，以防前事重演。

實則九大派並不擅用毒，滅了苗族後，只怕也不會有用到解毒丹的機會，他隨身帶著，不過是因著未雨綢繆的心思——他處事向來如此，絕不犯同樣的錯誤。若他不是這樣的人，只怕也已活不到今日了。

而雷翠這邊，自是大出意料，還當是毒量不夠，忙又扣按機關，朝他連射。可惜兩人距離太遠，殺人弩力不能及，連續三箭落空。雷翠只得狂奔追趕上去，在他後頭喊道：「上官夜天，你若運功，天蛛散只會發作得愈快……」

上官夜天自然也深知此理，心裡冷哼一聲，想道：「我就是給毒死，也絕不落在你這苗女手上！」他知道杜紫微是解毒高手，只盼能盡快與之會合，重獲生機。

可是這天蛛散委實猛烈非常，連巫羽調製的解毒丹也僅能擋得一時。奔行不過片刻，他腦子已然十分暈眩，腳下一滑，便從邊坡上滾了下去。

雷翠見狀，不禁驚呼了一聲。她自然不是擔憂上官夜天安危，而是惋惜失了此人，便無法將之折辱洩恨了。

待得趕來相看，只見那坡勢甚陡，陷谷甚深，大雨又將土石沖刷，極難行下。她一時間也看不清他究竟是摔到了哪兒，又不敢下去尋找，心想：「罷，反正中了天蛛散，諒你也活不久。待得雨停，我自然會再來把你找出來。不將你千刀萬剮，愧對我父天靈！」

＊　◆　＊

這個深夜，沒有月色。

下午的那場大雨，足足下了三個時辰才停。

天龍會的死傷反而沒有寶蓮寺來得慘烈，因朱銘等人意在牽制，天龍會又守多攻少，看似轟轟烈烈的一戰，因著一場突如其來的暴雨，隨之草草收兵。

事後，雙方都派了人去寶蓮寺察看情況。天龍會在雙合門裡頭，找著了一具男子焦屍。天龍會大廳，幾位掌門一同端詳著這具屍體。

「焦黑成這樣，實在無從判斷是不是上官夜天。」彭華靖道。

「若不是上官夜天，誰還進得了雙合門內？」司空雪道。

「爾聰，你怎麼看？」司空淵問。

涂爾聰深深嘆了口氣，搖頭道：「我們可能白忙一場了，這男的應不是上官。」

「如何看的？」

「其一，他手上沒有鞭子；其二，那一百名弓箭手身上都有鞭痕，若上官已在雙合門內被燒死，如何還能持鞭殺人？」

向曉潭道：「但在現場我們也確實拾到了殺神鞭，若上官夜天沒死，怎不將鞭子也帶走？還有，弟子們還帶回來一種很特別的銀色小箭，那並非九大派之物，方才已經檢查過，上頭是有餵毒的。寶蓮寺外頭怎會有這種東西？」

「既不是咱們的，多半就是上官夜天的。」彭華靖道。

司空淵沉吟道：「依照上官夜天過往的惡行來看，他從來只用鞭子行兇，倒是不曾用毒。那杜紫微才是使毒的行家，但他可沒去寶蓮寺。」

眾人又想了一會兒，涂爾聰推敲道：「莫非因那場大雨恰好止了火勢，上官夜天這才衝殺出來，把弟子們都殺了。後來不知何故，又來了其他人馬，趁他筋疲力竭之際，用毒箭對付他？」

這番話讓眾人都陷入沉思，若由現場情況來看，這推論不無可能；但若說有其他人馬，又會是何方神聖特意上東靈山來，找殺神麻煩呢？

眾人討論了一會兒，仍在五里霧中。

這時，趙正峰從外頭走了進來。司空雪一見他，即問道：「趙師兄，找到劍飛了嗎？」

原來趙劍飛離開了天龍會後，就不曾再回來，其間杜紫微雖易容潛入，曾一度與趙正峰照面，然而後來雲城與天龍會交戰，「假趙劍飛」便又不見人影了。趙正峰擔心愛子下落，怕他在外頭遇上雲城高手，於是帶人出外尋找，不想卻是在前往秋水靜潭的路上，巧遇正走回來的「真趙劍飛」。

趙正峰道：「找是找著了，只是這孩子……唉，不提也罷！」他搖了搖頭，一臉失望之色。

「出了什麼事嗎？」

原來趙正峰遇著兒子時，趙劍飛神色懷傷，眼角還帶著淚痕。他一向最怒男兒流淚，當場詢問發生何事，趙劍飛便將自己好不容易遇上雷翠，雷翠卻又與自己分別的事全都說了。

趙正峰心想堂堂男兒，竟在這大敵來襲的當口，為了區區苗女意氣消沉，自不好於人前說起，且當時趙劍飛衣衫不整，連外衣如何不見了也不知道，遂疑心他不知是否有與那苗女做出事來，心裡更添煩躁，只隨口道：「沒什麼，這孩子不懂事，心情不好便一個人到處亂跑，也不曉得回來幫手，真該好好罰他一頓！」

司空淵道：「那不打緊，只要別落入敵人手上就好。」

趙正峰道：「多謝師兄體諒。」話鋒一轉，即道：「對了，有件事非讓諸位知道不可，劍飛告訴我，上官夜天已經死了。」

眾人均是一奇。

司空淵道：「這孩子是怎麼知道的？」

「此事說來話長，幾個月前，劍飛去雲南拜訪友人，恰好遇上了一位苗族姑娘，那姑娘的家園被一個大惡人放火燒了，她爹也因此而死。劍飛見那姑娘無依無靠，便將她帶回來妥善照顧，可是過得一陣子，那姑娘不知何故，竟然不告而別，再無消息。

「方才劍飛卻說，那姑娘也上東靈山來了，原來燒她家園的仇人恰好就是上官夜天。她趁上官夜天在寶蓮寺外頭戰得筋疲力竭之際，已用毒箭射死了他，親手報了這滅族殺父的血仇。」

眾人聽了，皆是一凜：對方使用毒箭，豈非跟他們的發現不謀而合！

「那姑娘還說，那銀箭上的毒是苗疆第一劇毒，天下無藥可解，饒是華佗再世也束手無策。」

「你剛剛說的銀箭，是這形制的嗎？」向曉潭用手帕拿出銀箭問道。

趙正峰並未見過此物，便走過去伸手端詳。向曉潭立道：「仔細別碰著了，大夫說有劇毒。」當下也將他們在寶蓮寺的發現跟他說了。

至此，雙方訊息暗合，果真是同樣的日子、同樣的地點、同樣的兇器、同樣的受害者——上官夜天縱未死於火場，也當死於劇毒，再無疑問。

笑了！

最後眾人得出這樣的結論，全都笑了！

這樣的結果讓他們今夜都將興奮得睡不著覺，就連最高傲的司空淵、最凝定的涂爾聰，也由衷快慰。然而，如此心情卻不可長久。舅甥二人交會一眼，有些事情心照不宣。

上官夜天之死，不是結束，而是另一場風暴的開始。

今年的中秋劍會將會很不一樣，除非上官驪不在乎天龍會殺了雲城少主，否則那天，他必將在天下人面前現出真身。

外界從來沒有人見過上官驪的真面目，也不知道他武功底細究竟如何。

荊都雲城，在二十年前還不過是個二流門派，一個司空淵渾不放在眼裡的小石頭，卻不知道從何時開始，雲城上官驪的名字開始在西武林一帶流傳，接著是北武林、東武林、南武林……

再來是雲城朱銘、雲城費鎮東、雲城杜紫微、雲城韋千里……好些名不見經傳的高手都忽然冒出頭來，與九大派爭奪武林版圖，且手段更猛、更狠、更辣、更無所不用其極！

在此之前，黑白兩道人物聽到九大派的名頭，都要忌畏三分。其中的一會一堂三莊，更是聲譽極隆的武林世家，淵遠流長、人才薈萃，於劍術的傳承與發揚，有不可抹滅的貢獻。

然而雲城中人，完全不將這一切放在眼裡，他們以一種粗暴狂妄的姿態，凡事皆與九大派作對到底，像是要蔑視它、推翻它、破壞它、取代它……九大派縱不甘心，偏生對方又當真是絕頂高手，厲害得教人膽寒。

直到連上官夜天也出來了，桀驁年少，武藝驚人，二十歲年紀便以一人之力誅除作惡多端的「飄狂三魔」，得了「殺神」稱號。

上官驪至此，退於上官夜天身後，深居雲城，惟凡事仍操之在手，運籌帷幄。

沒有人知道他的武功水平，因為九大派至今還沒有人跟他交過手。那神祕不清，可畏可佈的形象，全是由殺神與四天王的能耐所推想來的——

高，不可見；深，不可測。

所幸這一回，司空淵已經學會了天舞劍。雙方纏鬥多年，終於輪到天龍會反擊了。

天舞劍，二十五年前曾經救過九大派一回，而這一次，是否也能前事重演呢？

這個深夜，沒有月色。

溫暖而雅致的房間，一男一女同臥於床幕裡，說著只有彼此才能聽見的低語。

「唉，一定得這麼快離開嗎？」

「雲城輸了，再不撤退，難道你想等著給九大派乘勝殲滅？」

「可是無法親手逮住他，我不甘心！」

「你說你的天蛛散無藥可解，當真？」

「此事我以性命擔保。那毒方最初記載在《百毒經》裡頭，老祖宗就特別以朱砂註記：『此毒下之無解，萬務慎重』。哼，任上官夜天武功再高，也絕對見不到今年中秋的月亮了。」

「很好，你這麼說，我就放心了。」杜紫微說罷，打了個呵欠，翻身背向她。

雷翠冷眼瞟著，心道：「杜紫微，今晚你可該睡得香甜了，你想要的，如今可都是得到了。」

然則她好不容易大仇得報，卻沒有想像中的快慰欣喜。

她還是不快樂，因為她還是沒有愛情跟自由。

今早，她對已經昏倒的趙劍飛下了迷藥，讓他睡上好長一覺，免得干涉他們的行動。解決了上官夜天後，她再度回到靜潭旁的樹林裡將他救醒，並且與他話別。

這一次她心裡有了覺悟：今生今世，怕是不能再與他相見了。

因為杜紫微完全沒有放過她的意思。在她將趙劍飛拖進樹林後，他就這麼暗示：「若等你學全了摧仙指再去殺上官夜天，你至少得費上十二年的光陰，這回多虧我促成了你。因此，就算這回我們殺死上官夜天，你仍是我的手下，你有十二年的歲月是屬於我的。除非我不要你，否則你哪兒都別想去。」

一句話，殘酷地斬斷她跟趙劍飛之間的可能性。

想來，這是何等諷刺啊，當初她極企倚仗的力量，而今卻成了奔向幸福的阻障！

到底，杜紫微是懷抱什麼心思看待她的呢？是尋常玩物，可有可無，還是……

「你想要什麼？」當房間已完全陷入靜謐，他忽道。

「你說什麼？」她微愣，以為他睡了。

「你立了大功，我該給你賞賜。說吧，想要什麼？」

雷翠愣了好一會兒，卻道：「你都是這樣討女人歡心，只要她們伺候得你舒服？」

「呵。」回應她的，是低低的輕笑。「我從來不討女人歡心，不需要。」

「那麼你又何必多此一舉，給我什麼賞賜？」

「你跟她們不一樣。」杜紫微翻過身道：「你的分量重些。」

雷翠心中微愣，卻輕笑道：「唷，杜天王這話真讓人受寵若驚。你喜歡我？」她裝作隨口而出的樣子，探測他的心意。

「當然喜歡，你那麼逗人，又那麼聽話……」他也是一副漫不經心的德性，打發她的問題。

就在他再次吻上她頸窩時，她忽道：「那麼，我想要苗疆，可以嗎？」

「苗疆？」他動作為之一頓。

「我真的……好想念南方。大仇既報，我自該回去繼承爹爹的位置，重振苗族聲威。」

杜紫微凝視她良久，像是要看進她心底似的專注：這女子此刻提出這等要求，是真心繫戀鄉土，還是藉此脫身呢？他雖有此疑惑，一時間卻不好判斷，只能待來日觀察。良久方道：「好，只要你是真心想回苗疆，我早晚會成全你……」說完，俯身壓住了她。

春宵，正長。

＊ ◆ ＊

這個深夜，沒有月色。

大雨已停，天空彷彿洗淨似的一派清朗，滿天的星光熠熠閃爍，像無數顆任意灑落在黑緞上的白鑽，壯闊而明亮。

這樣的夜，很美，卻不適合出外，尤其是走山路。

然而沈冰卻跟在翟抱荊身後，一手把著紙傘，一手提著燈籠，走上雨後泥濘的山道。

山道並不好走，蜿蜒而濕滑，可是他們這一老一少，一前一後的走了快一個時辰，也不知道是要去哪兒？

沈冰有些乏了，忍不住問道：「翟伯伯，你說的那個朋友到底在哪裡？你若真要找人，何不請爾聰幫忙？」

「那可不行，除非你希望我那朋友送了性命。」

「咦，為什麼？」

「別多問，等會兒你見到我朋友，就知道了。」

走著走著，他們竟來到了寶蓮寺。

沈冰一呆，訝道：「翟伯伯，你為何帶我來這裡？」

眼前景色，根本只能用「淒慘」二字形容。外頭的天龍弟子屍體，已給先前來過的同門都收拾去了，然則那些給射死燒死的雲城中人，卻任其曝屍郊外，風吹雨淋。

沈冰嘆道：「人都死了，何苦還這般輕賤對待？這司空掌門的胸襟也未免太狹窄了。」

「不意外，二十幾年前，他就是這副德性。」

「翟伯伯您跟他認識?!」

「我不但跟他認識，我還認得司空雪、向曉譚他們，否則你以為我為什麼一路上都蒙著臉，不讓九大派的人瞧見我面目？」

沈冰聽了，還待相問，翟抱荊已又道：「走吧，上官夜天也許就在左近，仔細找找。」

沈冰一驚：「原來你說的朋友，就是上官夜天！他不是已經死了？您又怎會是他的朋友？」

「就算是死了，我也要見到他的屍體才算。」又道：「沈冰，難道你忘了，我本是雲城中人，上官夜天怎麼不可能是我的朋友？」

「但您給雲城追殺，不是該跟他們恩斷義絕嗎？」

「夜天不同，他是我親手領進雲城的，那一年他才八歲。我看著他長大，就像是自己的孩子，他縱要死，也絕不該死在九大派那些鼠輩手裡！」

沈冰聞言，頓覺翟抱荊在雲城與九大派之間，似乎有更複雜的糾葛，卻不知該不該貿然詢問，只問道：「您既然如此瞧不起九大派，何以當初勸說我爹爹結盟白馬堂？」

「因為當時上官夜天看來，似乎確有染指魏蘭的念頭，我不得不先替魏蘭打算，再說九大派中，也只有白馬堂勉強還像個人樣……罷了，這些陳年舊事，日後我再慢慢說給你聽，先找人要緊。」

兩人走過寶蓮寺，胡亂尋找，一會兒已來到了斜坡前。

沈冰見翟抱荊俯視下方，似乎有意下去，便道：「翟伯伯，這土坡吃飽了水，不好走，夜又深了，不如明早我們再來。」

「九大派的人一定也這麼想，如果我們今晚不將人找著，明天就沒機會了。」說罷，他放下紙傘，吹熄燈籠，用嘴巴咬著燈柄，緩緩爬了下去，再用火褶將燈燭點燃，只盼人就在這坡下。

沈冰見狀，也學著爬下，不一會兒便嘴痠腿麻，當真辛苦不易。兩人落地後開始尋找，過了一刻，沈冰驀地不知踩到什麼事物，把燈照去，竟赫然就是上官夜天！

可是沈冰卻幾乎認不出他來，心中一凜，失聲喊道：「翟伯伯，您過來瞧瞧，這人是上官嗎？」

翟抱荊狐疑地快步走來，心想沈冰又不是沒見過他，如何這樣問話？然一瞧去，亦自怔愣，這實在是……

妖異！當真妖異！

其人眉目英俊深刻，確實是上官夜天不錯，可整張臉皮死灰如鐵，嘴唇卻呈現詭異的鮮紫色。形容可怖，分明中毒跡象。

翟抱荊忙探他腕脈，只覺脈息續斷、緩塞凝滯。他的心陡地沉了下去，深吸了口氣，肅聲道：「沈冰，咱們千萬得想個法子讓秋晴救人，否則上官夜天必死無疑！」

第二十五回　歌罷落梅天

她就那樣定定的看著他，目光中有著與他決裂的無畏。上官驪很快就看懂了她的眼神，明白蘇娃已將自己恨入骨髓，這輩子只怕都不會原諒自己了。

天明後，殺神之死的消息，已傳遍整個東靈山，普天同慶。

那樣的喜悅，洋溢於天龍會上每個人的言語神態。置身其中，彷彿連空氣都是甜的。

可是沈菱心碎了，哭得肝腸寸斷，無法承受這樣的傷悲。

這一回，她痛恨九大派，包括涂爾聰！

「爹，我不要在這裡！我不想見到九大派的任何人！」她在哭得連嗓音都沙啞之後，向父親提出這樣的請求。

沈幽燕心疼愛女，心想反正已無要事，也不必在這是非之地久留，柔聲道：「好，阿菱，咱們明天一早就走，免得教你看了煩心。」

當晚的慶功宴，沈家就只有沈幽燕與秋晴赴宴。

至於翟抱荊自上天龍會後，一向不見外人，大家只當他是個孤僻神祕，可有可無的怪老頭；而沈冰則託辭身體微恙，婉拒出席。兩人另外有事情做。

昨夜他們救回了上官夜天，翟抱荊先替他處理了箭傷，又在其背心諸穴摧動內功，意圖逼出毒質，可如此弄了好一陣子，上官夜天的情況仍未見好轉。

無可奈何，他們只好找秋晴過來商量。

秋晴因為費鎮東的關係，連帶把上官夜天也恨上了，此事翟抱荊跟沈冰都知道。故他們把秋晴找來，實在要冒上不小的風險，卻別無選擇——

「沈冰，你居然要我救他?!」

在翟抱荊房裡，秋晴背對著躺在床上奄奄一息的上官夜天，惱怒質問。

「是，我希望你救他。晴兒，醫者仁心，難道你忍心見他如此痛苦嗎？」

「你說這種話，可有替我想過嗎？我爹可是被他的心腹殺死的啊！」

沈冰搭著她雙肩，溫言道：「晴兒，殺你爹的是費鎮東，不是上官夜天啊！那根本不是他的意思。你這樣遷怒無辜，是不是太過了呢？」

「沈冰，你胡說什麼！」秋晴用力將他推開，怒道：「你為了區區外人，居然編派自己的妻子！」

沈冰忙道：「我沒有編派你……」

秋晴道：「有，你就有！你覺得我對他見死不救，一點都不明白事理。你的說話、你的表情，都是這個意思！」

「那是因為……」

「你可知道他的外號是什麼？是『殺神』啊！他雙手沾過的血腥，壓根不會比費鎮東少。我若真救了這樣的人，不但是浪費我的醫術、我的藥材，更是讓死去的爹爹蒙羞了！」

「你誤會了，他其實沒那麼壞的！阿菱不就是他捨命救回來的嗎？」

秋晴冷哼：「阿菱那樣漂亮，我是男的也會拚命救她，又有什麼好拿來說嘴的？」

「你——」秋晴口才伶俐，沈冰完全說不過她。

只見秋晴嘆了口氣，搖了搖頭，道：「沈冰，你真教我失望。你根本就不了解我心裡的悔恨跟痛苦！」她深深吸了口氣，彷彿要把眼淚都吞回肚裡，拉開房門，毅然而去。

咚的好大一響，門扉合上。

沈冰嘆然，只要一提到當年的父仇，秋晴就會變得刺蝟似的，咄咄逼人。他看向屏風後頭，道：「翟伯伯，該怎麼辦？晴兒不但不聽我的，還很生我的氣。」

屏風之後，翟抱荊緩緩步出。

「早知她會如此，不意外。想讓秋晴救人，得想想別的法子了。」

✻ ◆ ✻

秋晴參加了天龍會的慶功宴，與涂家人同桌。

她原本該要開心出席的，可是下午跟沈冰吵一架後，連應酬的微笑都擠得十分勉強。

坐在她旁邊的涂爾聰低聲問道：「沈冰生病了，你怎不在他身邊照料？」

秋晴淡淡道：「理他？吃帖藥，出個汗就好了。」

涂爾聰覺她神情奇怪，但心懸另一要事，無暇多想，過一會兒，他終於忍不住問道：「沈姑娘還在傷心嗎？」

秋晴一聽，微微一笑，道：「你是怕阿菱傷心，還是怕她恨你？」

涂爾聰一愣：她說話怎麼這麼尖銳？

只聽秋晴壓低聲音續道：「現在上官夜天已死，你們又抓住了費鎮東，你打算何時讓我哥回來？」

涂爾聰臉色微變，心想費鎮東的事可不能長久瞞住她，待要開口解釋，這時廳裡忽然一陣喧譁，只見是司空淵站了起來，像是有話宣布。

所有人都屏氣凝神都看向他去，只聽司空淵舉起酒杯，朗聲道：「各位兄弟，這一回我們九大派終於漂亮贏了雲城一回，武林從此以後，再也不會有上官夜天這號人物了！」

他一說完，群情喝采，有些人甚至露骨拍馬，全歸功到司空淵頭上。

這些應酬話秋晴連聽都懶得聽，冷冷一瞥，即低頭喝起碗裡的湯來，可這時司空淵竟說道：

「可惜，雲城妖人詭計多端，上官夜天在寶蓮寺外頭另外埋伏一幫人手，趁亂從救走了費鎮東……」

咚！秋晴霍地放下湯匙，瞪向涂爾聰。司空淵後來再說了什麼，對她而言，都不重要了。

涂爾聰嘆了口氣，實不希望她是在這樣的情況下得知真相，連忙道：「你且別生氣，等會兒我一定跟你解釋清楚。」

於是，酉時二刻，他們來到沉香庭的走廊，雙雙倚著欄杆。涂爾聰把一切的來龍去脈都交待清楚，並且致歉──

「對不起，此事瞞了你這麼久，是我不好。」

如今，秋晴已經聽完了整件事的過程，涂爾聰也誠心的跟她道歉，可是她無法理解，更不能原諒，抓著欄杆的手背青筋浮現，切齒道：

「騙子！司空淵是騙子，連你也是騙子！」

「秋晴，沒有人存心騙你！」

「那麼司空淵為何要說謊？說什麼『中秋劍會要拿費鎮東血祭』，害我白高興一場！哼，堂堂天龍會掌門，學了天舞劍後居然連個雲城天王都拿不下，還老往自己臉上貼金來著，他都不覺得自己很好笑、很可恥嗎？」

涂爾聰忙道：「小聲點，你以為這裡是誰的地方？」

秋晴怒上心頭，哪裡還管得了這許多，朗聲道：「涂爾聰，我哥哥已經幫你幫了六年啦！現在你們倒好，廢了韋千里、殺了上官夜天，還得到了天舞劍，情勢發展全向著你們九大派，可是我跟我哥得到了什麼？連走了費鎮東這樣的大事，你居然瞞到今日，眼見瞞不住了才跟我說，我到底還能相信你什麼？」

「我不是故意要瞞你的，這是舅舅的意思。」

「好，那你當初承諾我，只要你學會天舞劍，你就有把握殺死費鎮東，你現在就快去跟你舅舅拿天舞劍劍譜啊！」

「……」

涂爾聰悄然無言。就是趙正峰有這想頭，司空淵也毫不客氣的回絕了，若換作他去索討，有用嗎？惟，無論如何，他的確不該再欠秋晴了。微一沉吟，點頭道：「好，我去試試。」

「試試？哼，也就是說，若此事不成，你又可以推到你舅舅頭上了，是不是？」她冷眼冷語，滿是譏諷之色。

「秋晴……」

「罷，別說費鎮東了。你沒十成的把握對付他，我也不怪你，可至少我哥已經幫了你們這麼多年，你也該讓他回來了！」

「秋晴，他是我們伏在上官驪身邊最可靠的棋子，現在並無性命之憂，不如等到我們解決了上官驪後，再……」

「好了，不必說了！」秋晴峻聲打斷他，臉色說有多難看便有多難看。「你們都一樣，滿腦子只會替自己打算，完全不管旁人死活。涂爾聰，虧我哥跟你還是從小一塊兒長大的朋友，你居然說出這樣的話……我、我真替他覺得寒心！」

秋晴含怨深沉的瞪他一眼，不顧涂爾聰還待相留，掐緊了拳頭，轉身快步離去——

騙子！九大派都是騙子！

方才在大廳裡，司空淵大言不慚的說什麼上官夜天已經燒死在寶蓮寺裡的鬼話，她就已覺得十分可笑；繼而再看到圍在他身邊那些諂媚小人的德性，更是一個比一個噁心！

她快步離開沉香庭，走回後屋，心裡只覺得有把惡火熊熊燒著，眼睛卻偏偏溼紅了，憋著一肚子的委屈不甘，想發洩又不知從何發洩起，又忍不住要想：這下子哥哥該怎樣辦？既報不了父仇，難道還繼續當涂爾聰的棋子嗎？到底該如何才能跟他聯繫上呢？

種種盤算徘徊腦中，眼看就要進入院落，忽地，一雙強健的手臂從她身後猛然抱住了她，甚至還用耳朵磨蹭著她的。她大驚失色，就要驚呼出聲，那人卻摀住她嘴巴，在她頰邊笑道：「別嚷，是我。」

是沈冰！

她用眼角的餘光瞄到了。

「好老婆、俏老婆，還生我的氣嗎？」沈冰笑問。

秋晴沒有說話，怔怔看著他，忽然間卻低下了頭，抽泣起來。

沈冰一愕，立問：「怎麼啦？就算咱們下午吵得那麼兇，我跟你賠罪就是了，你又何必哭呢？」邊說著，邊抹乾她眼淚。

秋晴搖搖頭，垂淚道：「不關你的事，我難過的是別的……他們好壞，他們都不是好人！」

沈冰一聽，緊張問道：「他們是誰？跟我說，我去教訓他們，幫你出氣！」

「……是涂爾聰……他真的好過份……我哥為了他去雲城臥底，這些年來也已經幫忙他不少事了，可是他滿腦子只有自個兒的圖謀算計，到現在還不肯讓我哥哥回來，根本就不管他死活……」秋晴便將方才在沈香亭的事都說了。

沈冰聽罷，心想正好能順水推舟，於是拉著她手，溫言道：「晴兒，你想過一事沒有？如今費鎮東的事、你哥的事，九大派根本就給不了你任何保證，因為這兩人都掌控在雲城手裡。如果你肯出手救『那個人』，你說他會不會願意拿費鎮東之死，以及你哥的平安，來保全自己的性命呢？」

秋晴聽了，不禁收起眼淚，凝神瞪向沈冰：沈冰哪有這麼精明！

「這道理，誰教給你的？」

沈冰不想她明明正在傷心，居然這麼快就恢復了平時的敏銳，喉頭不禁緊張一噏。

「是翟伯伯嗎？」

她一想便猜到了，因為下午她就是在翟抱荊房裡看見上官夜天的，若說他跟此事無關，她可不信。

「是，但這也是我的意思，我實在不忍心看阿菱這麼傷心，她從來也沒哭得這樣厲害過。晴兒，求你行行好，就救他一回吧！」

沈冰都這樣開口了，秋晴再也難拂其情，何況他的提議，確實也值得一試——九大派是靠不住的，連涂爾聰也不願讓她哥哥自由！

所以，她平穩了情緒後，終於還是回到了翟抱荊的房間，手指也搭上了上官夜天的脈膊……

「怎麼，還能救嗎？」站在床前的翟抱荊問道。

秋晴將他手腕放回被子裡，沉吟好一會兒，搖頭道：「不知道。」

沈冰咦了一聲。

秋晴抬頭看他：「咦什麼？你當我是神仙，什麼毒都治得好？唉，他身中之毒，我見所未見，一時也不知該從何下手。只盼別是那四大祕毒才好。」

「什麼四大祕毒？」

「我爹說過，江湖有四大奇毒，由於解毒的藥草太過稀少罕見，一旦中毒，將無藥可解。此四毒便是唐門的三碧蕩魂丹、九陰堂的閻王帖、西皇樓的無影毒，還有苗疆的天蛛散。」

「苗疆？」沈冰心中升起不祥之感。

翟抱荊道：「九陰堂十多年前已遭覆滅，唐門一向不過問武林諸事，西皇樓遠在玉門關，跟雲城素無往來，不可能是這三派下的手。」

沈冰道：「他倒是跟苗族有仇，只是苗族的人如何會上這東靈山來？」

秋晴道：「我們且別胡亂猜測，還不確定是不是四大秘毒呢！只不過此處我難以施手，得離開東靈山才好辦。」說完看向翟抱荊，想知道他有何主意將人送下山去。

翟抱荊早就想過這個問題了，道：「你們爹爹明天一早就要回南疆了，司空雪跟涂爾聰一定會來送行。你們將夜天扮成我的樣子，稱病送到車裡，不要跟其他人接觸。」

沈冰道：「那您怎麼辦？」

翟抱荊道：「我今晚就先偷溜下山去。明天你們下山後，記得走往白河鎮，咱們在吉祥客棧碰頭。」

沈冰點頭：「記住了！」

之後，秋晴在上官夜天衣襟裡發現秋家的『靈樞解毒丹』，知道是哥哥所製，霎時不禁睹物思人，更欲將上官夜天救轉過來，來日好保全兄長。

次日一早，司空雪便給他們備了兩輛馬車，又送了好些盤纏禮物。因沈菱沉鬱傷心，雙方簡單話別，倒也未露出半分破綻，一行人總算是安然離開了東靈山。

車內，秋晴看著上官夜天那死不死、活不活的樣子，心想他能否甦醒，已非人力所能致，全看天意造化了。

惟傳諸江湖，又是另一回事……

＊ ◆ ＊

「殺神死了！真的假的？」

「這種事哪還有假，就在東靈山的寶蓮寺裡頭，上官夜天為了救費鎮東，不慎中了寺裡的機關，給大火活活燒死了！」

另一個聽的人痛快擊掌，樂道：「哈哈哈，老天有眼，總算給咱們天山派出一口惡氣了！」

「可不是？司空掌門一舉就替咱們九大派殺了這雲城惡賊，果真是一代人傑！」

「這下子雲城六賊一死一廢，司空掌門又習得了天下第一劍法天舞劍，看來雲城的氣數，已到盡頭了！」

「就是！雖說江湖謠傳，上官驪的武功深不可測，可那老賊再厲害，還能勝過咱們司空掌門嗎？今年的中秋劍會他若真敢上天龍會應戰，嘿嘿，那天舞劍往他身上招呼，保證是有死無生。」

「那可有意思了，上官父子皆死，雲城群龍無首，那麼武林豈不又是咱們九大派的天下了嗎？」

說罷，一群人開懷大笑起來。

當中一人端起酒罈，把石桌上的每只酒碗都滿上，大夥兒紛紛舉碗相敬，有一種委屈久矣，終將撥雲見日的豪情快意。

「來，乾！」

大夥兒仰天痛飲，胸前酒水淋漓。

這是天山派的涼亭，一群武藝未精，未能赴往天龍會參加中秋劍會的弟子們，津津樂道著近日來這樁轟動武林的大事——殺神之死。

像這樣的談論，也不知已在多少門派幫會裡流傳著、重複著。江湖中人，想不知道都難。

可是雲城這邊，完全不是這樣的氛圍。

就算過了數天，費鎮東與雲城連繫上了，安然返回，雲城中人的心頭，也是諷刺遠多於喜悅——上官夜天原是為了救出費鎮東才東行的，不料竟白白踩了天龍會的圈套，枉自送了性命！

事到如今，四天王方有一種前途難料、勝負難測的感覺。

自從司空淵得到天舞劍後，短短數月，雙方情勢一夕變易——韋千里雙掌被廢、費鎮東重傷而歸、上官夜天命喪東靈……

雲城高手出道以來，從未曾經歷過這樣的慘敗！

到如今，還有誰能力挽狂瀾？

上官驪雖然高深莫測，可憑他，難道能超越孔聖，打敗傳說中那套神祕傳奇的絕世劍訣嗎？

四天王人人各懷心思——有人為雲城前途忐忑擔憂、有人傷感上官夜天英年早逝、有人只待他日再行雪恥報復、有人則是開始打量那懸空的少主位置。

至於落梅天跟楓紅小築，亦是各有斷腸人。

蘇娃無法承受這晴天霹靂，當場暈厥了去，醒來後垂淚不止，不言不語，亦不肯進用飲食。

而雪琳傷懷，面上雖瞧不出，卻在上官夜天的書房寢室徘徊了整日，看著他穿過的武衣、用過的兵器、批過的文書……亦是仇恨難平、思念難止。

雲城每個人都為上官夜天之死憤怒傷心，同時對天龍會的實力懷懼不安，直至三天之後——三天後，上官驪出關了。

他出關的半個時辰內，朱銘跟杜紫微就把這個月來所有他該知道的事，都讓他知道了，包括上官夜天身死、費鎮東敗逃、巫羽是奸細，還有——蘇娃已絕食了三日。

超然如上官驪，做夢也想不到，他不過是閉關一個月，整個世界竟就要翻天覆地了！

費鎮東跟巫羽的事也還罷了，可是夜天……夜天竟然……

他不敢相信這會是真的。

司空淵居然再一次地奪走他身邊重要的人！

惟震驚忿恨的情緒並沒有完全佔據他心神，因為他知道不能接受這個消息的，還有另一個人——一個為上官夜天絕食的女人。

上官驪迅速離開聚星樓，直奔了落梅天去。途中經過花園，不意竟見那片原本燦爛灼眼的紫蘭牡丹，而今枯的枯、謝的謝——去年可都是還能支撐到暮秋的啊！

上官驪心頭一顫，只盼這光景別是什麼吉兇徵兆，又更加快了腳步。此時正是未時三刻，向來是蘇娃午睡過後，撫琴清歌之際。

蘇娃歌妓出身，極擅歌舞音律，每隔兩、三個月，總會譜出新曲，自彈自練、自唱自娛。

可這會兒，上官驪人已來到落梅天外，卻沒聽到任何聲音。

沒有琴聲、歌聲、語聲、腳步聲……連蟲鳴鳥叫亦不相聞，整座落梅天秋風瑟瑟，落葉飄零，寂寞得像座死城。

「蘇娃！蘇娃！」

上官驪疾奔而入，連聲音都在顫抖，彷彿害怕著什麼。一上樓，便見一名侍女倚著欄杆，垂頭拭淚，他認出是蘇娃的貼身婢女黛兒，立問：「你一個人在這裡做什麼？夫人呢？」

黛兒見是城主，忙跪下來，伏首道：「求城主救救夫人！夫人自從聽得少主死訊後，至今已絕食三日了！」

上官驪聽罷，也不待她通報，直赴蘇娃房間，到得房外，情急下逕自推門，不想那房門卻牢牢閂住了。他知她性情剛烈，這會兒只怕真會做出什麼無可挽回的傻事來，立刻把門撞開。

「蘇娃！蘇娃！」

來到內房，只見床帳都是落下的，遮得嚴實。他忙來床畔，揭開床帳：「蘇娃、蘇娃——」上官驪聲音驟止，臉色亦僵了。

他終於見著了她，臉色慘白憔悴，眼睛猩紅怨毒——

「上官驪，你總算來了……」

她的聲音沙啞低沉，而她的手，卻持著一柄利剪，毫不猶豫地直戳往上官驪胸口。

上官驪似乎渾不覺痛，只是定定地與她對望。

「你就真的……這麼恨我？」

「我當然恨你！」

她絕食三日，已無甚氣力，然這五個字緩緩說來，竟深刻得像從肺腑發出一般：「遠從五年之前，我就已恨著你了！」

「是為了夜天？」

蘇娃聽到夜天的名字，立時失控的滾下眼淚，淒然道：「不錯，就是為了他！當年我給飄狂莊主看上了，沒人助我幫我，只能給生生逼上死路，是他救了我的！從那一刻起，我便愛他更勝自己性命，一心一意只盼著能跟他情長到老。

「若不是後來你命人將我帶到雲城，強佔為妻，我的夢想五年前就能成真，何苦捱到今日，換來一個跟他生死相隔、陰陽陌路的下場……」

她說著說著，悲從中來，淚水直如絞帕，嘶聲道：「上官驪，就是你……是你毀掉我們倆的！是你！」

上官驪聽著，怔怔滑下淚來，心也碎盡了。

「可我待你，畢竟一片真心，你怎能……」

「去你的狗屎真心！」她咬牙迸出咒罵。「你當我不知道嗎？你時不時便向阿穎打聽那些荒謬絕倫的轉世故事，又老瞧著我耳後的胎記低喃自語……上官驪，我不是傻子，雖我不知道，你究竟將我視作了誰的轉世、誰的替代，但我終究不是你心裡想的那個人！你如此作為，教我每回跟你在一起，都覺得噁心透頂……」

蘇娃說得激動，一時間順不過氣來。她情志過分傷心，又絕食三日，身子本就給耗得虛弱，而今怒急攻心，竟爾便暈了過去。

上官驪急忙呼喚幾聲，終是未醒，忙吩咐外頭：「去叫大夫！快！……還有，去地牢拿巫羽過來！快！」

他緊緊抱著蘇娃，神情懊悔痛苦，一下子竟像老了十歲——

原來這才是蘇娃的真心話?!

她是這樣看待這五年來與他共處的時光？

上官驪只有滿心的無奈。他素不願將自己的快樂建築於他人的苦痛上，何況她還是自己最愛的女人！難道記憶裡那份美好無瑕的情感，也已隨小釵之死而逝，再也回不來了嗎？

過得片刻，雲城養的四名正大夫，還有遍體鱗傷的巫羽都到了。

上官驪坐在椅上，瞪著巫羽，道：「把她救轉了，我便饒你一命。」他自己胸口受傷卻不在意，只盼蘇娃平安。

巫羽身分揭穿，面對這位昔日舊主，不再假以辭色，就算對方已經有條件的網開一面，他也不謝恩，只是默默走向了床畔。其他大夫見他過來，主動讓開，方便他診脈。

過得好一會兒，巫羽的指端離開了蘇娃腕上。上官驪即問：「她身子無恙吧？」

巫羽淡定道：「夫人缺乏飲食，調養幾日便好，然而心神悲憤，卻最傷胎兒。待夫人醒來，城主可得好生勸慰才好。」

上官驪整個人震了震，過了半晌，方道：「胎兒！什麼胎兒？」

「小的方才診脈，夫人似有不足月的身孕。當然，小的醫術不精，一時錯診，也是有的。城主若不相信，這裡還有張大夫、李大夫，儘可問問他們。」

上官驪使了眼色，給巫羽點到名字的兩名大夫，立時各搭她雙手脈搏，凝眉細診。張、李二位大夫均知，依上官驪閉關的時日來算，蘇娃的身孕斷不該不足月份，故兩人相望一眼，誰都不敢先開口。

「李大夫，你說。直說無妨。」

李大夫額上冒著冷汗，道：「稟城主，小的於婦科一門不甚精通，只知夫人的脈象確是喜脈，惟這懷孕的月份，可就推究不出了，望城主饒恕。」

只見上官驪臉色愈發慘白，又問：「張大夫，你診著也是喜脈嗎？」

「回城主，確是喜脈不錯，不過這月份可就……」

上官驪雙眼怔愣，只覺耳邊嗡嗡亂響，什麼都聽不進了。月份不月份的，根本無關緊要。他為何要收義子，替雲城尋個繼位者？因他自二十五年前開始修練乾坤一氣訣，就喪失了傳宗接代的能力。

他，根本就不會有孩子！

那麼，蘇娃腹中的胎兒是誰的？究竟是誰的?!

秋暮微涼，太陽很快就西下了。

蘇娃這一覺睡了許久，悠悠醒來，已是一更。她不知道巫羽在她睡中，給她灌了一瓶養氣培元的赤芝仙瓊漿，醒來後只感身子清爽不少。

她坐起身來，見天色已暗，房中卻無燈火，揭開床帳，隱約只見窗下坐著個人，立問：「黛兒，怎麼不點燈呢？」

那人卻不應聲，過一會兒，才道：「你已有了身孕，你知道嗎？」聲色低沉陰鬱，原來不是黛兒，是上官驪。

「我有身孕！」她自己亦是一驚，又低聲說了一回：「我竟有了身孕……」

正自怔怔出神，忽聽砰一大聲，當真把她嚇了一大跳，卻是上官驪出掌將近前的一張檀木桌子擊得粉碎。

「孩子是夜天的？你們趁我閉關之時，終於做出了好事？」

蘇娃聽他語聲忿然，不但不懼，反而冷冷笑著。

「上官驪，你很心痛是嗎？好，很好，我就偏教你痛！」她提氣大聲道：「不錯，這孩子就是夜天的，你待怎地？你最好就殺了我，讓我到九泉下與他相會，從此再不受你糾纏！」

上官驪整顆心都揪痛起來，扯著心口衣襟，沉痛道：「你不是小釵！你絕不是小釵……我的小釵，她斷不會如此對我……」

蘇娃聽他語音大異平常，也不禁動容，覺得他或者也有幾分可憐，但這念頭不過彈指一瞬，隨即又被憎恨蓋過，恨聲道：「小釵？就是那個在你心田深處，無日忘之的女人？」

上官驪溼著眼眶，嘆道：「你還記不記得，我曾跟你說過蕭朗跟顏小釵的故事？」

「你都不知道說過幾遍了，怎會不記得？」

「我，便是蕭朗；而你，理應就是顏小釵的轉世。」

蘇娃不涉武林中事，渾不在乎他從前身分，就算上官驪就是傳說中的少年英雄，她亦無所感，只問道：「你憑什麼認為，我就是顏小釵的轉世？」

「因為你耳後的胎記，跟她的一模一樣，你又是接在她死後才出生的。你說，天底下哪有這樣的巧合？」

蘇娃恍然大悟，道：「所以你才要帶我去西藏，用當地的秘法喚醒我前世的記憶？」

「不錯，你若能想起前世之事來，斷不會這般癡戀夜天……」

他以為他這麼說，可以讓蘇娃多少願意接受他，可他錯了，這些話帶給蘇娃的，只有無窮的心酸與悲哀。

「哈哈……哈哈哈哈……」蘇娃的笑聲蓋過了他的話，她是笑得那麼樣的難看跟苦澀，雙頰再度滑下淚痕。這倒讓上官驪有些困惑了：這有什麼好笑？

過一會兒，只聽蘇娃恨聲道：「上官驪，你聽仔細了，無論我前世是誰，都不會改變我今世的決定……你這個人，想不到如此可恨可笑，盡聽那荒謬無憑之說！老天無眼，竟教我遇上了你……」

她指著他痛罵後，心中反而更增恨苦，忍不住又伏枕痛哭，泣道：「我這一生不幸，沒有父母、親人、朋友……日子過得那麼卑賤，從來也不曾有人真心在乎過我，只有夜天……他簡直就是從天上下凡來的人物，對我又那麼好……我真的好愛他……

「而你……你根本就不明白我！從頭到尾，你只管你自己要的，你問過我的意思沒有？你若真的萬分思念你那妻子，沒了她便活不下去，你大可陪她一起去死啊，怎不去死？何苦要搭上我？到底關我什麼事了?! 關我什麼事啊?!」

她愈哭愈悲憤不平，大聲的質問到上官驪臉上。

上官驪始終無話，唯獨看她的眼神裡，有一抹說不出的悲傷。

一會兒後，蘇娃才又續道：「我後來才知道，原來夜天是有回去找我的，只是我當時已離開了群釵院，一切都來不及了……」

「唉，如果不是你……如果不是你……我不會等不到他，他不會找不到我……都是因為你……」她話到傷心無奈處，抬眸瞪視上官驪。

那是一種複雜而又陰森的眼神，上官驪從來也不曾看過。不知道為什麼，給她用這樣的眼神瞪著，他心裡居然有些詭異地毛了起來。

「上官驪！」蘇娃再道，聲調幽怨：「你毀滅了我最美的夢，你，才是我此生最大的夢魘！」

她就那樣定定的看著他，目光中有著與他決裂的無畏。上官驪很快就看懂了她的眼神，明白蘇娃已將自己恨入骨髓，這輩子只怕都不會原諒自己了。

他到底該拿她怎麼辦？

「你……」良久，他才勉強開口說了一個字，蘇娃又道：「你殺了我吧！」

「你說什麼？」上官驪訝道。

「我讓你蒙羞了，你不殺我嗎？」

上官驪嘆了一聲，搖了搖頭，道：「我很心痛……但，我怎麼能……再失去你。」他忽然覺得自己真的好想哭，可偏偏就是哭不出來。

「你……」他欲言又止，一會兒才續道：「你還記不記得你曾對我說過：『整個武林的人，都只捧著司空公子，可我知道，你行俠不欲人知，才是真正的英雄。』」

蘇娃一句話都聽不懂，只愣愣的看著他。

「你還說過：『司空公子縱然待我甚好，但我若真變成了醜八怪，只怕連看也不會再看我一眼了，可是你非但一點兒也不嫌棄我，且對我處處照拂……你才是世上待我最好的人。』」

蘇娃方明白了，他說的全是那個顏小釵生前說過的話，卻來問她記不記得！

「……這些話，你當真一點印象都沒有嗎？我求求你，想起來好嗎？」上官驪的語氣近乎是懇求了。

到此，蘇娃明白了，望著他那副可憐德性，冷冷道：「你大概……已經瘋了，只是你自己還沒發現而已……」

「蘇娃……」

「我好累，我不想再看到你，你也別再說那些前世今生的鬼話了……你出去吧！」

上官驪見她斥拒，只能默然不語，過得好一會兒，方道：「我知道你現在心裡只有夜天，可你能不能也給我一次機會，待我殺了司空淵後，隨我去西藏一趟……」

蘇娃不待他說完，霍地便拿起枕頭往他擲去。她手力差勁，只擲中他腳邊，可是敵意已很明顯。

「夠了，你出去，我不想再見到你！」

「蘇娃……」

「出去！我說出去，你沒聽到嗎？快出去——！」她失控的尖聲嘶叫，近乎瘋狂。

上官驪無法，只得快步退了出來，卻又擔心她情志顛狂，怕會做出什麼傷害自己的事來，便吩咐外頭守候的侍女，進去即將利器全部收好，仔細留意提防。

黛兒領著四名小婢入房，先將燭火都點了，來到床畔，柔聲勸道：「夫人，人死不能復生，何況你現在肚子裡還有一個小的，顧著身子要緊啊！」

蘇娃聽了，仍不言語，想到上官夜天永遠都不在了，眼角又復垂淚。

黛兒道：「夫人，您已餓了三天了，我吩咐廚房替您煮些肉粥，可好？」

好一會兒，蘇娃總算開口：「去燒水，我要洗澡。」

黛兒立道：「好，我等會兒便去吩咐。但您也該吃些東西了，否則就算大人受得了，孩子也禁不住啊！」

蘇娃又過了好一會兒，才道：「好吧，我多少吃些。我知道你擔心什麼，你放心，為了這孩子，我不會再尋短了。」

黛兒容色一霽，等的就是她這話，卻不知，若那孩子真是夜天的，也還罷了，偏偏……

蘇娃沐浴之後，吃了半碗粥，又喝了一碗巫羽配的湯藥，便稱自己想休息，打發下人全部退下。此際已是子夜，房裡終於只剩她一個人了。

她端坐在鏡台前，容色異常祥和平靜，拿起玉篦，緩緩梳頭，輕輕吟唱道：

「相思似海深，舊事如天遠。淚滴千千萬萬行，更使人，愁斷腸。要見無因見，了拚終難拚。若是前生未有緣，待重結，來生願……若是前生未有緣，待重結，來生願……」

她的歌聲向來圓潤清脆，而今這曲子卻是唱得斷斷續續，氣若游絲。

一曲唱罷，頭也已梳好了，她取出脂粉與鈿盒，仔細畫眉描妝；待妝罷，又從箱子裡拿出一套珍而藏之，第一次與上官夜天相見時所穿大紅喜服。

待穿上後，她彷彿又回到了五年之前，那個群釵院裡乍遇救星的絕美新娘。只不過，這回她不再殷殷盼他回來，而是她要去尋他。

至此，她對人世已連一絲眷戀也沒有了。

「夜天，黃泉路冷，你一人可別走得太快了，等等我……」纖纖玉指，從鈿盒裡取出一塊金錠搓磨於指間。沉思往事，不過飄零如萍，虛渺如煙。

她頭一仰，狠命吞下金錠，靜靜躺在床上，靜靜去了。

落梅天有處賞月台，人在其上，望去能見楓紅小築絢爛如火，她一向喜歡那個地方。梅花太白、太素、太與世無爭，不是她的脾性。做人一向就得縱情隨性，轟轟烈烈，哪怕如流星飛過，一瞬而逝，至少還有耀眼的光芒，值得世人憑弔，不是嗎？

如今，楓紅小築的楓葉早已紅盡了，又濃又深，血一般的心驚。

可是賞月台上，依舊空蕩淒涼一片！

是啊，賞月台冷清，整座落梅天又何嘗不是？再不會有人抱著琵琶，奏著清脆嘹亮的弦聲、懷著相思無盡的痴心、唱著那銷魂婉轉的歌曲了……

第二十六回　浴血中秋

趙正峰只當上官驪是要為上官夜天尋仇，急忙撇清關係，顧不得掌門威信，當下便將寶蓮寺未尋得上官夜天屍體，以及另有人用毒箭射殺上官夜天之事全盤托出，只盼轉移上官驪的焦點。

天龍會裡，各色旗幟飄揚；比武擂台，八方劍影交錯。

每一年都如此，同樣的日子、同樣的地方、同樣的人物齊聚一堂，由九大派的領袖們帶著一批氣質、心性、資質、武藝都相去不遠的弟子們，一起比武論劍，切磋較量。

這，就是武林最負盛名的比武大賽——中秋劍會。

任何人只要能在劍會上得到優異的成績，第二天就能在九大派裡享譽聲名。

「名」之為物於正派人士而言，魅力遠勝於「利」。

一生之執著，便是不甘平凡，故比武台上劍光寒凜，凝武者一生之志，揮灑的全是畢生投注於武學的成果結晶。

司空淵身為九大派領袖，高坐於觀台大椅上，看著各派弟子表現。他劍術高超，眼光精準，每年少不得都得在終場時評比一下諸派弟子的劍法益進，指點其優劣之處，惟這一回，他卻心神不屬，時不時就摸著腰間那柄七星寶劍。

實在太平靜了！司空淵心想。

中秋劍會是連三天的盛事，今日已第三日，過後大夥就要各自返家了。

論理，雲城早該要有動靜。他與心腹弟子也早已磨劍霍霍，等著大魚入網，可怎地到了今日，還是風平浪偃的？

「師父。」司空淵的一名弟子快步走來，在他耳邊低語。

「外面有動靜了？」司空淵早在山腳下安置許多眼線。

「動靜倒沒有，不過咱們插在山頭的那根磐龍大旗，不知何時，竟然……竟然給斫了！」

司空淵臉色立變，壓低聲道：「那樣一面大旗，如何會給人斫了？快派人把旗子找回來，要是找不回來，一律依門規嚴懲。快去！」

「是、是！」那弟子惶恐退下。

這時，台下正好響起一片如雷喝采——

「好啊！涂公子又勝了，已連勝四場了！」、「精彩、精彩！這涂爾聰的劍法更勝去年，實在難得啊！」、「好一個青年才俊，九派弟子中，再無人能是他對手了。」

涂爾聰收回長劍，向落敗的對手一揖，耳邊固然讚頌之聲不絕，他仍是一臉平和。

向曉盈與司空雪同坐一處，瞧著又一場比武過去了。向曉盈道：「小姑，看來今年又是爾聰勝出，嫂子我在這裡先恭喜你了。」

司空雪眼中滿是笑意，嘴上只謙道：「嫂嫂言之過早了，還得等下一場比過，才知分曉呢！」

「你不必過謙，以這孩子的資質天賦，我看不出三年，便能跟三莊的掌門人比肩了。倒是你，什麼時候才打算讓他接掌白馬堂啊？」

「嫂嫂錯怪了，不是我不讓他接掌，其實堂中事務早就都由他打理，是他自己固執，說什麼非得等成家之後，才肯當堂主，我也就由著他了。」

向曉盈道：「九大派不知多少姑娘仰慕爾聰，要成家還不容易？」

司空雪微微一笑，不再言語。

是啊，瞧她這兒子在擂台上英姿煥發，何其優秀，可怎麼他喜歡的姑娘，偏偏就不喜歡他了？思及此，司空雪不禁替兒子委屈不平，更心疼他錯付真心。好難得自秋晴之後，他終於再看上一個姑娘，模樣比秋晴出挑，性情比秋晴單純，那嫩臉薄皮的心性，教她瞧著也打從心眼底喜歡，卻哪裡曉得，沈家小妹有眼無珠，竟至於斯！

唉……

正當司空雪暗自可惜、正當每個人都驚服涂爾聰的絕妙身手之時，忽聽「砰」的一聲，一面大旗帶著斷杆從天而落，直砸向涂爾聰身側。

大旗，赫然便是磐龍旗。

涂爾聰抬首望去，只見伴隨著一聲暴吼，一道曾經見過的身影虎豹似地朝他撲來。涂爾聰駭然瞠目，沒想到竟會再見到此人，全身的神經肌肉立時都繃緊了起來，卻不敢正面交鋒，腳下緊忙一踢，又將那斷杆踢了回去，立向後躍。他無意藉此襲敵，不過爭取保持距離的間隙罷了。

「喝！」

那人見旗子飛來，毫不在意，隨手一扯，旗杆立時碎若敗絮，就像當時那架給杜紫微踢得飛起的黃梨木屏風一樣！

正是，此人身材魁梧，黑衣勁裝，長長的灰黑色瀏海遮住了半邊臉頰，不是穆琛是誰？

遇此變化，九大派泰半人物都站起身來。來人氣勢直如泰山壓頂，沒人可以忽視。

「怎麼是你？」涂爾聰詫異之餘，橫劍在前，嚴守門戶。

「哈哈哈……哈哈哈哈……」穆琛仰天狂笑，笑聲張狂、囂傲、凌厲，還發動著精強內功，陣陣音波，震人耳膜。

場上根基較淺的弟子們禁受不住，只覺得耳欲聾、頭欲裂，一個個用指頭塞著耳洞，痛苦叫饒。

九大派的掌門人則全都變了顏色。

彭華靖駭道：「淵，是悲聲島……穆琛！是他、是他啊！」不必他說，司空淵也已認出來人。當年悲聲七狼，有六個死在他們手上，獨走了最小的穆琛。轉眼二十五年過去，眼前此人的身材雖更為壯碩、內功更為驚人，然這招「悲聲貫腦」，卻實在是穆琛當年的得意武功，錯不了的！

「上官驪沒來，倒來了悲聲島的餘孽！」

司空淵瞪著擂台，喃喃低語，渾沒想到會有這樣的變局。但就算來的是不是上官驪，他也同樣該出手了，「砰」的一聲，已拔出了七星劍。

台上，穆琛笑聲漸歇，瞪著涂爾聰獰惡道：「怎麼不能是我？涂松巖的兒子，上回在地宮沒能殺你，今天，我要把你們九大派的首腦個個碎屍萬段、挫骨揚灰！」說罷，雙手成爪，指節發出啵啵之聲，先行出招開戰。

涂爾聰不敢大意，他從未見過有人的武功勁氣，能這般霸猛剛勁，心想：「二十五年前，爹爹就是因為對上了這樣的高手，這才大傷功體，至死未癒嗎？」想像著當年血戰，頓時心中含恨，鬥氣凜烈。

他握劍的手背青筋凸顯，挽了一個俐落燦爛的劍花，一上來就是殺招。

只見「翻燕步」何其迅速！他身法發動時，肉眼根本捕捉不到他的動作，只是一團模糊的影子。劍指胸膛，快得晃眼，這一手「啄心劍」百發百中，從來無失。

穆琛也不知道是躲不及還是存心不躲，這一劍亦沒能避開，惟他胸膛硬如鋼鐵，這一劍不過刺入皮膚，便再刺不進肉裡，連劍身都壓得彎了！

「硬氣功！」涂爾聰驚呼。

他知硬氣功乃外家功夫一門極難練就的護身術，練成者渾身堅若鋼石，刀槍難入。他這一招未能得手，便就連抽身也不能了！

穆琛咧嘴一笑，露出森森白牙，身子更向前挺進，雙爪暴抓，立時掐住了涂爾聰雙肩，五指如刀，深深插入肌理。

「哈哈哈……」

穆琛得意的狂笑聲中，間雜著涂爾聰的慘叫與長劍的落地聲。血痕不斷順著涂爾聰雙臂流下，在地上滴出了兩窪血。

司空雪嚇得心臟似要跳出，尖聲叫喚：「爾聰！」即要下去搶救親兒，卻見另一道身影比她還快，從高台疾奔而下，閃電一般，轉眼已近擂台。

「畜牲，放開他！」

司空淵終於是出手了。

他嘴上說話，手上亦不停，劍光冷銳，從穆琛後腦直劈而去，卻——

司空雪旁觀，又是一道驚聲尖叫。只見穆琛腳步挪轉，竟換了個方向，恰把涂爾聰後頸迎向七星劍劍端！

若換作旁人，以這一劍之勢，必是放而難收，非血濺當場不可。所幸者，出招的是司空淵，見穆琛以他人為盾，神色雖也大變，仍能及時旋身卸力，生生撤止手勁，只在涂爾聰後領輕輕劃過一道口子，便即時收招。

惟他內勁猛然收回，也震得自己整條右臂顫動不止，腳下連退數步。

穆琛見他出手，霍地拔出鮮紅的十指，準備應敵。涂爾聰一陣劇痛，跌在地上，連身子都撐不起來。穆琛一腳重重踏著他背心，向司空淵道：「你方才那招，不是九思劍法吧？」

司空淵不答，逕道：「把人放開，否則我殺了你！」

穆琛鼻孔重重噴氣，嗤道：「聽說你學會了天舞劍，怪不得敢說這等狂話。這世上我惟一忌憚的劍法就是天舞劍，至於你們九大派的武學嘛，哼哼，我只當垃圾、只當屁！」

司空淵沉下臉色，厲聲道：「不知死活的狂徒，你馬上就會為這句話付出代價！」他容不得任何人輕蔑天龍會，當下怒火大熾，顧不得涂爾聰安危，一招「霹靂星火」即朝穆琛雙眼刺去。

這一招乃九思劍法當中的必殺七式之一，威若霹靂，疾若星火。司空淵年輕時練習此招，曾在彈指之間，一劍滅盡整排紅燭的光影，從此，他這一招就專門奪走別人的光明——永遠的光明！

無論是金鐘罩、鐵布衫，還是硬氣功這類強硬橫練的外家功夫，仍有些部位跟穴道無法兼及，例如：眼睛！

穆琛精敏乖覺，一見司空淵發勢，未曾思考，直覺地便向後退。

但凡高手，都是從數不清的戰役裡造就的，這些戰役給了他們寶貴的經驗，是從師父與秘笈身上得不來的。穆琛只消一瞧司空淵那眼神與起勢，便料算此招後著必定厲害無比。

果真，司空淵不愧為九大派第一高手，只見他邁步躍前，橫劍一劃，帶著一種強勢逼人至死的銳氣——穆琛分明早已後退，竟爾還閃躲不開，驟退的身勢只能及時向後一仰！

這一仰，劍鋒急掠，將他那片飄起的瀏海一劃而過。

穆琛仰面瞧見劍鋒掠眼，心頭一凜，暗道：「厲害！」手指及時從腰帶摸出一枚彈丸，朝對方臉面彈去。

司空淵本欲追擊，然見彈丸射來，只得身勢一歪，連忙避過。穆琛稍得喘息，立時遠遠退開。

此刻他無瀏海覆面，露出了那道可怖的傷疤，人人瞧見，都是一陣驚愕噁心。

司空淵也自一愣：「你那疤是……」

穆琛一開始還連忙用手遮掩，惟聽他見問，索性也就坦然以對，瞪著他道：「哼，這道疤，乃是拜你所賜！」

「胡說八道，你我今日乃是第一次較量。」

穆琛冷笑道：「我這道疤，自然不是你砍的，你也不會有這等本事。我這疤，是蕭朗給的，而當年是你把他引到悲聲島上的！」他提到「蕭朗」二字，幾個掌門人都繃緊了耳朵。

司空雪早已從看台下來，將涂爾聰帶離擂台包紮療傷，忽聽穆琛言及此人，臉色也立時變了。

「娘，怎麼了？」涂爾聰相問，司空雪卻沒有回答，只是直瞪台上，似乎在等著穆琛接下來要說的話。

司空淵緩緩放下長劍，道：「蕭朗去悲聲島救他未過門的妻子，與我何干？」

穆琛卻呸的一聲，往地上唾出一抹濃痰，道：「司空淵啊司空淵，你們幾個就跟地上這抹痰一樣，又髒又臭，教人噁心！」

司空淵怒色道：「你說什麼？有膽便再說一次！」

「我說什麼？我說的正是你們幹的齷齪事！那個時候，你們九大派給我們悲聲島殺得毫無還擊之力，若非半途殺出一個蕭朗，差一點整個中原武林就是我師尊的天下了！

「可你們這幾個偽君子，非但不感謝蕭朗，一心只怕他奪走你們的威風，於是先把顏小釵騙上悲聲島來，又去跟蕭朗說什麼他的女人給我師父擄走，存心就是要利用他殺上悲聲島來找我師父麻煩。

「哼，我尊師跟蕭朗同歸於盡，這世上便再也沒有人能威脅你們九大派的安危與地位了。司空淵，這些罪行，你認是不認？」

司空淵的臉色如罩寒霜，道：「你張冠李戴，含血噴人，還敢質問我認不認罪？好大膽子！」說罷，隨之擺出了一個劍勢，殺氣凜烈。

「嘿嘿，我就知道你絕不會認罪。眾目睽睽之下，你怎好意思承認自己是卑鄙小人？也罷，我就再說一件事情，教你無從抵賴。」

穆琛指著自己的左肩後背，邪惡笑道：「你這裡，有三道鐵勾爪留下的疤痕，是也不是？」

司空淵一聽，臉色立時變了。

「你一定覺得奇怪，怎麼我會知道你肩後有疤？哼，因為給你留疤之人，就是我三師兄李玄燄，他的兵器正是一對鐵爪。」

司空淵臉色一白，就像是做了什麼虧心事給人逮住了。

「那時蕭朗身受重傷，昏迷不醒，你們把他藏在天龍會裡，好教顏小釵相信他是落在我師父手裡。可惜你們料算不到，那時候我三師兄剛好潛入了天龍會想偷走司空雪，正好撞破你們把蕭朗偷藏起來。

「你發現我師兄行蹤，便與他動手想殺人滅口，我三師兄因此才在你後肩留了這一道傷痕。他的鐵爪淬了劇毒，論理，你該捱不過這關的。雖然我不知道何方名醫，竟將你性命救了回來，可我相信你背上的毒疤肯定是除不去的。」

話到此處，穆琛朗聲道：「司空淵，我用我的項上人頭跟你打賭，你左肩膀一定有三道毒疤，你敢不敢露出來給大家瞧瞧？」

司空淵怒道：「有疤又如何？無疤又如何？我遭李玄燄偷襲受傷，因此留下疤痕，這跟是否設局蕭朗，又有什麼關係了？你如此張冠李戴，強加誹謗，今日我司空淵若讓你活著離開，從此便跟你姓！」語罷，即發殺招。

穆琛不敢硬接，急忙閃避，惟仍不住說道：「怎麼？說不過我，便想殺人滅口嗎？你要不要說說看，蕭朗醒來之後，你跟他說了什麼來著，你跟他說悲聲島的弟子不但擄走顏小釵，還潛入天龍會要置他於死，幸賴你捨命保護，捱了我三師兄一招，他這才保下性命來。

「那傻子因此對你天龍會感激涕零，對我悲聲島恨入骨髓，這正是你們刻意挑撥的結果。否則——哼，他既從天龍會離開，你司空淵怎不陪他一起上島，找我三師兄報仇？」

他刻意與司空淵保持距離，絕不讓他長劍近身。他身法輕功還在杜紫微之上，在寬廣的擂台上趨避閃躲，自不為難。過一會兒，他見司空淵劍路漸亂，趁隙向司空雪道：

「司空雪，你這女人也真狠心，想當年我三師兄好喜歡你，要不是蕭朗出手阻撓，你早就是他老婆了。想不到你居然眼睜睜看著自己的大哥大嫂算計救命恩人，嘿嘿……果真是最毒婦人心啊！」

他步法如魅，勝絕場上所有高手，惟這身勢挪移之際，仍能隨意說話，字字清楚，非內功絕頂者，不能如此。

涂爾聽聽了，忍不住問道：「娘，那妖人……說的可是真的？」

司空雪心頭一陣酸楚，豆大的眼淚立時滑了下來，低聲泣道：「若非如此，蕭朗他焉會上悲聲島送了性命？我們九大派……實在對不起他……」

涂爾聽聞言，頓時心神震盪。這下子他終於曉得了：原來蕭朗襄助九大派免於覆滅，九大派卻算計了他！

他額上青筋浮現，沉聲問道：「舅舅為什麼要這樣？他是不是嫉妒蕭朗？」箇中緣由從沒人告訴他，他是依司空淵的性子推測的。

司空雪只是蹙眉長嘆，沒有回答。當年往事，於她實不堪回首，更不知該從何言說。

只見穆琛疾步退到擂台邊緣，仰天道：「蕭朗，你都看見了！司空淵作賊心虛，不敢脫下衣服讓人瞧他傷疤，可知我沒騙你！你跟顏小釵一生不幸，全拜此人所賜！」

他朝校場東向的一座旗桿上大聲呼喊，人人順勢瞧去，只見杆頂居然站著一道墨色人影，凝風端立，俯看一切。

眾人抽息，為之驚駭。那旗竿高達五丈六尺，那男子穿著這麼顯眼的服色，可究竟是何時上去，又如何上去的，大夥兒面面相覷，竟無人知曉！

隨後，那男子一躍而下，中途不曾踏物借力，一逕平穩地落足於穆琛與司空淵之間。擂台近前數人看到他的臉，都驚得呆了，如墜入五里霧裡。

司空淵胸口猛地一窒，踉蹌地退了好幾步，目光帶著深深的疑惑，顫聲道：

「不可能！不可能……你怎麼可能還活著？蕭……朗！」

＊　◆　＊

是的，這就是蕭朗。

傳說中的少年英雄，就是這個模樣。

那臉龐或許不是面如冠玉、丰采神俊；也不是燕頷虎頸、雄壯威武，可是任何人只要見過他一次，便再也忘不了他的氣韻形貌了。

他雙目修長，眉梢入鬢，一頭束髮烏黑光潤，襯著挺拔魁梧的身材，看起來很有精神，也很有英氣。惟真正與眾不同之處，實在於他那雙眼睛！

那雙眼睛散發的神色絕非常人，若說鋒芒逼人的司空淵是削銳的險山峻嶺，那他無疑就是岩岸上飽歷浪濤拍打侵襲的礁石，渾圓無稜，卻無比凝定。

他落地後，先是斜睨了司空淵的惶惑失態，隨之緩緩轉身，掃視周遭。當年的那些人大多都在，只是也都老了——向家兄妹、趙正峰、彭華靖，還有……司空雪！

司空雪與他目光交會，一顆心驚喜得似要跳出胸腔。她撫著嘴，既笑又淚，彷彿是自己的親人死而復生。

「蕭朗……是你……真的是你！」

這一刻，她再不掩飾心中的喜悅之情，由衷感謝上蒼，讓她今生還能再見此人，一彌當年深憾。頓時忘情地朝他走去，想看得更真切些，卻聽他道：

「我不是蕭朗。」

「你……你說什麼？」

司空雪怔住了，不單因他否認自己的身分，也為著他那神情語態，冰冷如雪山。

「蕭朗已在多年前跟孔聖同歸於盡，如今站在你們面前的，是雲城城主——上官驪。」

此話一出，滿座譁然。

司空雪自然難信，心頭怦然劇跳，顫聲道：「你說什麼？你是……上官驪?!」

「我若不是上官驪，還來這中秋劍會幹什麼？司空家的戰帖，我收下了！」他轉頭回瞪司空淵，帶著一種必殺的冷意。

司空雪咚地一聲，跪倒在地，無論如何都不信會有這樣荒謬透頂之事。可再凝神瞧去，只見他眼睛冰冷、聲音低沉，與當年的蕭朗相比，除了容貌依稀，哪裡有半分氣韻相似之處？

猶記當年，蕭朗的眼睛是那麼溫暖，笑容是那麼親切，時不時就在嘴邊笑言：「我叫蕭朗，瀟灑又開朗！」彷彿連靈魂都沐浴在陽光下。哪像眼前此人，不但拒人千里，而且森冷冰寒，教她完全無法跟記憶中的心上人聯想在一塊兒。儼然二十五年來，他不曾在人間活過，而是去了地獄修練，回陽只為復仇。

是了！否則，他的外表怎會如此年輕？看上去不過比爾聰大個幾歲，較之當年，完全無二！

司空雪陡地陷入沉思：這二十五年來，蕭朗到底發生什麼事了？他為何會變得如此？可惜這些事如非聽當事人親口訴說，外人是永遠也不會知道的。

涂爾聰想扶起母親，奈何雙手不得動彈，自己心中亦是驚駭難言，覺世上謬事，莫甚於此，一時愣愣瞪著台上，也不知道事情會有何了局。

如今已是二虎相爭之勢，只能有一個王者。

上官驪道：「司空淵，今天該是我們好好算帳的時候了。你最好現在就把衣服脫下來，否則等我親自動手，可就難看了。」

司空淵峻色道：「蕭朗，你這狂徒……」

上官驪自顧道：「如果有疤，我就殺你；如果沒疤，我就殺穆琛。但若還要等我剝下你衣物一看究竟，那麼，我就讓天龍會在武林上從此除名。」

讓天龍會在武林除名，何等狂妄的一句話！

上百名天龍弟子立時按著長劍，只待掌門一聲令下，就一齊動手，將狂徒千刀萬剮。

這樣的鐵膽氣勢，就是司空淵背後的實力。可是司空淵暫時還不想出動任何心腹。事實上，他等這一天，已經很久很久了……

「有我在，你誰都動不了！雲城處處跟我們九大派作對，十多年來殺我門徒不計其數，今日不是你死，就是我亡！」

這時向曉潭、趙正峰、彭華靖三人都趕過來，道：「師兄，我們一齊動手！」

「你們都退下！」司空淵大喝，「二十五年前，我始終被他踩在腳下，今日，我要連同當年的屈辱一併討回來！」語罷，長劍隨之而出。

他的劍是七星劍，吹髮斷毛，當世無雙。上官驪雙手負在身後，似乎沒帶兵刃，直待司空淵逼近了身前，他袖子一揮，手上即多出了一柄樸實無華的長劍。

「砰」的一聲，這雙劍交擊之聲，出人意料的清厲好聽！

只憑這一聲，司空淵就知道此劍絕非凡物，下手亦發緊了。

頓時，兩人長劍交擊之聲激烈不絕，招不成招、式不成式，雙方懷抱的都是同樣心思：搶快、封招、破劍！因天舞劍每一招一式，皆是余樂梅融鑄各家精華而成，一套劍法雖不過五十九招，卻招招獨到非凡，勝敗僅繫於一招之間。

故而兩人比劍之餘更比眼力，但凡對方劍影稍動，即加以封止，絕不讓對方有機會成招攻來。惟天舞劍本是蕭朗的絕學，司空淵平白借用，也自知理虧，於是間或使著九大派各家絕技，亦自巧妙不凡。

眾家弟子直當這一刻，才知道司空淵的劍法神妙如斯，將各家劍旨發揮得儼如最佳範本，更勝他們恩師！

若非上官驪，世上還有誰能逼得司空淵使出渾身解術？

可是，令人惴慄的也正在此處，因為司空淵已經使出渾身解術了，卻無法再逼迫上官驪一步。

上官驪從頭到尾，氣度自若，冷如寒潭，深不見底。不管司空淵的劍法如何可怕，他總能在兩、三招內隨意化解，毫不見威脅。雙劍相交，快得連肉眼都追不上，上官驪卻還能從容道：「二十五年不見，你身手俐落不少。」

「哼。」

司空淵只能哼聲，因為他已被逼緊得無法說話。

這讓他想到當年，也是在這樣的大場面下，兩人交手，從一開始就覺得倍感壓力，似乎無論如何竭盡揮灑，仍不能贏——

上官驪這麼個悠哉樣兒，真教人瞧著痛恨！

可更讓人痛恨的是接下來他說的話：

「只可惜，你還及不上孔聖。」

司空淵臉色一僵，長劍微一停頓，隨即目露兇光。只見劍光閃耀，九思劍法中的第一殺招「絕龍斷脈」電閃似的劃出！

這一招狠辣無比，搭配著他三十年功力的北斗神訣與踏刃步法，凝勁於雙足，運上十成勁力直刺咽喉——此招招意大異九思劍法的端穩厚實，一心求狠、求猛，更求著置之死地而後生的瘋狂暴戾！

如非被逼至絕境，絕不可輕出！

司空淵就是在二十五年前，也不曾使出這招。

心境未至，出了招也達不到預想的威力。

可如今，他的尊嚴遭受到嚴重的踐踏，決意要蕭朗付出代價。

「啊——！」

暴吼一聲，長劍已出，只見上官驪身影更快，身勢一偏，避開劍刃，同時劍身打橫，抵著七星劍下方成十字貌，順勢滑抵至劍鍔。緊接右臂發勁，猛烈而迅疾地撞擊兩回——第一回是阻止對方進擊的力道，第二回則是震脫對方握掌。

他出招太快，司空淵的氣勁全數貫注劍身，不及收勁防護，霎時虎口劇痛，整條膀子又酸又麻，掌心一鬆，腳下也倒退數步——

噹啷！

七星劍落地了。

全場為之抽息：司空淵居然失劍了！

沒人看清到底發生了什麼事情，明明那一劍霸氣雄渾、狠銳無匹，可怎地眨眼之間，七星劍便失卻了？

司空淵亦是一臉慘白，瞠目瞪著地面。

「拿去。」

上官驪語氣平淡，毫無半分得色。腳尖運勁一踢，七星劍瞬飛騰起，重新落回主人手上。

司空淵訝然看向他。

上官驪似乎讀出了他的疑問，冷笑道：「如是你手上有劍，我壓根兒就不怕。」

司空淵臉色更青，卻一句都說不出來，胸膛怒漲欲裂。

上官驪自顧道：「我這一生遇過最可怕的敵人，就是孔聖。十個司空淵帶給我的威脅，也遠不及他。」說罷，覷著對方僵硬的臉色，殘酷一笑。

司空淵怒道：「你莫忘了，我如今也已會天舞劍了，未必便使得比你差！」

他並不認輸，再次出手，正是這些時日練得廢寢忘食的天舞劍。

上官驪見招拆招，冷嗤道：「虧你好意思用我的劍法對付我！」

司空淵聞言，臉色立時漲紅，卻是勢成騎虎，難已收手。

劍招攻防之際，上官驪又道：「你可知道，你的天舞劍，其實殺不了孔聖！」

司空淵怒道：「哼，我的天舞劍殺不了他，就你的殺得了？」

上官驪蔑笑一聲：「當然！」說罷，唰唰兩劍與司空淵分拆開來，站定後續道：「天舞劍共有五十九招，可我殺孔聖的那招，並不在那五十九招裡頭。」

司空淵汗流浹背，本來就已顯得有些狼狽，而今聽得此語，更是驚愕。

「難道你想告訴我，你師父還有第六十招，沒載在劍譜裡，而是口授傳給了你？」

上官驪又是一陣低沉冷笑，彷彿司空淵從頭到尾就是一個很可笑的人。

「天舞劍根本就是殘訣，整套劍法該有六十招，它始終欠了最後一招，我師父直到臨終之前，都沒能將那一招補上。

「當年我闖蕩江湖，找人比武，為的就是有朝一日，能創出那最後一招劍法，讓天舞劍臻於完美，讓我恩師九泉之下沒有遺憾。」

司空淵驚道：「莫非你……」

「對！告訴你，那第六十招，我創出來了！我在跟孔聖拚死相搏的時候，總算創出來了！」

上官驪的眼睛忽然精光暴射，舞劍燦燦，厲聲道：「司空淵，你跟孔聖合殺我妻子，我當年怎麼殺他，今日就怎麼殺你！」那「你」的聲音未了，他人已動、劍已出，劍光劃過，眾人根本就看不清發生何事，只見——

「嘔！」站在司空淵身後的穆琛忽然嘔出一大口血，莫名奇妙的瞪著自己胸前那道橫切而過的傷口，顫聲道：「好……厲害的……劍氣……」咚的一聲，撲在地上，再也起不來了。

至於司空淵，雖不死，也已一臉死相。

他臉色慘白得像是白無常，嘴角溢著鮮血，撫著心口，全身都在顫抖。

上官驪斜眼睨他，道：「這就是天舞劍最後一招『劍道無極』，感覺如何？」

司空淵還能有什麼感覺？他全身的骨頭像是要粉碎了般，說不出，更動不了，只知道原來『劍道無極』，便是真氣與劍招融合於一，將內勁凌空延續！

司空淵簡直作夢也未曾想過，世上能有這樣出神入化的劍法！頓時再無支持的力量，向後仰倒。

上官驪卻箭步上前揪住了他衣領，霍地就是一撕——那樣粗暴的撕法，已完全不將他當成一派的掌門人了。

登時，司空淵露出了整個上身。上官驪向他後背瞧去，眼睛便似要冒出火來，恨聲道：「果然沒冤枉了你！」一把舉起掌來，往他天靈就要擊下：「司空淵，你去死吧！」

司空雪急忙尖聲喊道：「蕭朗，不要，不要啊！」

上官驪手勢一頓，看向她去。

司空雪滿頰是淚。實則她此生最愛慕之人，不是丈夫涂松巖，而是蕭朗。當年她是欲嫁他而不得，才在心灰意冷之際，由家人安排終身大事。然自問二十多年的夫妻生活，雖還相敬如賓，卻難兩情相悅。因此，生下涂爾聰後，便一意想將他教導成蕭朗那樣的少年英雄，聊以安慰。哪裡曉得蕭朗未死，卻變成了這個樣子！

他再也不是從前的蕭朗了！

從前的蕭朗，真的已跟孔聖同歸於盡了！

司空雪當真喜也不是、悲也不是，除了垂淚，無可如何。

上官驪見她悲切懇求，沉吟好一會兒，忽將司空淵破布一般的拋給台下的三大掌門人——他知道司空淵實已活不了，也不必非得在司空雪面前殺她哥哥。

彭華靖搶先橫抱住了司空淵，只見他臉色發青，雙眼渙散，心知不祥，連忙抱下去請大夫搶救。

上官驪大仇得報，卻一點都沒有要離開的意思。他的劍殺人不帶血，發著殺氣，環顧四周，問道：「向曉盈在哪裡？」

向曉潭全身一震，道：「蕭朗，你連我妹妹也不放過嗎？」

「誰殺小釵，我就殺誰。你妹妹若不是這樣心腸歹毒，我也不會跟她為難。」

向曉潭立刻拔出長劍，欲要發難。他雖自知不是上官驪對手，也要拚死保護親人。

上官驪見了，冷然道：「你就是枉自送命，也救不了她。向曉盈的性命，我是要定了！」說時，瞳眸也漸漸深沉，因為向曉盈已進入了他的視線之內了。

「哥哥，你走吧，這事與你無關。」

向曉盈來了。

她倒一派鎮定，微微昂首，沉穩地迎向上官驪的目光，不閃躲，更無畏懼。

「妹妹！」向曉潭驚嚷。

上官驪雙眼眨也不眨的瞪著她。

「是你騙她上島的？」

「看樣子，你都知道了。」

「就只是為了挑撥我跟孔聖決鬥？」

「是。」

上官驪握劍的手隱隱顫抖，忿然道：「好狠毒的女人！我當初……怎會瞎了眼睛，幫著你們這一窩敗類！」

「不就是為了當英雄嗎？」向曉盈冷然道：「你以為你幫過九大派，九大派就該奉你為尊，感激涕零？」

上官驪冷眼瞧著，沒有回話。

「自從你出道來，所有的事情都亂了套，你打破了九大派奉行百年的正宗劍道，你甚至奪走了原本只屬於淵郎的天才榮耀！你這樣的好本事，若擺明就是要與淵郎分庭抗禮，成為劍道第一人，我們技不如人，也只能認了。

「可你偏刻意擺出一副枕流漱石、富貴浮雲的清高德性，連當年打敗淵郎那樣了不得的大事，也彷彿稀鬆平常之至！你可知道，他為了當年那一敗，消沉得幾乎要放棄劍道，從此不再握劍了。我就恨你明明奪走他所有的成就，還一副不當回事的樣子！」

「所以你就把小釵扯進來報復我？」

「是又如何？反正她也不是什麼好人。哼，我知道你是不會讓我活了，可我不會逃跑，更不會求饒，反正淵郎眼看也捱不了多久，我……我自然是隨他去了……」一想到司空淵的慘狀，她忍不住紅了眼眶。

「好，那我便成全你。」

「不勞你動手！」向曉盈搶道，從腰中拔出一柄銳利的短劍，抵著頸子。

「妹妹！」

「嫂子！」

眾人驚呼。

「我告訴你，我對過去所做之事，一點都不後悔。就算時光倒流，重來一回，我還是要教她上悲聲島，讓你們為做過的事情付出代價……」目光隨之黯然，低聲道：「淵郎，我先去等你了……」短劍一抹，雪白的頸子血痕鮮明。

向曉盈去了。

向曉潭撲上去抱著妹妹，淚水難禁，神情哀痛。

涂爾聰眼眶亦濕，又瞪向台上的上官驪，卻說不上是何滋味。那人，可是他從曉事以來就仰慕追隨的武林傳奇啊！他怎麼能變得如此可畏可恨，與傳說判若兩人?!

場上弟子們群情憤慨，有的哭出聲來，有的恨不得衝下去與敵廝殺，更多的則是蓄勢等著長輩安排調度，只要有人肯帶頭，他們就願意拋灑熱血，挽回天龍會的尊嚴。

上官驪已經逼死了司空夫婦，卻還不肯走。只聽他道：「司空淵不在，誰主事？」

趙正峰硬著頭皮一躍上台，道：「上官驪，你還想怎樣？」

「我要把夜天帶走。他的屍骨在哪？」

趙正峰臉上一僵，答不上來。

「怎麼，你們把他的屍體隨意扔到山溝餵狗了嗎？」他豎起雙眉，明顯不悅。

趙正峰忙道：「不是的！」事到如今，他已沒辦法再瞞下去了：「我實話告訴你吧，我們根本就沒發現上官夜天的屍體！」

上官驪一怔：「什麼意思？」

「因為……上官夜天根本就不是死在我們手上——不！我們連他是否真的死了，也沒親眼見著。」

趙正峰只當上官驪是要為上官夜天尋仇，急忙撇清關係，顧不得掌門威信，當下便將寶蓮寺未尋得上官夜天屍體，以及另有人用毒箭射殺上官夜天之事全盤托出，只盼轉移上官驪的焦點。

不料上官驪聽罷，愈發驚怒，用劍指著趙正峰，厲聲道：「照你這麼說來，夜天或許根本就沒有死囉？」

趙正峰一愕，這原是他企圖導引上官驪聯想到的，可卻不知他何以反而更加憤怒，一時支支吾吾，不知該如何應答。

上官驪再道：「既然他不見得死了，更加不是死在你們手裡的，你們憑什麼信口開河，四處宣言『上官夜天死於寶蓮寺大火』？如此公然撒謊，你們——還要不要臉？」他情志激動，便將手中長劍往趙正峰臉面擲去。趙正峰如何敢架擋，急忙側身避過，那柄劍便直射到地上，入土半截。

上官驪怒猶未消，痛罵道：「這就是你們九大派的真面目：齷齪、虛偽、噁心！你們自詡正道，可滿腦子只想壯大聲勢，不惜欺騙世人，簡直可恨可恥！」他胸口呃逆，氣得快吐出血來，心裡只想：「蘇娃，難道你竟是枉死的嗎？」

忽然間，他眼一黑，頭一昏，胸中氣血翻湧，緊忙暗中運氣，勉強支持。略定神後，道：「阿雪，九大派中我只信你一個。方才趙正峰所說，可是真的？」

司空雪眼色一片茫然，惟聽他見問，緩緩點了點頭。

上官驪心中恨苦，實不甘心蘇娃死得如此冤枉，惱將起來，直擬將九派掌門人當場誅盡，給蘇娃陪葬。惟此時他隱疾發作，內息紊亂，力有未逮之處，只得暫且收手。

他連劍都不取，逕自走向外門。

天龍會弟子眼睜睜目送他離去，雖不甘心，又不敢輕舉妄動。

忽見一人跳了出來，用長劍指著他道：「上官驪，你傷我師父、逼死我師娘，我要你償命……」

是天龍會大弟子鄭丹。可惜鄭丹的話還未說完，忽然瞠目仰倒。

上官驪既不看他，更不因此緩下行速，左手扣著一枚飛石，射他眉心。

「大師兄！」

其他弟子變色驚呼。

大夥兒紛紛搶過去察視，沒人留意上官驪也已經離開了。

中秋劍會，就在這樣浴血殺伐的情景下落幕了。

在場的每個人，終其一生也忘不了這一天——

司空淵敗了！被殺了！

時隔二十五年，恨了二十五年，同樣的地方，同樣的場合，他再度輸給了同一個人。

第二十七回　定情

「夜天，你醒過來了！你真的醒過來了！」

她凝目癡望著他的臉龐，燦笑得像朵玫瑰，說有多歡喜就有多歡喜！一時喜極忘形，顧不得少女矜持，整個人頓朝他懷抱投去。

上官夜天的心情異常平和。

頭一次，他覺得自己的心靈如此寧靜，彷彿拋卻所有的殺伐鬥爭，儼如回到初生之時，那最天真無邪的赤子，泰然而純淨。

不知道為什麼，他走在一片迷霧裡，完全看不清周遭世界，就這麼無聲地前行，不知從何而來，又將去向何方，卻也沒有任何的疑惑與恐懼。

他只是走著……

忽然，前方出現一棟頗眼熟的建築——群釵院。

他不知道自己怎會又來這裡，頗覺意外，當即邁步而入；惟更意外的是，在他的印象裡，群釵院一向都是門庭若市，不知道有多少王孫公子捧著大把金銀上門，只為博佳人一笑。而今這金碧輝煌的銷金窟，卻極不尋常地，連一個人都沒有，寂靜得可怕！

上官夜天茫然的走著，也不知道自己要去哪裡，憑著過往的記憶上了二樓，漸漸聽得有絲竹之聲傳來——有人在唱歌！

那曲調歌聲他極為耳熟，一聽就知道歌者是誰。

「蘇娃！是蘇娃嗎？」

他心頭驚喜，快步走向廊道中央的房間，門是打開的，果見蘇娃人在裡頭，背向門坐，正專注撫琴。

上官夜天喜道：「蘇娃！真的是你？」

蘇娃立刻停下琴聲，緩緩轉過身來。「夜天。」

上官夜天狂喜地快步上前，與她四目凝望，禁不住思念情切，一把抱住了她，道：「蘇娃，你又回來群釵院了？你不必回去雲城了，是不是？」

蘇娃乖巧的偎在他懷裡，道：「是啊，我不必再回去了。夜天，你也別回去了，好不好？」

上官夜天看向她道：「不回去雲城，我去哪裡？那是我的家。」

蘇娃搖頭道：「那裡怎麼會是你的家？不能讓我們長相廝守的地方，怎能算是我們的家？我們去另一個地方，好不好？去一個沒有上官驪，也沒有沈菱的地方，就只有我們兩個人在一起，好嗎？」

「蘇娃……」

「夜天，我求你了！我真的很牽掛你，想要永遠跟你在一起。還是說，你已經變心，不要我了？」

「別再說這種話了，我怎麼可能不要你？好，我跟你走，不管你去哪裡，我都跟你一起！」

蘇娃登時燦笑如花，待要說話，只見有人忽然衝入房間，兩人望去，卻是沈菱！

她一見他們倆人雙手交握，立道：「夜天，我求你留下來，不要跟她走！」

「阿菱……」

上官夜天見是她來，不禁動容，心內頓時眷戀不捨，頗覺動搖。

蘇娃立時像是隻看到老鼠的貓，站起身子，走上前攔在她跟夜天之間，恨道：「又是你！又是你這臭丫頭來破壞我跟夜天的好事，你算什麼東西！你去死吧！」一說完，便緊緊掐住沈菱脖子，把她推迫至牆邊，手勁之重，分明是要將她往死裡掐。

「啊……放手……」

沈菱神情痛苦，拚命要扳開她手。

上官夜天連忙上前阻止，搭著蘇娃右肩，使勁要將她拉開。

「蘇娃，你別這樣，不關她的事啊！」

「不，就是她！是她從我這裡，搶走了你的心，否則你不會這樣對我……」蘇娃哀怨地說著，右腕卻禁不住上官夜天力大，指節被他強硬掰開，只得無奈地離開沈菱的頸子。

她於是轉頭瞪他。

這一瞪，把上官夜天嚇得失色了。

「啊——你！」

只見蘇娃的俏臉居然變成了骷髏，眼窪兩團漆黑，完全就是個鬼樣，長髮漫發，勒住了他頸子——

「蘇娃！蘇娃！不要啊……不要……」

他雙手亂揮，不停的掙動，睡夢中忽然間不知抓住了什麼軟嫩之物，只聽耳邊有人柔聲道：「夜天，你做惡夢了嗎？別怕，我在這裡，沒人會害你的。」

上官夜天聞言，身子抽頓了一下，眼睜一線，只見一張清麗溫婉的臉龐，滿是關切之色的看著自己。也不知道為什麼，他一見到這雙眼睛，整個人便都安心了，身子一鬆，即又沉沉睡去。

房間旋即歸於平靜。

沈菱握著他的手，嘆了口氣。過得片刻，聽他鼻息深沉，這才放下他的手，緩慢輕細地轉身離開，將門關上。

三天了，回來南疆已經三天了，上官夜天卻一直都是這個樣子，她真怕到頭來還是留不住他。

那日她以為上官夜天葬身火窟，幾乎傷心得要瘋了，直到離開東靈山後，沈冰他們才將窩藏上官夜天一事說出來。她從悲轉喜，驚喜欲狂，只要上官夜天未死，她怎麼樣都好。想不到，上官夜天雖未死，也不算活。

一回到魏蘭，沈冰立刻就去請慈姑過來審視上官夜天的情況，不想這毒不是別的，正正就是四大秘毒之一的天蛛散！

想當時——

「在苗疆，知道天蛛散配方的，只有王族子女。下手的人，想必是流落在外的五公主。」慈姑坐在別登樓偏廳的大椅上，冷靜分析。

沈菱急道：「姑姑，你有法子救他嗎？他不能死！夜天絕不能死！」

慈姑向來待她甚好，但這回卻罕見地冷下了臉，道：「他死不得，我苗疆子民就死得？天蛛散極難調配、極為珍貴，五公主如此費事對此人下毒，只怕那場苗疆大火，跟他脫不了干係！」她母親是苗疆貴族，她算是半個苗人，一想到那晚莫名其妙的大火幾乎毀掉他們苗人的基業，就不禁憤慨。

沈菱雖知他嫌疑甚大，仍忍不住偏幫心上人，道：「姑姑，你這樣推論太武斷了，還沒證據是他做的呢！」

「那麼他殺了鐵尋楓，這總是事實吧！鐵尋楓雖然聲名不佳，總是我苗族的祭司長老。我也算半個苗人，怎可去救一個殺害我族長老的仇人？」

「姑姑……」沈菱軟語哀求，幾乎想向她下跪磕頭了。

「再說了，天蛛散無藥可解，你求我也無用。」

秋晴道：「姑姑，天蛛散雖無藥可解，卻有藥可制。只要您幫個忙，告訴我天蛛散究竟是用那些毒蟲毒草配製成的，我想我或可找出制毒的解方。」

慈姑向她打量兩眼，道：「你倒厲害，連這個都知道。」

「不敢，這是先父說的。凡身中四大秘毒之人，這一生雖休想解毒，卻有藥方能夠壓抑毒性，只要終身用藥，毒性便不致發作奪命。不知姑姑是否知道這制毒之方呢？」

「不知道。就算知道了，也不告訴你們。」

秋晴早料到她會如此回答，便道：「姑姑，此人乃雲城少主，勢重權大。苗族雖然傷亡慘重，畢竟尚未覆滅。您若想重修大寨，復興苗族，非倚靠此人力量不可，要是您願意救他一命，說不定……」

慈姑舉起了手，要她不必再說下去。

「就算大寨重建，我那些枉死的族人也無法復生。總之，我是不會救苗族的仇人的，你們還是省些氣力，別白費唇舌了。」

慈姑轉身要走，沈菱與秋晴連忙挽留，卻哪裡有用？

慈姑既不肯施援手，這幾天就只能靠著秋晴所調製的解毒丹應急，以及翟抱荊給他輸送真氣，抵抗毒性。然而勝算幾分，他倆皆不敢言。

沈菱自那日起便沒一日好睡，鎮日擔憂，如今已第三日了，實在已禁受不住，紅著眼眶，深深長嘆。

這時秋晴走了過來，一見到她就取笑道：「我去你房間找不到人，就知道你一定在這裡。」

可惜沈菱無心說笑，神情鬱鬱，無精打彩。

秋晴握住她手，寬慰道：「別難過了，我告訴你一個好消息，方才慈姑過來，說願意幫忙救人了。」

沈菱一愣，不敢相信。

「真的嗎？姑姑怎地回心轉意了？」

「她這麼做，其實也是為了苗族。你不知道，這幾日雲城派了好多高手南下，霸佔了大寨，又將附近的苗人都趕到別處去。翟伯伯說，多半是雲城要了那地方作他們的新分舵，才會如此。」

「有這事！」

秋晴點了點頭，又道：「慈姑眼見苗疆難保，便接受了我日前的提議，打算先救上官夜天性命，再讓他出面保住大寨。翟伯伯已替上官夜天應承此事，她回去拿藥箱，一會兒就過來。」

沈菱聽罷，心中的大石終於落下，卻反更哭得更加厲害，拭淚道：「太好了……真是太好了……」

秋晴見狀摟住了她，輕輕撫她肩膀，心中也替她慶慰。

＊ ＊

這一天，日出特別明亮。

卯時二刻，和煦的日光透過紗窗照入室內，鳥鳴聲亦透窗而入。

上官夜天終於緩緩睜開了眼睛，如夢初醒，然而眼前所見，卻是全然陌生的環境。不論是他躺的床，或窗櫺、或桌椅、或擺設，都不是常見的式樣，又似在哪裡見過……是哪裡呢？對了，顏克齊身中鐵尋楓毒針時，就是來這房間養傷的——

啊，此處莫非是魏蘭別登樓?!

待看清確認後，心中疑惑更甚，明明自己在寶蓮寺中了雷翠的毒箭，逃跑時失足摔下坡地，怎麼清醒之後，便來到千里之遠的別登樓了？

他立時想下床找人問個清楚，卻發現自己身子異常虛弱，別說是下床，竟連坐起都十分吃力。

這時候，門咿呀一聲開了，只見是沈菱雙手捧著一盆淨水推門而入。她向來都這個時候來他房間，替他擦拭手腳臉面。

兩人照面，上官夜天還愣著，沈菱只覺得做夢似的，雙手立時鬆了，潑翻了一地的水，也不在意，笑著就奔向床畔，在他近前坐下。

「夜天，你醒過來了！你真的醒過來了！」她凝目癡望著他的臉龐，燦笑得像朵玫瑰，說有多歡喜就有多歡喜！一時喜極忘形，顧不得少女矜持，整個人頓朝他懷抱投去。

她的雙手越過他脅下，掌心貼著他背心，臉頰緊緊貼住他的胸口……她整個人就像團火，給著他滿滿的溫暖與熱情！

上官夜天雖還不明白怎麼回事，也不禁悸動了，嘴角忍不住微微揚起：「阿菱，是你救了我？」

沈菱將他抱得更緊了：「是大家救了你的，你差點回不來了！」說到此，身子不禁微微一顫。

若非經此一事，她不會知道自己對他的依戀竟一至如斯！

縱然上官夜天是大家說的「壞人」，他也的確殺過不少人，但只要他肯幡然悔悟，她就仍願意與他攜手共度未來的風風雨雨，一生一世。

上官夜天心頭一暖。不想當此之際，竟還有人這般誠摯關切自己，不由得頓生幸福之感。

「阿菱……謝謝你……」

「你謝我什麼？」沈菱不解，仰起臉問，忽地，上官夜天已俯下身來，深深吻住了她。

這一吻，他們之間再沒有半分隔閡，往後的日子，已選擇要跟對方一起走下去，再無懷疑。

過後，沈菱撫著嘴唇，羞得連耳根都紅了，細聲道：「你……喜歡我嗎？」

上官夜天失笑道：「我表現得還不夠喜歡你嗎？」

沈菱搖了搖頭，低聲道：「不是的。我是問，你只喜歡我一個嗎？」

上官夜天一奇，心想她怎麼會忽然問出這樣的事，難道自己在夢中說了什麼話給她聽了去？

沈菱再問：「除了我，你心裡是不是還有其他姑娘？」

「怎麼這麼問？」

「你昏迷時，喊了『蘇娃』這個名字十幾次……可連一次都沒有喊我……」說時，眼中微濕，難抑心中酸澀。

上官夜天恍然大悟，心想此事也不須瞞她，便道：「是，她確實是我心裡，很重要的人。」

沈菱聽他直認不諱，愣愣看著，自己反而不知該如何反應。

「可是……」他握住她的手，道：「她已經過去了。」

「過去了？」

「嗯。」他微微點頭，道：「我與蘇娃相愛是在見你之前，那已是很多年前的事了。」

「那你們為什麼不在一起？」

「因為後來……我義父娶了她。」

沈菱雙肩微微一顫，驚道：「難道蘇娃是夫人的閨名嗎？」

上官夜天把頭一點：「是。」

這下子，沈菱總算了解為什麼在雲城養傷之時，蘇娃對自己總是滿懷敵意、針鋒相對，正因為兩人是情敵來著！

她驚愕得一句話都說不出來，腦中只是不住想著他們兩人同住一地，苦戀多年，彼此只能心神繫戀的種種煎熬……

若說她不難過，那絕對是騙人的。

可她不想讓上官夜天知道，忙低下頭來，幽幽道：「她……她真是個好漂亮的人……難怪你忘不了她……」

「不，我沒有忘不了她。我方才說了，她已經『過去了』！」

沈菱這才緩緩把頭抬起，不安地睜著大眼，想更確認他的心意。

「我已經選擇你了，阿菱！」

沈菱望著他那雙專注而灼熱的眸子，心頭怦然，忙避開他眼光，低聲道：「你是因為不能跟她在一起，這才選我，如果她仍雲英未嫁，你早就……」

「才不是！」他打斷她，失笑道：「你難道沒有發現，我每回跟你相處，可有多麼的開心！」

他這話說得就像是從肺腑裡掏出來的，沈菱聽著，不由得癡了。

她深深的凝望著他，他的眼中有難得的笑意，有一種他過去從來也不曾顯露的溫柔神色，簡直就像是變了個人似的。

她生性單純，就算想極力隱藏，萬般心緒仍每每現於顏色。

就像現在——

好奇怪，明明他心裡有別人，她該惱他的才是，可就為著這幾句好聽話，她整張臉頓時容光煥然，笑意盈盈，啐道：「你這樣說話，跟平時的你一點兒都不像。」

「你不喜歡？」

沈菱咬著下唇，笑而不答，只道：「你睡了這麼多天，肚子一定很餓了，想吃什麼？我為你做去。」

「你隨便端什麼來都好，我只想你多陪我。」

沈菱聽了，又是歡喜一笑。

「還有，你等會兒替我請秋晴過來好嗎？是她替我解毒的吧，我這會兒全身酸軟，使不上力，還得向她請教。」

沈菱點了點頭，轉身去了，就在她拉門之際——

「阿菱。」

沈菱回頭：「嗯？」

「你會回來，對吧！」

「當然啦，怎麼了？」

「沒事。」他搖了搖頭，然後道：「我只是希望……你別再離開我了！」

沈菱凝目瞧著，忽然間有種錯覺，彷彿他在那一瞬間變得好小，像個男孩。

她當然知道上官夜天不可能是男孩，他一向如此剽悍霸氣！

可她憶起前事，仍不禁柔腸觸動，快步奔回床邊，懇切承諾：「不會了，我再也不離開你了！」

❋ ◆ ❋

沈菱走後，上官夜天獨自一人，又開始想起那一天的事了：天龍會是怎麼樣燒死顏克齊、雷翠又是怎地暗算他……

愈是回想，心頭愈是惱怒欲狂，恨不得早日把身子養好，找他們算帳去。

這一回，該殺的人都合該殺得乾乾淨淨，不能再心軟了！

一會兒有人進來了，不是秋晴，而是——

「咦，你不是……」

他立刻坐起身來，瞪著來人：「翟軍師，是你！」他做夢也想不到，自己居然會在此時此地，再遇上他！

翟抱荊不發一語，肅著臉，快步向他走去，逼近身時，霍地出掌——

「幹什麼？」上官夜天莫名其妙，隨之應招，起初還能拆招架擋，片刻後翟抱荊漸加內勁，他也只好跟著運勁招架，驀地驚覺，自己竟提不起半分內力！

便在此時，翟抱荊已破他防禦，雙掌切入中門，直取要害。惟他無意傷人，掌心在將觸及心口之際，手勢一轉，俐落收招。

「果然不錯……上官夜天，你再也使不出半分內力了。」翟抱荊的口氣，像是印證了什麼。

「我使不出內力！什麼意思？」

「這就是你活過來的代價。上官夜天，你可知道你所中之毒並不簡單，乃是苗族至毒天蛛散，本是無藥可解的。」

「既無藥可解，怎麼你們又救了我？」

「救你的不是我們，是這個——」翟抱荊從腰帶拿出一顆灰色小丸，遞往他掌心：「烏蝶丹，你這輩子都離不開它了。」

原來，唯一能剋制天蛛散毒性的，就是烏蝶丹。

這烏蝶乃南疆瘴林裡的一種毒蝶，大多用來製作幻藥，與其他毒草搭配，卻能抑制天蛛散的毒性。

翟抱荊即將這些藥毒之事都跟上官說了，又道：「我們想方設法，把你救了回來，可是以毒制毒的結果，便是毒質浸漫周身，侵入各處穴道筋脈。從今往後，你無法再摧動內功了。」

上官夜天神情大駭，心臟怦怦劇跳，無法接受自己雖活了過來，卻成了廢人！

「不可能……怎麼會這樣？我沒有內功了?!」整個人頓時再無半分力氣，身子向後癱靠牆面，雙目眨都不眨，一派茫然。

「你義父也曾經武功全失，是後來練了一種心法，這才恢復內功。」

上官夜天立時回神，忙問：「什麼心法？」

翟抱荊道：「乾坤一氣訣。」

上官夜天一愣，心想：「那不是穆琛的內功嗎？」卻問道：「義父當年如何失去內功的？」

翟抱荊嘆了口氣，方道：「他受了悲聲島主的『悲聲揚海』，筋脈重創，內功全失。」

「他也曾跟悲聲島主交過手？」

「呵呵，蕭朗跟悲聲島主同歸於盡，武林中誰人不知？」

上官夜天愣了一愣，然後倒抽口氣，卻不敢完全肯定翟抱荊到底在說什麼？若他說的真是他所猜想的那樣，世事發展變化，可也未免太離奇了吧！

「唉，也該讓你知道他從前的身分了。不錯，上官驪二十五年前並不叫『上官驪』，他的名字是——蕭朗！」

這一下，雲城城主再也沒有祕密。

可是上官夜天仍難置信，瞠目無言。這兩人在他心中，從來也無法聯想在一塊兒。

且別說他根本不曾看過上官驪拿劍，只要一想起先前在聚星樓，他那副萬般戒慎九大派習得天舞劍的的模樣，就覺得未免諷刺——原來他自己就是天舞劍的主人！不禁脫口道：

「這怎麼可能！他原本跟九大派是一路的?!」

「這你就有所不知了。你義父當年是一腔熱血，捨身與九大派同抗大敵，奈何樹大招風、才高遭妒。司空淵容不得世上有人超在自己前面，便設局讓他上悲聲島與孔聖鬥個你死我活，兩敗俱傷。

「我得到消息後，立刻趕上島去，其時大戰已了，島上能死的都死淨了。你義父跟孔聖雙雙昏死在大殿上，還剩最後一口氣。我便擊碎孔聖天靈，又將你義父帶下去救治……」

當時雙方激戰，孔聖被逼到絕路，眼見天舞劍氣殺來，無奈只能使出悲聲揚海，洩盡全身真氣，與敵玉石俱焚。蕭朗被他的真氣氣旋震傷全身筋脈，醒來後武功俱廢，過去所修內功，皆付流水。所幸翟抱荊在孔聖房裡找到一部心法秘笈，正是《乾坤一氣訣》，據書中所載，似有鍛筋修骨、順導陰陽、振氣回天之能，他便讓蕭朗修練了。

「……我後來方知，那《乾坤一氣訣》來頭不小，乃是三百年前九華道人所創，本是道家延年益壽的秘典，旨在調合人體陰陽，洩旺補虛，袪邪扶正，令身體自然壯益長青。後來孔聖得到了這部心法，卻變造部分內容融合自家邪功，創立了另一路內功秘法，雖也名之為乾坤一氣，惟修練方法卻是邪道一路。他融合了房中術與噬靈邪功兩種法門，採補男子真氣與女子元陰，迅速壯益自身陰陽兩氣。手段狠雖狠矣，效果卻的是驚人。」

「難道你讓義父練了這邪功？」

「怎麼可能？別說我並無此意，縱有，他也絕不肯練的。」

「我失言了，翟軍師勿怪。」

翟抱荊微微一哂，續道：「孔聖當年所練的，是他自己改寫後的心法，我找給你義父練的，則是九華道人最初創寫的。要知道，人體內先天就有陰陽二氣，若兩氣始終互協相生，自能百邪不入、百病不生。你義父自修練後，真元果真恢復不少，持續修練兩年，連精神也更勝往昔。可是，乾坤一氣訣到底不是武訣，雖有養氣培元之效，真氣的質量尚不足鍛鍊筋骨，強化內勁。這也就是為什麼孔聖要提取他人陰陽兩氣，強納化用，提升功力的緣故了。你義父意在報仇，自不甘心只有這等境地。」

上官夜天道：「您這樣說，莫非義父也用了什麼方法大量提取陰陽兩氣？」

「不錯，可跟悲聲島的手法不同。那法子還是我替他想的。我年輕時跟過商隊，時常往來西域進行買賣，知道那兒有一種毒蜂，當地人稱之為蝕骨金蜂。」

「蝕骨金蜂……這名字好邪門。」

「這種毒蜂乃是西域高手修習內功的法寶，雌蜂帶寒毒，雄蜂帶熱毒，如是練習陰寒路子的高手，就用雌蜂練功，若是走陽剛一路的，就用雄蜂……」

上官夜天了悟道：「你讓義父將雌雄金蜂都用上了？」

翟抱荊嘆道：「不錯，我自作聰明，以為如此是幫忙了他，卻萬想不到，同用雌雄雙蜂，原來大有危害！」

「什麼危害？」

「我輪流用雌雄蜂的蜂針刺他周身大穴，他則運勁逼出毒質，藉此鍛鍊內勁，然而如此運功逼毒，至多不過十去其九，多少仍有些餘毒會殘留體內。我雖知如此，卻不以為意，只因那些西域高手均任由蜂毒累積體內，似也無甚妨礙。

「卻不知道此法雖提高他的內功修為，然長此以往，他體內同時累積了熱毒與寒毒，兩毒性質相逆，無法安於體內，時不時便要發作相剋。毒發之苦不但教他生不如死，還影響了傳宗接代的情事，所以後來……」

翟抱荊說到此處，輕輕嘆氣，道：「我不願他再修練下去，可他報仇心切，毫不聽勸。我幾番勸阻無用，索性便偷走金蜂，連夜出逃雲城。想不到你義父居然派杜紫微那小子追殺我！我這才跌入了魄源河，為幽燕所救。」

「什麼！」

上官夜天微微皺起了眉，頗為疑惑。翟抱荊沒有留意，感傷道：「唉，這二十多年來，你義父變得真多，我簡直快不認得他了！

「我父親曾是江湖上有名的大盜，我長得跟他宛如一個模子刻出來的，不管走到哪裡，人人都瞧不起我。只有蕭朗，他真心待我，看重我的才華，與我坦誠相交。我認定他是我此生唯一的知己，心裡暗自發誓，不管他日後碰上什麼困難，我都與他禍福同擔、風雨同路。

「所以，他後來要自戕隨顏小釵去，我千方百計勸他打消念頭；又知他想對付天龍會，便居中牽線助他迎娶雲城城主的獨生愛女，接收雲城勢力。卻萬想不到，多年後，我們會演變成這般局面……」他搖了搖頭，再也說不下去。人生百態，箇中無奈，似乎也只能化為一聲喟嘆。

「翟軍師，此中是否有誤會？義父只派人追你回來，絕無下追殺令。杜紫微一向貪功好進，許是他自作主張，也是有的。我回雲城之後，一定幫你問個清楚。」

翟抱荊微微一哂，似對前塵舊事已不如何放在心上，道：「我跟那小子素來不合，他若真的公報私仇，以後再找他算帳便了。倒是你，不管你為了什麼理由，你都非得回去找你義父不可。我方才說了，乾坤一氣訣能滋陰旺陽，舒筋通竅，活轉氣血。你如今無法運功，全是因蛛毒塞阻筋絡所致，若是練了這套內功，或者還有通滯行氣的可能。」

「可能？您也沒有十分的把握？」

「你的狀況我遇所未遇，自是不敢擔保，但不試試看，你也沒其他路可走了。」

這時敲門聲響起，隨即門扉一推，卻是秋晴走了進來。

「你醒了！太好了！」她瞪著上官夜天道。

上官夜天見她頭髮微亂，像是從外頭趕回來的，神情口氣，似乎早在等著自己。

「秋晴姑娘，你找我有事？」

「當然，你的性命不光靠翟伯伯救的，我也有份！」

「想來也是如此。多謝你。」

「我救你，不是要你感謝我，而是要你幫我做兩件事。」

「只要幫得上忙，我不會推辭。」

「很好！第一，我希望你殺了費鎮東！」

「為什麼？」

「他是我殺父仇人。這個理由，可夠充分了吧！」

上官夜天不置可否。費鎮東身為雲城兵馬總教頭，多年來立下無數汗馬功勞，甚得上官驪器重，可不是他能隨便處置的人物。一時不好覆答，只好問道：

「第二件呢？」

「這第二件嘛……」秋晴咬著下唇，道：「希望你別問理由，總之放巫羽平安離開。」

「因為他是你哥哥嗎？」

秋晴驚愕道：「你知道了?!」

「你們兄妹有幾分相像，又都會醫術，只要稍加留意，不難發現此事。」

「那……你也知道了，他其實是……」

「九大派的奸細！我當然也知道了。」

「那你可把他怎麼樣了？」秋晴一時情急，整個人逼來上官夜天近前。

「我將他關在地牢，沒傷他性命，你不必擔心。回雲城後，我會向義父說情，放他離開。」有了上官夜天親口許諾，秋晴總算稍撫驚懼，略微安心，又慶幸自己這回不是跟九大派同邊，否則哪日大哥無預警地死在雲城，也是欲救而不得了！

這時候，外頭又來一人，卻是慈姑。

她原是拿剛配好的烏蝶丹過來的，不想卻從沈菱那裡得知上官夜天甦醒之事，立刻也過來了。她尚未開口，翟抱荊已悄聲跟上官夜天道：「又一個來向你討藥金的。」

果真，慈姑一開口就道：「上官夜天，你醒了，很好！」她的口吻神態，幾乎跟秋情方才一模一樣。

「你要知道，我本不想救你的。翟抱荊跟秋晴至多是幫你續命，但若沒有我替你精心配製烏蝶丹，你可別指望能醒過來。」

上官夜天把話明挑開來：「如此多謝你了。不知道你希望我做什麼事？」

「也沒什麼，此事於我是難如登天，於你卻易如反掌。我只盼雲城中人，從此不再踏入苗疆一步，至於已經踏入苗疆的，也都馬上離開，你能給我辦到嗎？」

「有雲城的人來苗疆了？」

「哼，那些牛鬼蛇神奪了我們大寨、驅趕我們子民，在那裡整地打樁，分明欺我苗族無人！我簡直連一刻鐘都不想看到他們，你快去叫他們住手吧。」

上官夜天隨即會意，多半是有人接手他的工作，要在南疆設新的分舵，便即應允慈姑，一等會兒就過去處理此事。

第二十八回　絕世快刀

強烈的危機感與刺鼻的血腥味，把他整個殺心都給撩挑了起來，有羞惱更有興奮。打定主意，今天若不取下雪琳首級，他就不離開這破村子了！

雲城，冷冷清清。

儘管上官驪神勇無敵，在天龍會殺了掌門人司空淵，威風傲世，可是雲城沒有任何歡慶之氣，亦不聞半句笑語。

蘇娃死後，全體服喪。佛堂裡，誦經超渡之聲日夜不絕，法會將舉行七七四十九天。

上官驪自從失去了蘇娃，言語、飲食、睡眠都極少，每日不是去佛堂，就是關在書房，什麼地方都不想去，什麼人都不想見——除了雪琳。

「……等我把所有的事務交託給新一任城主，我便不會再回來了。看你屆時是要我扶植你為新的天王，還是隨我四處修業，都隨你……不，我私心還是希望你能隨我四處修業，把你太師父的武道精神傳承下去……當然，人各有志，你若想留在這裡，我也不能勉強你。」

雪琳聽罷，毫不替自己打算，只問道：「師父，你當真不將城主之位傳給少主嗎？」

上官驪額上青筋隱現，冷聲道：「敢背叛我，他就不是我義子。」

雪琳朗聲道：「徒兒以性命擔保，少主絕無侵犯夫人之情事！」

「哼，此事我原已不打算追究，虧得你還有臉提起！」上官驪面色陰寒，雙目瞬也不瞬的瞪著雪琳：「我多年前就再三提醒你，要你替我留意他是否暗中跟蘇娃往來，只要稍覺不對，就立刻向我回報。你倒很對得起我，竟然在我閉關之時，讓蘇娃懷了他孩子！這事連蘇娃都親口承認了，你還要替他狡辯什麼？」

雪琳雖聽他發怒，亦無懼意，再次道：「夫人的孩子，絕不是少主的！」

「你憑什麼替他擔保？」

「少主對您忠心耿耿，從無貳心，這些年來徒兒瞧得比誰都明白。」

上官驪厲聲道：「他佔有蘇娃，這就是貳心！」

雪琳知道他無論如何都不相信上官夜天，咚地一聲立跪下來，磕首道：「徒兒求您至少給少主一回辯白的機會，若他確實與夫人有染，徒兒甘心赴死！」

上官驪見她這般忠耿悍烈，也不禁動容。惟他仍搖了搖頭，道：

「你這賭注壓得太大，我不能同意。」

「師父……」

「若蘇娃的孩子不是他的，她為何要說是他的？又還能是誰的？一來蘇娃看不上其他人，二來也不會有人敢碰她一根頭髮。你要肯冷靜細想，就會發現你方才所言，根本置自己於九死一生的險地。」

說完，他嘆了口氣，擺了擺手，道：「你下去吧，我累了。你今後有何打算，想清楚後再來覆我。」意即對上官夜天之事，他已不想再跟她討論下去。

雪琳見這勢態，已不好再說什麼，只好暫時作罷。

出來時，迎面恰見賽勒奔也來到院門外頭。此人是上官驪親信，位階僅次於四王。兩人照面，彼此微微頷首，並未交談。賽勒奔逕往上官驪書房去，雪琳緩緩轉過身子，心生好奇。

她沒有離開鹿苑，只考慮了一會兒，便偷偷跟了上去。上官驪自東靈山回來後，就派人四處搜找上官夜天，只怕是已有他的消息了。

她小心伏在書房外頭，果聽見賽勒奔道：

「城主，南方有消息傳來，說朱總管派去苗疆的人馬，好像遇上了少主。」

「把話說清楚。」

「是。我們的人本在苗疆大寨整地打樁，卻來一名年輕人自稱是少主，不但要大家停工，還要所有人即日離開苗疆。那些部眾都沒見過少主，不知道真假，可來人身上佩著少主的紅玉腰牌，不得不聽令，只好全都離開，等城主示下。」

「有這等事？」

「屬下不敢欺瞞。」

「南疆……奇了，他人是在東靈山失蹤的，怎會跑到那麼遠的地方，且既平安無事，怎麼到現在還不回來？」

他疑惑地自言自語，賽勒奔當然也答不上來。

好一會兒，上官驪才道：「我知道了，下去忙吧！」

「是。」

「等等，你出去後，幫我擬一道令旨給朱、費、杜三人：誰擒得上官夜天，誰就是新任城主。」

賽勒奔對他這個決定也愣住了。

「城主，您才剛打敗司空淵，如今中原九派，都是您囊中之物，怎地在這時候，您反而要退位了？」

「就是打敗了司空淵，我才要退位，否則我當年又何必爭得這個雲城城主？你不必多問，照辦就是了。」

「是，屬下多言了。屬下即刻去辦。」賽勒奔躬身一揖，轉身便出。

雪琳聽罷，也自去了。

上官驪只說「擒得」，既非下追殺令，可也沒說活捉，顯是想上官夜天武功了得，若限令「活捉」，只怕三位天王難已得手；反過來說，若上官夜天膽敢違令，不願束手就縛，那便證實了他心裡有鬼，被殺也不算冤枉。

可惜上官驪不夠了解三名天王的狼子野心。

若是他們出手，為了爭權奪利，打一開始就不會活捉，只有死擒！

於是，雪琳沒有告知任何人，逕自去馬廄領了一匹快馬，當天就離開了荊都。

❋ ❋

絳帳軒。

杜紫微看著賽勒奔方才送來的令旨，臉色很不好看。

「你不是再三跟我保證，『天蛛散無藥可解，上官夜天必死無疑』嗎？哼，真是笑話！」可是他的臉上沒有半分笑意，眼色銳利得彷彿可以殺人。

雷翠對他的斥責恍若未聞，雙眉深蹙，納悶道：「不可能的，不該是這樣的……老祖宗的《百毒經》上明明寫著天蛛散無藥可解，不該出紕漏的！」

「可見得你家祖宗還真是沒用。」

「你——」

「致命的毒藥，我藥房裡至少就有五十種，若不是為了順你心意，說什麼『上官夜天火燒苗族大寨，就該死於苗疆至毒』，事情也不會弄成這樣！」

雷翠深吸口氣，忍氣道：「我承認是我不好，隨你怎樣責罰，我甘心領受。」

「事到如今，罰你又有何用？如果罰你就能讓上官夜天死去，我早就拖你進酷刑房了！」

雷翠聞言，心下一惴。雖不知他說的是真話，還是氣話，也足以令人倍感威脅了。

眼下氣氛極不和諧。

若在平時，雷翠做錯了事，誠心賠罪後，再說說如何補救，也就過去了，可這一回實在太過困窘，她無論如何也不敢相信天蛛散居然沒用！

這時，一名下人在外頭通報道：「天王，碧兒姑娘來了。」

杜紫微一聽，道：「讓她進來。」同時向雷翠使個眼色，指了指屏風。雷翠立刻到屏風後頭躲好。

一會兒，一名穿著碧色衣裳的姑娘走了進來。雷翠見她後腦規矩地綁著一條大髮辮，用紅絲緞繫著。那是雲城二等婢女的髮式。

「奴婢見過杜天王。」她乖巧地躬身行禮。

「來找我有什麼事？」他手一擺，示意她起身。

雷翠識得這個碧兒，她是落梅天的婢女，不知道怎會跟杜紫微暗中搭上了？

出人意料的，杜紫微從不碰雲城裡的姑娘，哪怕她們個個窈窕美好。

杜紫微也並不真的好色，他的侍妾房眼下只住著她一個人，而他要她服侍的日子，一個月也不過五次。

雷翠也是跟他相處之後，才知道他是什麼樣的人。

看去風流、善飲、雅好音律……，這些固然是他的天性，卻不是全部。他刻意突顯這些特質，把更真實的一面深深藏起，絕不外顯。

他一個月至少有二十天是在書房過夜的。比起喝酒，他其實更愛練功；比起女人，他其實更愛武典。可是這些，他都不讓人知道。

慵懶輕浮的表相下，是鴨子划水，鬥志昂揚。

他教她指法的時候也很認真，每回提點關鍵，他就會順道說起自己從前練武時，如何又如何……都不是讓人聽著會覺得舒服的事。

可是杜紫微對當時候的過程與心情，全都記得清清楚楚。

那時候的他，倒讓雷翠覺得三分迷人，幾次差點兒心動了。

只不過，她也很能把持，因為杜紫微有著更可怕深沉的一面。

很多女人都不知道，像他這樣的男人根本就不該愛上，而是該怕，能離得遠些，那是最好。

可是，不知道為什麼，這會兒碧兒來了，端的是白淨秀巧，腰身婀娜，她竟忍不住微起妒厭之心。

只聽碧兒道：「天王，黛兒姊姊死了！」

杜紫微道：「這麼大的事，還輪得到你告訴我？我今早就知道了。」

碧兒忽然跪了下來，有些激動地道：「天王，人人都說黛兒姊姊是為著夫人之死傷心過度，這才失足摔入了碧波池，可我知道，根本不是這樣的！」

「黛兒確實死得蹊蹺。你懷疑是有人害她的？」

「夫人在上個月十七號那天，酉時剛過，就把我們都遣回房裡，只留黛兒姊姊一個人伺候。」

「這樣的事情，怎麼現在才告訴我？」杜紫微臉色沉了下來，擺明不高興了。

「天王恕罪！奴婢以為這只是小事……」

「小事？夫人定就是那天晚上背叛了城主，才會只留下最信任的黛兒服侍。這黛兒如今離奇溺死，分明就是被滅口的！」說到此處，他心裡頓疑：這麼說來，奸夫不是上官夜天了?!

微一思量，已有人選。這個人每次看見蘇娃，眼睛都在發光——一個男人若真想得到一個女人，眼神是藏不住的。

杜紫微笑了笑，道：「你跟了我多年，位置也該升一升了。」

「奴婢不敢想。」

杜紫微冷嗤道：「不敢想的話，你當我的眼線做甚？聽著，回落梅天去，仔細查看有否留下什麼詭異的蛛絲馬跡，若辦得我滿意，我會在城主面前進言，升你為女官。」

「謝天王！」碧兒臉露笑意，又道：「奴婢想起來了！那天之後，奴婢在櫃子裡發現一幅沒看過的圖畫，似乎是朱天王的手筆。」

「喔？」

杜紫微眼睛亮了起來，恰正是他猜想的人。

「很好，好丫頭，你坐著說話。你又知道哪些事情，都跟我說……」

兩人又交談了好一陣子。末了，杜紫微交付了一些任務下去，碧兒這才告退。

雷翠從屏風後頭走了出來，啐道：「賊丫頭，看起來一副文靜乖巧模樣，心倒不小。」

「心不小才好，她若沒有野心，也不會為我所用。只是她不老實，給甜頭才招實話，可就不夠聰明了……罷，不說她，我們回來說上官夜天吧！」

雷翠一聽，全身立刻繃緊起來。

杜紫微的怒意已淡了不少，道：「不必怕，我會給你將功贖罪的機會。」

「什麼機會？」

「上官夜天得死、朱銘要除，我才能成為新的城主。朱銘這兒嘛，我原還怕抓不到他的把柄，這下倒好，黛兒死在池裡，只怕就是他幹的好事。」

「我能做什麼？」

「你嗎？」他微微一哂，道：「對付朱銘，你幫不上忙，你再去料理上官夜天，不能再出錯了。」

「你放心，我不會再失手了！這一回我就算性命不要，也必親手將他送進墳墓！」

「這次不比上回，你得用一些手段。要知道，現在可不只你想要他的性命。朱銘且不提，就當他會折在我手上好了，單是費鎮東這一關，你要如何應付？」

這一問，雷翠可答不上來了。

她對費鎮東並不熟悉，只知道他武功極高，在四天王中，握權之大只稍遜朱銘，其餘一無所知。

「若是費鎮東搶在你之前擒拿上官夜天，萬事皆休。」

「你是要我跟他搶快嗎？」

「你快不過他的。費鎮東長年對付九大派，城主為此給了他很多方便，幾乎各分舵都有他訓練調教的人馬。他只消一聲令下，那些人就是翻遍南疆，也會幫他把人找著，甚至綁送至他面前。與其如此，我寧可上官夜天先死在外人手上，也絕不白白便宜了他。」

他眸光一瞬，續道：「所以，我要你去湖南。」

雷翠「咦」了一聲，道：「去湖南做什麼？」

杜紫微輕笑道：「你很想去岳陽，是嗎？」

雷翠啐道：「胡說什麼？」

杜紫微道：「可惜我不是讓你去岳陽，而是去益陽。你設法讓白馬堂知道上官夜天人在南疆，他們會有動作的。」

雷翠恍然大悟：「你想把涂爾聰引去南疆？」

杜紫微道：「費鎮東行事一向高調，涂爾聰若去南疆，兩人碰上的機會很大。我想利用涂爾聰絆住他，如此才方便你行動。當然，此事未必能成，還得靠你隨機應變，但多拉個人進來淌混水，總好過讓費鎮東一人佔盡上風。總之，咱們就且碰碰運氣吧。」

雷翠點頭道：「我知道了。」

「我看費鎮東很快就會出發，你也去收拾行囊，一會兒就上路。」杜紫微忽然像是想到什麼事似的，又問：「你回去南疆後，會在哪裡落腳？待我處理完朱銘的事，就過去跟你會合。」他始終不放心讓雷翠一人處理這樣的大事，恨不得自己有分身之術。

雷翠想了一會兒，方想到一處所在，道：「我畫地圖給你……」

到了下午，杜紫微便替雷翠備好一包袱物品，催她即刻上路。

可是，費鎮東有絕倫的身手、龐大的資源、各分舵的支持。小小雷翠，能鬥得過他嗎？

✻ ◆ ✻

杜紫微料算得不錯。

費鎮東那爭權望上之心，果真熱切得連瞞都不瞞，急不可待地直赴南疆，三天後，就已到湖南北邊的武陵源。

卻說他的赤髮馬雖在岳陽失去了，雲城仍有無數好馬由他挑選。如今跨下這匹良駒紅雲，雖不如赤髮馬猛奔如飛，腿力亦是極好。因此一路上他心情極佳，嘴角時常帶著微笑，相信其他二王絕沒人能追得上。

行過山道，穿過郊野，他準備要進入永定村了。永定村不過一個小村落，卻是武陵源直往南方的必經之處。

一般入村之前，策馬者都該下馬改為步行，以免傷及旁人。可是費鎮東不管這些，他一意搶快，就算踏死幾個平凡如螻蟻的販夫走卒，於他也算不上什麼。

只聽躂躂躂躂……，一轉眼紅馬直奔入村，想不到所見到的不是居民安樂的景況，而是死屍遍地，滿目瘡痍的人間地獄。

費鎮東為之大愕，不由得勒馬駐足。

一個、兩個、三個……街道上、民宅前，全都是數不清的死屍，屍上鮮血還沒變色，顯然事發未久。

這些屍體除了尋常百姓，還有好些是身穿武服、手拿刀劍的練家子，這麼成群結隊而來，倒似是賊匪。

他隨即會意，顯是有一批山賊下山洗劫，殺人屠村，卻又來另一批人馬，將山賊殺了，才會堆屍盈街，可是……

費鎮東原本猜想殺賊的多半是官府兵馬，但山賊們的傷口卻不對勁，每一具屍體都只有一個傷口——頸間！

就只有頸間劃過一道三寸長的鮮血刀痕，再無其他。

每個盜賊都是睜著雙眼，仰望蒼天，根本連眼睛都來不及閉起，就已斷氣。

這絕非死於官差，而是死於一種高明的殺人武技。

費鎮東策馬緩緩前行，陸續見到的屍體，在在印證了他的推論，心想：「此人使刀極準，可武陵源附近，哪有什麼出名的高手？」正自納悶，忽地身子一顫，驀地感到一股銳利的殺氣射來，他雙目如電，立朝前望——

看見了！

遠遠的，站著一道穿著米色武服的人影，根本連面目身形都瞧不清楚，可是他確定，殺氣是那人影發出來的，而所針對者，正是自己。

哼！

他「紫衣羅剎」費鎮東，打十二歲出道，十八歲便名震關東，此生殺人無算、仇家無數，就算半路遭人攔截，他也一點都不意外。

相反的，過去每一個上門找他的人，非但仇報不了，還連命都賠上了。

所以，無論誰敢擋在他前面，那就去死，也只能去死。

僅僅是這種程度的殺氣，還不值得他放在眼裡。

頓時，紅馬加快步伐，一會兒他即看清來人，卻疑竇更甚，立刻勒馬停住，喝道：「是你！楓紅小築的護衛，你來這兒做什麼？」

不錯，向費鎮東邀戰的不是別人，正是雪琳。

「回去！」她長刀橫擺，備戰意味濃厚。

費鎮東看見了，也留上心了，那長刀並不特別，長三尺七吋，到隨便一家打鐵鋪，都可見這樣的長刀。

堂堂雲城護衛，居然佩上這麼一柄破刀，實在教人笑掉大牙。可是費鎮東肅著臉，沒有半分笑意。

那刀身通體銀白，唯獨刃尖一吋沾血。那是山賊們的血，她只用上刀尖一寸這麼短的鋒芒，就殺光了五、六十個山賊。

「你是來阻止我南下的？」

雪琳把頭一點。

費鎮東喝斥道：「好大膽子！小小護衛，也敢攔我費天王的路，不要命了嗎？」

「你如果再往前一步，不要命的，就是你！」她眸子精光四射，舞刀擺了個勢子。這勢子大有學問，身子微側，右手高抬，橫刀在頂，刀尖向敵，雖中門與下盤似乎全無防護，其實暗藏數道厲害後著。

費鎮東號稱「刀劍雙絕」，與刀劍上的造詣確實是武林罕有，立時瞧出這勢子非同泛泛，點頭哼道：「很好、很好……」於是將劍袋解下扔到地上，再拔出狂雷刀來，決定也用刀法跟對方一較高下。

可是，他沒有下馬，反用狂雷刀往馬臀輕輕一割。馬兒吃痛，瘋狂疾奔，直撞向雪琳。費鎮東左手拉著韁繩，左腿離開馬蹬，身子向右彎下，打算憑著紅雲馬追風逐電般的速度，一刀將雪琳攔腰斬半。以他內功再加紅馬腿力，就不信她擋得了！

紅馬洶湧如燄，速度快得驚人。雪琳依然紋風不動，連眼睛都不眨，直到紅馬奔近身前三丈，忽然壓低身子，向前疾掠——

如果紅馬是火，那一刻她就是風——飆風！

頓時，馬兒淒厲長嘶，費鎮東身子一沉，竟是雪琳「殺人先殺馬」，低身險險避開他狂雷刀，反將四條馬腿同時斬斷！

這一變故，委實出人意料。

須知馬腿肌骨最是強健有力，何況紅雲馬在縱蹄狂奔之時，更是飽蓄力量、錯落間踏。要一刀齊斷四腿，當真談何容易？簡直難以想像！

馬兒慘叫之際，上身猛然撲跌，背上的費鎮東亦隨之狠狠向前摔去，惟他處變不驚，墜地時右掌捺地一撐，便即借力翻身，向後立定。只見雪琳也剛穩住勢子，轉過身來與他目光交會。

她寒著臉，沉聲道：「若非為了救你，少主也不會在東靈山遭遇大險，你今日如此報他，難道不覺得慚愧嗎？」

費鎮東呸一聲，道：「老子要慚愧什麼？我既沒有要他來救我，亦不是為他所救，根本不欠他半分人情！分明是他自己受了司空淵挑釁，沉不住氣，才去天龍會找麻煩的，與我何干？」冷笑一聲，續道：「哼，他也不掂掂自個兒斤兩，那東靈山何等重地，司空淵又是何等人物，連我也招架不住，他居然敢去招惹！我看他不該叫上官夜天，該叫上官夜郎。」

雪琳一向凝定平和，事事淡然，惟此刻也不禁勃然變色，怒道：「你——放肆！」

然而「放肆」這兩字的聲音卻被費鎮東的話掩過去：「倒是——你居然敢斬殺我的馬，天殺的，瞧我怎麼收拾你！」

他俐落舞轉狂雷刀。頓時，刀光爍爍、風聲呼呼，在在撼人心魄。

這柄刀是他打關外帶進中原的，乃一代鑄刀名匠孫雷的得意作品，號稱「遇血不沾、遇塵不染，百年不鏽」。刀身奇大，重達五十八斤，由費鎮東揮灑使來，其他兵器皆非其敵，其時人曾有言：「紫衣羅剎，倚狂雷勢，傲絕關東。」

只見他一刀直向雪琳劈來，大有氣吞山河之勢。雪琳不敢硬接，側身避開，欲待此招勢盡，再行反撲。

此刀一劈落地，即開出一道深長的塹口，費鎮東整個上身亦低伏下來，似也受到重刀牽引！雪琳眼睛一亮，趁他不及收刀防衛，一刀即揮向他腰眼。

這一刀可去得猛了，此招若得，比鬥也將就此結束。

然而費鎮東使刀何其靈活！

一般人用重刀，向是威猛有餘，靈變不足，因此講求速決，可是費鎮東之所以是費鎮東，正是因為他的狂雷刀不但完全保留重刀刀法的優勢，他自己又透過長年苦練，完全修正了缺陷。

他的重刀，可以使得跟雁翎刀一樣輕快。

只聽「砰」的一聲，雪琳萬想不到，費鎮東右臂舉動如電，狂雷刀刃生生擘開她刀緣，雙刃交峰之處，她的長刀立給劃出一道割痕，震得手腕隱隱發麻。

雪琳心中一凜，眼見討不了好，只得暫時收勢，立向後躍。費鎮東趁勢進擊，刀光如影，招招迫敵。

雪琳每每驚險閃過，雖非不能回擊，卻是不敢。

方才一交手，她就知道手上長刀絕擋不了狂雷刀五招，五招之內必定斷刃！

說來諷刺，同為雲城中人，可她對費鎮東的了解，還遠不及九大派。她完全不知道對方的身手與兵刃，原來這般厲害！

身手也還罷了，雲城四王，哪個不是身懷絕技的高手？棘手是意料中事。

惟狂雷刀鋒銳非凡，佔了極大便宜，她的刀法等於是給完全封住了，只能逃，不能戰！

頃刻間，雪琳不分方位的奪路奔逃，逃時亦思考著如何才能封住狂雷刀。

費鎮東緊追其後，好不得意，朗聲道：「怎麼，不是想護著你主子嗎，現在怎麼反而夾著尾巴逃跑了？」

雪琳並不受激，一路飛簷走壁，縱上躍下，一意要擺脫他追蹤。費鎮東身為兵馬總教頭，各類武技皆無懈可擊，獨輕功在四王中敬陪末座。時刻一久，兩人距離漸遠。雪琳行經一間客棧上頭，見下方有處空院，陡地心生一計，閃身落下。

過一會兒，費鎮東才跟著追跳下來。只見這客棧後院甚是寬大，旁邊架著一處馬棚，繫著幾匹馬，中間一口水井，東面石牆前堆放著許多稻草與柴薪。

他四顧張望，卻不見雪琳，罵道：

「賤人，逃得可真快！」說罷，無聲地走向了稻草堆。

這稻草跟柴薪是緊鄰放一處的，柴薪疊得整整齊齊，稻草卻有些散亂。不必想也知道，人一定是躲在稻草堆裡。

他一鼓作氣，舉刀穿刺揮砍，霎時草絲漫天，哪有人影？只聽後方一聲吒喝：「駕！」回頭望去，竟是雪琳策馬暴衝而來，好快！

原來雪琳一下來後，先挑亂稻草，隨後即躲到馬棚死角，再行突襲。如今費鎮東後面靠牆，無法驟退，眼見馬蹄高揚，壓身而來，已無時間思考，只能直接舉刀砍去——

狂雷刀從馬頸直劃往馬腹，馬兒還不及嘶叫，血水內臟便已淌了一地。雪琳趁隙出刀，直取對方首級！

高手對決，生死分際，往往只在一招一彈指間。她以馬作盾，要的不過就是這麼一個教他緩不出手來短暫空隙！

刀影奇快，費鎮東既不能閃躲，亦不及自馬腹抽回刀鋒防護。眼看刀刃逼近，當下想也不想，棄刀騰出雙手，暗合內力夾住了長刀刀身，咬緊牙關，全身凝勁，雙臂青筋賁起。

這下反換雪琳愣住了，她想不到費鎮東臨事果決，連狂雷刀這樣的利器說放便放，絕不掛礙。這一刀行至途中，被他掌心夾得牢牢實實，刀緣抵至他額前髮絲，再不能向前半分。

馬兒既死，她身勢隨之下沉，更少了居高臨下的優勢，只聽費鎮東怒道：「賤人，去死吧！」雙手一扳，刀斷！緊跟著腰一扭，橫腿踢向她左耳——

雪琳隨即舉臂格擋，惟這一腿蓄力而發，非同小可，她倉促應付，如何能敵？那左臂受力後亦跟著撞向臉面，霎時身子再無法立定，整個人斜飛出去。

她沒有受傷。

在費鎮東舉腿時，她的頸項也自右偏，再加上左臂格擋，已把傷害降到了最低。

只是如今她失了兵刃，再不能是費鎮東對手，只能設法奪路而逃！只見她身子斜飛向牆，伸手往牆壁一捺，稍一穩住身子，即順勢攀上屋簷，遠遠逃開，動作如行雲流水，一氣呵成。

費鎮東從血泊裡重新握起了狂雷刀。雖說是遇血不沾，可如今整柄刀都浸過了馬血，在光亮平滑的刃面上凝成了斑駁血網，更增殺惡之氣。

費鎮東雙眼如刀，陰狠如鬼，瞪著雪琳逃跑方向，瘋獅似的直追而去——

不一樣了！

這會兒他的殺氣，已跟剛才完全不同。

一開始殺雪琳，只是為了除去礙眼的絆腳石，同時治她個以下犯上之罪，可是方才他棄刀的那一瞬間，是真正感受到了死亡逼來的威脅——真可恨！小小女子、區區護衛，居然也敢帶給他這樣的感受！

強烈的危機感與刺鼻的血腥味，把他整個殺心都給撩挑了起來，有羞惱更有興奮。打定主意，今天若不取下雪琳首級，他就不離開這破村子了！

眼見雪琳奔在前方屋簷，他狂雷刀猛地一挑，整排屋瓦受到他內功震動掀浪而起，波及至雪琳腳下。雪琳心頭一驚，勢子因此中止，只得逃下街道。

可這一次，她的腳踝受傷了。

飛起的瓦片撞上了她右腳踝骨，不甚重，推拿片刻即好，可是眼下哪有推拿的餘裕？

轉眼間，費鎮東也跟著躍下街道，眼睛也瞄著她的右腳。他看出來了。

雪琳跑得滿頭大汗，而今就像是給鬣狗盯住的獵物，連逃都不可得了。

「我要砍下你的頭，送到上官夜天眼前。」費鎮東得意道，「哼哼，想必他看到心腹手下給我殺了，必會氣得跟我拚命，這麼一來，我若因此失手殺死了他，城主也不會怪罪我。」

「你不是他的對手。你會被殺。」雪琳身陷危境，說話語調依然平穩冷靜。

「笑話！他的鞭子已失在東靈山啦，沒殺神鞭的上官夜天，還有什麼好怕的？你放心，你走之後，我一定送他去陰曹地府陪你，乖乖受死吧！」

費鎮東再度發動狂雷刀，不留餘地。

雪琳方才一下來時，眼角就瞥到街旁橫著一具山賊屍體，手上還握著一柄大刀。那樣的粗質劣刀，是絕對擋不了狂雷刀一擊的，可是，只要她還能再戰，她就絕不屈服！

這樣一想，連眼神都雄烈如燄。

「喝——！」

費鎮東揚刀奔來，風速之快，轉眼便將刀刃上的馬血盡數掠走。

雪琳忍著腳痛，衝向屍體掇起大刀——只這麼一會兒，狂雷刀已來到她項背後頭三尺之處。

她知道的，雖背對著，可那刀氣何等刺人，眨眼間就可取她性命。

根本不必思考，她只有拚命一賭，至少也要與敵同歸於盡——

「啊——！」

她大聲嘶吼，回身迎敵，全身氣勁匯於此招。

雙刀交擊，果然不出她所料——

砰！

再一次，雪琳斷刀，寬大的刀面激翻上天，良久落地。

可教人萬想不到，隨之而來的，卻不是費鎮東得勝的笑聲，而是他瘋狂的嘶號——

「啊——啊——！我的眼睛！我的眼睛！我的眼睛——！」

他連狂雷刀都不拿了，雙手撫著眼睛，卻捺不下那鑽心的痛楚，以及那兩道沿著面頰滑落的血痕。

他的眼睛毀了。

他永遠失去光明了。

「我的眼睛——！」

費鎮東暴吼著，無法相信。

「為什麼會這樣？為什麼？為什麼？你的刀明明沒有碰到我！」

雪琳臉色蒼白，全身是汗，這一招似乎吸乾她的精力，把她累得快虛脫，可是她見了費鎮東這模樣，仍替他解開迷津：

「城主在中秋劍會時，他的劍也沒有碰到穆琛跟司空淵……」

費鎮東聞言，全身一震，駭聲道：「隔空發勁……你竟用斷刃隔空發勁……這怎麼可能？這怎麼可能？」

「因為……我是他……唯一的徒弟。我的刀法，就是天舞刀！」雪琳說完，轉身緩緩而去，放過已經沒有威脅性的對手。

天舞刀。

練刀練了二十年，今日為勢所逼，終於悟出最精華的竅要了！

那一年，她十歲，在一條荒僻的山道上家破人亡，全身是血，除了懷裡那柄父親的愛刀，一無所有。

「孩子，那些強盜殺了你爹娘，想報仇嗎？」眼前高大的人影，聲音不帶任何情感地，如此問她。

她沒有說話，緩緩點頭。

「可我方才為了救你，已把他們全部殺了。你又該如何報仇呢？」

她木然沒有回應，因為她的心已經死了，無法思考答案。

「聽著，就算我早些時候來到，救了你爹娘，可他日你爹娘仍會行經其他山道，保不得又會遇上盜匪，如此一來，一樣會發生不幸。所以，如果你真要報仇報個澈底，惟一的方法，就是殺盡天下間與那批強盜同樣的惡人。」

她的眼睛逐漸有了些微神采，似乎有幾分明白了。

「想誅惡、想生存，都得自己先有力量。你想擁有力量嗎？」

她堅決把頭一點。

「那麼，你願意跟我學武功嗎？」

過了很久很久，她才低聲道：「你會刀法？」

高大的人影聽她音韻平靜低沉，不似尋常女娃，又想任何人遇此劫難，必然報仇心切，感謝他傳授武藝都來不及了，怎還敢提出質疑。便反問道：「難道你只學刀法，不學劍法？」

「我爺爺、我爹，都是練刀的。」說著，把懷裡的刀抱得更緊了。

高大的人影見了她這動作，莞爾道：「我雖不會刀法，卻開始想收你為徒了，怎麼辦？」

她不答，只是瞪著他。

「可以教你刀法的老師，多數不過是招式之師。他們能授給你招式，卻無法告訴你武道的精髓何在，因為連他們自己也不明白。卻不知，武術要有所成，根本不在氣勁招式，而貴在『奪胎換骨』。」

「奪胎換骨？」她生硬地唸著這個毫不理解涵義的詞兒。

「對，就是『運化前人舊招，咀華再鑄新境』。這心法一時半刻難以說得清楚，你若有意，成為我徒弟之後，我會盡數傳授給你。你肯嗎？」

她望著他溫和凝定的眼光，過一會兒，緩緩點了點頭。

從此，她的命運有了天南地北的轉變。

雪琳入了雲城，開啟了人生另一條長道，依著上官驪給他的武道觀念，練習揣摩各家刀法。三年後，上官驪收養上官夜天為義子，並把她指派到楓紅小築，跟她如此說道：「許多的刀法招式你是已經夠熟練了，但一個人若想變得更強，還得要有合適的對手，以及衷心保護的對象。今後，這孩子既是你的對手，也是你必須衷心保護的對象。你明白了嗎？」

「回師父，明白。」

於是，多年潛沉，她終於成為一名非凡刀手。

二十年歲月長河，至今思來，依然清晰如昨！

她逕自向南方走著，一時深感師恩栽培，又心繫上官夜天安危，夾於其間，當真好生為難。

第二十九回　殺人與被殺

褚惟心眼中閃著嗜血的精光，興奮、狂喜。

心想上官夜天何等聲威、何等高手，今日居然能死在自己手上，分明是老天爺存心要成就他！

中秋過後，秋意漸寒，連江南也不例外。

白馬堂的氛圍，比穆琛作亂那時還要低迷，而低迷的原因，自與司空淵之死脫不了干係。

司空淵走了。

當著九大派各家高手面前，像雜碎似的任上官驪欺凌洩恨，不但喪失性命，就連掌門人的尊嚴也保不住。

不想可知，此事這對九大派而言，是何等沉痛的打擊——

司空淵可是他們的神啊！

然而，在司空雪跟涂爾聰心裡，滋味更形複雜，因為殺死司空淵的人是蕭朗，是他們母子的昔日愛人與崇敬的英雄前輩。

如此收梢，太難堪也太傷人。

正當他們母子二人還在沉溺悲傷，這一日，趙劍飛卻隻身前來拜訪，來找涂爾聰。

司空雪心情沉鬱，懶得理事，因趙劍飛不是外人，索性讓婢女帶他逕往涂爾聰住處去，由他應對。反正涂爾聰向來不會介意這些。

涂爾聰喜歡光亮，有時會將門窗全部開敞以透光，今日正是如此。趙劍飛來到門外，敲了敲門板，直接走了進去，站在外房，拱手道：「劍飛見過表哥。」

其時涂爾聰正靠坐在窗台之前，無聊的看著窗外片片落葉，見是他來，目光微有詫異之色，問道：「怎麼來了？」鐵膽莊與白馬堂自從上回聶長鴻盜墓之事後，便甚少來往，如今見他隻身前來，有些意外。

「我有事想跟表哥商量。」

「何事？」

「司空師伯的天舞劍譜，是否在您那裡？」來此之前，他已詢問過師叔向曉潭，從而得知此事。

涂爾聰雙目一瞬，坐直身子，道：「嗯，是在我這。」當初「盜墓」這條計策乃是由他安排，天舞劍原該屬他。上官夜天死訊傳出之後，他向司空淵索要劍譜，司空淵自知理虧，又念他樹功甚大，便將劍譜還給了他。

可是，涂爾聰現在已不想學什麼天舞劍了，回思前事，一切諷刺如笑話。

趙劍飛道：「表哥，我想出借劍譜。」

涂爾聰聽他問起劍譜時，已猜到他有此託求，即問：「你想做什麼？」

「司空師伯既死，世上再也沒人能替我娘報仇了。我跟爹若想殺了杜紫微，只有練成天舞劍這條出路了！」

涂爾聰反問：「這是你的意思，還是表姨丈也知道？」

「我爹不知道，這是我的意思。可我想他一定也同意我這麼做的。」

涂爾聰搖頭道：「別傻了，你爹既不會同意，你也學不來天舞劍。若要報仇，還是想其他法子吧！」

趙劍飛不服：「表哥，你憑什麼這樣說？」

涂爾聰正色道：「因為上官驪，也就是蕭朗，用天舞劍殺了我們的舅舅、毀了九大派的聲威，所以天舞劍是我們的仇人之劍、是九大派的詛咒之劍！你若還有半分志氣，就不該倚仗仇人的武功，去殺死仇人的部下！」

趙劍飛哼聲道：「說得倒好聽，當初先打起天舞劍主意的人，可是表哥你！」

「此一時，彼一時。當時我不知道上官驪的身分，今日卻不同以往。」

「這麼說來，表哥你是堅決不借了？」

涂爾聰岔開話道：「其實你趙家的八卦劍法也甚為高妙，若你能勤加修練，得其精髓，何愁不能成為一流高手？況且，致人於死的法子多得是，也不一定要動武……」

「夠了，我不是來聽你說教的！」他無禮打斷涂爾聰，臉色頗見惱怒。「死的不是你娘，就淨說這些風涼話，我就不信雪姨若也死在杜紫微手上，你還能像現在這樣視天舞劍若無物。哼，恐怕就算是三更半夜，你也會爬下床來練習吧！」

「你……」涂爾聰聽他說話好生無禮，雙眉一豎，站起身來，幾乎立要下逐客令，但轉念思及他喪母悲痛，總算忍讓下來，道：「我知道你是心急，才會言出無狀，不怪你。但是練習天舞劍一事，沒得商量，我不會同意的。你若沒有其他事情，這就請吧，我這幾天心情煩悶，不招呼你了。」

「表哥！」趙劍飛呼喊一聲，然後跟著跪了下來。

「你這是幹什麼？快起來。」涂爾聰一愣，連忙上前相扶。

「不要，我不起來！我若不能殺了杜紫微替我娘報仇，我鐵膽莊還有何顏面立足武林？我不起來！」

涂爾聰道：「起來說話，別像個小孩子。若你真的需要幫手，我願助你殺杜紫微，報琴姨這筆血仇。」

「當真？」趙劍飛甚為意外。

「君子一言，駟馬難追。只是該怎麼殺，在哪裡殺，又如何殺得不被上官驪知道是我們下的手，還需從長計議。茲事體大，為求穩妥，不如把表姨丈也請過來一同商議，你看如何？」對涂爾聰而言，趙劍飛實在不是一個可以商事的對象。

趙劍飛立現喜色，道：「既然表哥願意相助，那再好也沒有了。我這就回去告訴爹爹，請他一同過來。」

趙劍飛便即起身，待要告辭，忽見一根羽箭從窗外斜射而入，釘在茶桌中央，「咚」地一聲好不響亮。

變故猝起，涂爾聰立刻提劍護身，往窗外看去，卻不見任何人影。趙劍飛見羽箭上繫著一張紙條，好奇心起，也不告知涂爾聰，逕展開紙條唸道：「欲殺殺神，勸君直取南疆。此紙浸有劇毒，觸之即中，唯南疆鬼交藤可解。君命只餘半月，速往。」唸到後來，趙劍飛聲音發顫，紙張也從他手上緩緩飄落。

涂爾聰見狀，立刻上前隔著衣袖將那張紙撿了起來，瞧過後也覺得大有可疑，還不及細想，便聽趙劍飛慌道：「表哥，這紙有毒！我中毒了，怎麼辦才好？」

「冷靜點，說不定是唬人的……」

「不！不是唬人的，你看我手指……」趙劍飛伸出手來，碰過紙張的三根指頭，全都蒙上了一層淡綠色。

涂爾聰瞧見，不禁倒抽口氣。此信擺明是針對他來，射箭人不但知道上官夜天原來沒死，還知道他人在南疆，只是不知何故，卻希冀涂爾聰能去南疆取上官夜天性命，竟不惜用毒相逼！

涂爾聰立刻讓人去請了大夫過來，可民間大夫甚少有精於解毒一門的，請了五、六名大夫，皆是連辨症用藥都不知該從何著手。

看來，不管涂、趙二人是否還要殺上官夜天，南疆都是非去不可了。

上官夜天休養了七日，身子已然好上不少，早就起意北上，求助上官驪乾坤一氣訣的心法，盡快恢復武功。

可是有個人直截了當地表明態度，不希望他再回去，正是沈幽燕。

那天晚上，上官夜天都已整頓好了行裝，沈幽燕卻來到了他房裡——

「上官公子，你要回雲城去了？」

上官夜天點頭道：「沈族長，這些日子，多謝你的照顧。」

沈幽燕擺了擺手，道：「不必客氣，我沒照顧你什麼，都是阿菱在忙。」

上官夜天一笑，道：「沈族長，我曾派人向您求親，可當時由於您已跟涂家訂下親事，所以回絕了我。現在阿菱跟涂爾聰已經解除婚約了，我現在再向您懇求一次，您是否肯將阿菱許配給我？」

沈幽燕瞧了他好一會兒，道：「你救過阿菱兩回，阿菱又這樣喜歡你，論理，我是不該干涉你們。可若你還想回雲城當你的殺神少主，那你們還是趁現在雙方都沒定下，早些分手的好。我不要我的女兒嫁一個聲名狼藉的邪道，無論他權勢多大、武功多高，都一樣。」

上官夜天皺起眉頭，道：「為什麼？您就這麼看不起雲城？」

沈幽燕忙道：「言重了，我區區魏蘭族長，怎敢輕視於你？我只是希望你能體諒一個父親的心情，我就只阿菱一個女兒，不求她此生富貴榮華，享受不盡，只希望她能與夫婿安穩平順，白頭到老。可你捫心自問，就這麼點微薄的要求，你卻能給得起她嗎？」

「我怎麼給不起她了？我可以對天發誓，若能娶她為妻，此生定不相負！」

沈幽燕瞧得出上官夜天是真心待沈菱好，可這仍不是他想要的回答。

「你這一回險些死在東靈山，害她為你哭得死去活來，若是再有下回，焉知她會不會真當了寡婦？」

上官夜天心裡也了悟了，說到底，沈幽燕就是不想他再捲入武林的鬥爭殺伐。

「您要我退出武林，才肯讓阿菱跟我？」

「是，我就是這個意思。」

上官夜天沉吟半晌，沉聲道：「您這是為難我。我是上官城主的義子，雲城的少主，身上背負著義父的期望與對雲城部眾的責任，怎能為了兒女私情拋下這一切？好比沈族長你，若有人威脅你離開魏蘭城，你能甘心嗎？」

沈幽燕點頭忖道：「是，我知道這事令你為難，可是雲城實在樹敵太多，你又是九大派的眼中釘。這一回你僥倖躲過一死，若肯息事寧人也就罷了，偏偏你不是這樣的人，你尚武鬥狠，有仇必報，只怕武林將再掀波瀾，雲城與九大派必有死鬥。」

「是。」

上官夜天臉色肅然，直言不諱。

這就是江湖的鐵律，這一回九大派弄他不死，那麼待他恢復實力後，就是九大派付出代價的時候了。

沈幽燕覷他眉宇間隱伏戾氣，道：「這便是我不肯將阿菱許你的理由，你的戾性太重、殺心太盛。我等待人處世，當以溫厚中庸為旨，似你這樣殺敵結怨，焉能有寧日？自己性命難保不說，許或還會連累妻小，絕非持盈保泰之道。」

上官夜天道：「沈族長，你莫忘了，涂爾聰也是九大派的要人，也是個不將雲城趕盡殺絕誓不罷休的狠角色，怎麼你當初將阿菱許給他時，偏沒這許多話來？」

沈幽燕早料到他會有此一問，即道：「此一時，彼一時，當時我們兩家講定親事的時候，你們雙方的衝突可不似現在這麼尖銳。況且涂爾聰待人謙和，進退得宜，並非好殺之輩……」

上官夜天插道：「我也不是好殺之輩，我過去殺的不是喪盡天良的惡徒，就是與雲城作對之人。」

沈幽燕一聽，板起臉道：「誰跟你作對你就殺誰，你當自己是誰？莫非真視天下人都得『順雲城者昌、逆雲城者亡』？這麼做，跟你嘴裡說的『喪盡天良的惡徒』，有何不同？」

上官夜天沒有為自己辯解，他知道沈幽燕活在跟自己完全不同的世界，說了他也不會懂。

沈幽燕道：「總之，我絕不願阿菱因你的緣故，捲入複雜的武林鬥爭。接下來的事，你自己看著辦吧！」他不再多言，起身走向房門。

此刻，上官夜天的臉色說有多難看便有多難看，忍不住道：「我從不主動傷人，是人先傷我，我才還以顏色的！」

沈幽燕的手才剛搭上門板，聽他此語，當即回過身來。

上官夜天看著他，道：「說到底，你就是袒護涂爾聰！是，他出身名門，身分高貴，誰能不喜歡他？但你可知道，他有不必殺人鬥狠的條件，我卻不同，我……」就在他欲言又止之際，沈幽燕已接著道：「你自然與他不同！雲城野心勃勃，欲取武林而治……別的不說，就說你吧，你先是燒死苗族大寨數百名苗人，後又在寶蓮寺殺了上百個天龍會弟子，但憑你手上殺孽之深，爾聰如何跟你比得？」

上官夜天額角微現青筋，朗聲道：「沈族長，說話要公道，苗族跟寶蓮寺何嘗開罪過他了？」「冤有頭，債有主。你要報復，可以針對苗王跟司空淵，何必扯上這許多不相干的人？想來不外乎是藉此立威，好教你對頭知道你手段厲害！」

上官夜天心頭微凜，卻未再置一辭。

沈幽燕續道：「我還記得初見你時，你朋友中了鐵尋楓毒針，性命垂危。當時你滿心只牽掛著你朋友的安危，這本無可厚非，可你種種舉動都教我覺得，你除了你朋友的死活，餘者皆不放在心上。那時，我便斷定你日後一定會回來找苗王與雷翠公主，一雪當日恥辱。結果，你不但如我所料反手報復，手段甚至比我想像的還快狠十倍！

「你行事偏激傲戾，不留餘地，固然逞得一時之快，但你可知道那些無辜的苗民們後來過得多慘？苗族在南疆原就樹敵眾多，苗王一垮，鄰近各部落還不趁機欺負到他們頭上？那場大火之後，苗民連著好幾天夜夜痛哭……唉，你真該聽聽那哭聲。」說罷，推門逕自去了。

上官夜天望著門扉呆立當地，沈幽燕的言語似還在耳際迴盪。當晚心情起伏，暗自思量，竟是一夜難眠。

＊　◆　＊

次日，上官夜天用過早飯後，一個人去了市集。

他失了殺神鞭，幾日不練鞭子，就渾身不自在，想要買條鞭子替用。儘管昨晚沈幽燕已表明不喜歡他好勇鬥武，他依然不改初衷。

惟魏蘭武風不盛，鞭子多數是訓獸的短鞭，他去了好些地方始終找不到合意的，走得乏了，便隨意靠坐在一顆紅綢樹下歇息。

說也奇怪，不過就是那樣隨處可見的藍天白雲、綠草如茵，他卻感到一種前所未有的放鬆，彷彿一切都是那麼的自在、安適、愜意、恬淡……

可甫意識到自己心境泰然，他反倒心神一肅——他簡直都快忘記雲城的生活節奏了！

長年來一直處於江湖的風口浪尖上，緊繃已成常態，反讓他對於這樣和諧舒泰的環境無所適從，他甚至不習慣這樣沒有殺氣的自己！

他知道，自己絕不能再這麼下去。

他追求力量！自從被翟抱荊帶往雲城後，這就一直是他的目標。如今好不容易才有這般境界，絕不能因著沈幽燕的幾句話便付諸東流。

正自思量心事，忽然前方滾來一顆蹴踘，直撞上他腳尖。他彎腰一拿，順手掌住，跟著跑來一個身材胖碩的小男孩，全身玩得髒兮兮的，在上官夜天身前五步的地方站定，道：「大哥哥，那顆球是我的。」

上官夜天即把蹴踘扔還給他，男孩連忙接過，道：「謝謝大哥哥。」轉身便跑。

「等等！」上官夜天一喚，男孩立刻停住轉身看他。

「你叫什麼名字？」

「我叫大寶。」

「大寶，我問你一件事，你喜歡你們族長嗎？」他想不到這話才一問出口，那小男孩立刻笑了起來，雙頰肥潤如團，小小的眼睛彎得如同新月，點頭道：「喜歡！族長對我們族人都好，不只保護我們不被苗人欺負，還讓秋晴姊姊做好多藥丸給我們吃，我跟小寶吃了之後，肚子就不痛了！我們全家都喜歡族長。」

上官夜天見了他純真憨傻的笑容，微微一愣，方道：「那很好，你去玩吧。」

原來自昨晚後，他便不大服氣沈幽燕，認為他存心刁難自己，這才想探知他在魏蘭人心中的評價幾何，不意這男孩對其卻是這般崇敬，倒教他無話可說了。

男孩離開後不久，又來一人——

「原來你在這裡。」

嗓音輕嫩，帶著三分悅意，他不必抬頭相視也知道，來的人是沈菱。

她總是這樣，眉目燦亮舒朗，嫣紅的嘴角明明不是在笑，卻也仰翹如弓，說話時音色精神嘹亮，彷彿每天都有什麼好事發生似的。

上官夜天有些納悶，為什麼她看去總是那麼快樂？就連沈冰在吃飯時偶爾會說些一點都不好笑的笑話，她也能咯咯咯地笑到肚子痛。

她真的是好奇怪啊！

可是，也不知道為什麼，每次只要一看到她，上官夜天的眼睛就會發光，臉上的神情也立時柔和三分——儘管他自己並不知道。

沈菱穿著一套別緻的藕色秋衫，快步朝他走近，笑道：「怎麼一個人出來，也不跟我們說一聲？」說著，在他身旁也坐了下來。

「沒什麼，只是出來買鞭子。」

「買鞭子！」沈菱愣了愣，「你想回雲城去了？」

「這有什麼好奇怪的，你不想我回去？」

「自然不想。」

「為什麼？」

「在魏蘭不是挺好的嗎？」

「在魏蘭是很好，可我總要回家。」

沈菱小臉一沉，咬著下唇，問道：「那你什麼時候走？」

上官夜天頓了一會兒，才道：「不知道。」

沈菱奇道：「不知道？」

上官夜天逕問：「你願意跟我回雲城嗎？」

沈菱點頭道：「你若開口，我自然願意。」

「可若你爹不許呢？」

「爹爹為什麼不許？」

上官夜天便將昨晚之事跟她說了，沈菱聽罷，道：「夜天，爹說的也不是沒有道理。你這樣鎮日與人鬥爭殺伐，終不是個了局，不如就留在魏蘭，跟我們一起生活，別再管那些武林上的紛紛擾擾了，好嗎？」

「不可能！」上官夜天想也不想，脫口而出，「我從小就盼望能幫著義父收服九大派，也不知道夢想多少年了，如今雙方都鬥到這田地了，我怎麼可能收手！」

「夜天……」

「阿菱，你是真心想跟我的，對吧？」

沈菱俏臉微紅，低聲道：「那還用說……」

「那麼，你能不能勸勸你爹，請他別干涉我們的事了。」

「夜天，爹說的並沒有錯，你就別再殺人了吧！」她連忙拉住他雙手，態度近乎懇求。

上官夜天望著她好一會兒，硬聲道：「對不起，我不願意離開雲城，我想回去，誰來勸都一樣。那裡，才是我的地方。」

沈菱急道：「可是爹都那樣說了，你還……你就真的那麼想成為雲城城主，把那位置瞧得比我還重要？」

上官夜天沒有正面回答，只道：「我此生從不受人威脅，就算是你的事情，我也不會妥協。」

沈菱一聽，淚珠兒立時在眼眶打轉，知道他是去心已決，萬難強留了。她倔強地咬著下唇，瞪他道：「反正雲城還有人在等你，我就知道你巴不得早日回去見她。好啊，你這就走啊，誰稀罕你了！」雖如此說，到底還是忍不住在他面前落淚，頓時又羞又窘，連忙轉頭去了。

過得一會兒，上官夜天終於忍不住起身喚住她。

「阿菱！」

沈菱身子一頓，雖未回頭，卻也不再往前跑了。只聽他腳步聲緩緩靠近，來到她的身後，低聲道：「對不起，我有時說話不太好聽，不是有意的，你別生氣。」

沈菱心頭一酸，拭淚道：「我是鐵了心的要跟你在一起，不管你要去什麼地方，我都願意陪你，可是……你要是再回雲城，跟九大派鬥起來……萬一你再出事，我該怎麼辦？」

上官夜天輕輕抱住了她，嘆道：

「若不回雲城求義父救我，我就只是個沒有武功的廢人了……」

「誰說的？魏蘭有很多人也不會武功，他們也不是廢人啊！」

「不一樣，我無法接受自己沒有武功，若沒了武功，我……我會害怕！」

「你怕什麼？」

「我怕再失去身邊重要的人，好比你。」他忽然收緊雙臂，似要將她整個人都揉進懷裡，肌膚相貼之近，除了彼此衣物，再無空隙。

沈菱不明所以，柔聲道：「夜天，你怎麼會失去我？快別胡思亂想了，我不會離開你的。」她見他雙臂微微顫抖，於是輕輕撫觸，盼能平息他心中不知從何而來的焦躁不安。

「不！我沒有武功、沒有雲城的力量，萬一有誰來傷害你，我豈不是便保護不了你了？……我自失去小敏之後，就以性命對天發誓，絕不讓這樣的事情再發生……絕不！」

「誰是小敏？」

上官夜天鬆開她道：「是我唯一的妹妹，六歲時就過世了。」

沈菱不意他會提起此事，心中一凜，即知他接下來要說什麼了。在他昏迷其間，她就問過翟抱荊許多關於他的事情，那時翟抱荊曾提及兩人初遇的經過：

「……那個冬天特別寒冷，初雪來得雖晚，卻很大，整條街道不一會兒便白茫茫一片。大家都回家避雪去了，路上一個人也沒有，我正想找間酒店喝些暖酒，卻見大路前方走來一個瘦小的男孩，穿著破舊的大衣，背上負著一個小女孩，一步步巍顫顫地朝我走來。

「我覺得奇怪，就上去問他：『小弟弟，這麼冷的天怎麼還在外頭？你爹娘呢？』那孩子雙眼空洞，連聲音聽來都有些怯懦癡呆，問我：『叔叔，你有沒有銀子？我可以跟你借一些銀子嗎？』我取出一些碎銀，又問：『要銀子幹什麼？你背上的女娃兒是誰啊？』他取過了銀子，道：『是我妹妹，她發燒了，我要去請大夫給她治病。謝謝叔叔。』我瞧著不對勁，摸了摸那娃兒臉頰，哪裡是發燒，冷得跟冰塊似的，忙探鼻息，分明早就沒氣了！

「一問方知，原來這對兄妹從小就沒了父母，是給舅舅養大的，一年前舅舅過世，他們的舅媽一心只想尋個好人家再嫁，怕被他們耽誤，竟便在這歲末隆冬，尋了個由頭將他們趕出門去！

「可憐兩個小孩子無依無靠，能去哪裡？我帶他們到客棧歇腳，那孩子不能接受自己的妹妹已經死去，抱著屍體哭了整整一夜。我瞧他也實在可憐，就想帶他回雲城收留照顧，把一些本事傳給他也好。

「想不到這孩子自從妹妹走後，竟也變了個人，眼神、說話、行事，都帶著三分果決伶俐，看上去也精神多了。說來也是天緣湊巧，剛好那時候上官驪的妻子長年未孕，急著收養個孩子以慰天倫，瞧了二、三十個孩子，都不滿意。那一天上官驪有事前來我的院落，恰見那孩子在默背的我房裡的兵書，便起意考較他幾句。不想那孩子不但應答如流，還頗有自己的心得見解，教上官驪留上了心。

「唉，那時候我忙於其他事務，一直都沒時間正式收他為徒，恰好上官驪又十分喜歡他，我索性便將他讓給上官驪收作義子。實則雲城少主前途無量，可遠勝跟我學藝修行，他有此際遇，我的確也該成全他。

「他也沒教上官驪失望，學什麼都快，對殺人的武技尤感興趣。如此勤學修練，竟然十五歲就開始幫著雲城對抗九大派了……唉，好快，時間過得可真快！只一眨眼，當年那麼小的孩子，現在居然變成如此豐標少年。天可憐見，這回可千萬再讓我救他一回吧！」

翟抱荊語氣感慨，沈菱心裡更是難受，不想上官夜天童年曾淒慘至此！此便是旁人遭遇，聽來都惹人萬分惻隱，何況是她心中至愛之人？故此後對他深愛有之，憐惜亦有之。

這些天沈菱與他相處，雖倍加體貼照料，卻絕口不提此事，務不教他知道她已聽聞了他的過往，一來怕兩人尷尬，二來怕損他自尊。

只是她想不到，這會兒上官夜天反倒自己說了出來：

「……我跟小敏被舅媽趕出家門，想天地之大，卻無我倆容身之處。我們四處走著，繞來繞去的始終就那幾條街道，實在不知道要去哪裡才好。後來又哭著回去求見舅媽，在門外跪了半天，她除了扔兩顆饅頭出來打發我倆，連一面都不願再見。小敏吃完了饅頭，肚子又餓了，哭著問我該怎麼辦？我當時一個八歲孩子，又怎答得出來？」

他話沒說完，沈菱已紅了眼眶，低聲道：「夜天，別再說了，我聽著難過……」

上官夜天見狀，果然便不再說，頓了好一會兒，才又道：「其實，我並沒有恨舅媽，相反的，我該謝謝她才是。」

「咦？」沈菱一奇，只見他眼神冷靜，言及當年，毫無半分傷怒之色。

「你可知我那舅媽後來下場如何？」

沈菱聽他聲調詭異，變色道：「難道你為了給小敏報仇，再回去把她給殺了？」

上官夜天搖了搖頭，道：「我是這麼想過，可還沒來得及動手，她就死了。」

「怎麼了？」

「兩年後，我再度回到石浦鎮找她算帳，聽說她已成了劉員外的七姨太——嘿，聽說那劉員外的年紀足可當她的爺爺了。我費了好些功夫才找到劉家宅院，不料恰好有一批強盜盯上了這村子，竟爾光天白日的策馬而來，殺人放火！

「我當時的武功尚不足對付這一批惡盜，只好躲上劉家的高簷伏身下望。那些強盜直似瘋了，遇人就砍，見女就淫，連小孩都不放過，原本安樂的村子，登時形同地獄……」

沈菱聽著，光是腦海中想像著那些畫面，就夠她心驚肉跳了，輕聲問道：「那麼，你有找到你舅媽嗎？」

上官夜天微微點頭：「有。過不久，我就在後院那兒看到了她，她……」他輕咳兩聲，方道：「那幾個強盜自然沒讓她活下來，惟她的死法，也已讓我沒那麼恨她了。」

沈菱聞言打了個冷顫，不敢再多問。

上官夜天頓了頓，忽然問道：「你猜我看到這等景況，心裡在想什麼？」

沈菱道：「還能想什麼？自然是又怕又恨，巴不得自己能再更強些，好救救這些可憐的村民了。」

上官夜天淡笑道：「說對了一半。我是巴不得自己再更強些，卻不是為了救人。當我看到那些強盜橫行霸道，無所不為，而那些手無寸鐵的村民們卻連逃跑的機會都沒有，只能哀嚎慘叫，任人宰割。我忍不住想，倘若兩年前我跟小敏沒被舅媽趕出去，現在也就是同樣的下場了！」

「夜天……」

「那一刻，我終於明白了一件事——弱小的人不管走到哪兒，都是任人宰割的。天地無情，世上總歸只分兩種人——殺人的人與被殺的人！」

沈菱低呼：「你這樣想，太偏激了！」

「不是我偏激，而是你要認清現實。這個世界，殘酷的何只江湖！你們魏蘭從前不也被苗族欺負得很慘嗎？現在之所以能揚眉吐氣，全多虧了那一場大火——可你想，若當時我跟顏克齊不曾來南疆，你給鐵尋楓擄走後，又會是什麼下場？能活命嗎？魏蘭又會有何等了局？鬥智鬥力，你們有人治得了雷翠跟鐵尋楓嗎？所以說，追求力量，本就天經地義！你爹若是真心為你著想，就該成全我回去雲城恢復武功，而不是藉此威脅我，將我困在魏蘭，當一輩子的廢人！」

「不……不是這樣的……你的話，並不大對……」沈菱結結巴巴的辯解著，雖覺得他的話似是而非，卻又不知該如何反駁才好。

「哪裡不對？蒼鷹若無天空，不過凡鳥；千里馬若無曠野，不過凡獸。我若沒有雲城，亦不過是凡人。我不要當凡人！」他忽然摟住了她，在她耳邊道：「我要雲城，也要你，就這麼簡單。你總不希望我這一生為了你，心裡有個遺憾吧！阿菱，你替我勸勸你爹，好嗎？」

沈菱與他凝眸相望，看見了他眼底的深刻執著，知道若不依他，只怕他就算為了自己勉強留在魏蘭，也難以自在快活。

她不要夜天不快活，更兼聽得他語氣柔軟，實在難以違拗，遂點了點頭，道：「好吧，我回去跟爹爹商量就是了。」

上官夜天摸著她的頭一笑，神態憐惜親暱。

見時候不早，上官夜天便欲攜她回去，忽然間神色一肅，警覺到周圍不太對勁，跟著即聽有人撫掌大笑——

「哈哈……少主的故事還真是精彩！不錯，世上的確就是分為殺人的強者與被殺的弱者，只不過，今天我倆到底誰是強者，誰又是弱者呢？」聲音是從上頭傳來的，兩人望去，只見一名白衣男子高踞枝頭，俯視二人，眉眼為葉影遮蔽，瞧不清面目。

「誰？」上官夜天喝問，立站在沈菱身前。對方雖然喊他少主，似是雲城中人，可是語意顯然來者不善。

那人一躍而下，卻是一名打扮斯文的清秀少年。上官夜天認得他，此人乃朱銘的心腹護衛——「屬下『奪命簫』褚惟心，見過少主。」少年躬身揖禮，雙眼卻直勾勾的瞧著上官夜天，毫不畏怯顧忌。

「是你！你來南疆做什麼？」

褚惟心聽他見問，笑了笑，左手摸著耳後那一綹長髮，右手則轉玩著那只紅木洞簫，一派悠閒從容。「朱天王吩咐小人來南疆打探城主的消息，說若是遇見了少主您，無論如何也要將您帶回雲城治罪。」他斜眼狠睨，顯見欲將發難。

上官夜天雖已隱約猜到此人是敵非友，然聽到「治罪」二字，仍不禁訝道：「治罪？我犯了什麼錯？義父要治我何罪？」

褚惟心冷笑一聲，道：「虧得少主還有臉問，你趁城主閉關時玷污夫人，此事四天王與大夫們都知道了，少主還想否認嗎？」

上官夜天失聲道：「你到底在胡說什麼？我何時玷污蘇娃了？」

「哼，『蘇娃蘇娃』，叫得可真親熱。要說你們沒有奸情，誰信？」

上官夜天聽他語態輕佻，眼神滿是輕視之意，怒道：「你最好把話說清楚，否則你胡亂造謠，我回雲城後，定要你受遍黑牢三十六道酷刑！」

「唷！都失去武功了，還這樣剽悍，我好怕啊！」褚惟心誇張地放肆冷笑。

「這是夫人親口說的，她說她肚子裡未足月的胎兒，是少主你落下的種。嘿，總不成是夫人故意將野種賴在你頭上吧？」

上官夜天渾身一震，猶難置信：蘇娃居然懷孕了！且竟還說那孩子是他的，這到底是……

「夜天，是真的嗎？」沈菱忙問。

「阿菱，沒有！真的沒有！你相信我……」他急忙分辯，情勢卻不相容。

褚惟心喝道：「要解釋，還是到城主跟前再解釋吧！」他舞動紅簫，足勁頓發，立要上前拿人。

上官夜天惟恐拖累沈菱，旋即直向郊外樹林奔去。

他無法運勁，不能施展輕功，所幸基本體術原本就強健非凡，拔足狂奔速度驚人。褚惟心不敢鬆懈，緊追在後，不一會兒，兩人一前一後竄入樹林，不見人影。

沈菱急得也追過去，大喊：「夜天——夜天——」過得一陣，才發現自己腿力遠不及他二人，況追去亦是無用，還是得回去找人過來幫手才行。

不料甫一轉身，驀地，一道米色身影突然逼近身前。

沈菱瞧著，又是一驚，不禁退了兩步。

「咦——！」沈菱驚呼，不明白怎麼連個聲響也沒聽見，無端端地，雪琳人就忽然離奇地冒出來了？

她哪裡曉得，雪琳的內外功柢俱是當世第一流，就算在她身後緊跟著走，也能夠舉步若無，不教她知曉。只聽雪琳問道：

「沈姑娘，少主人在南疆，可是跟你在一起？」

「是、是……」沈菱為她氣勢所懾，應答間的神色顯得有些呆拙。

其實不是她呆拙，而是雪琳如今這一身，與她在雲城見時差別太多，她很難不為之驚異。

她的頭髮是亂的、臉上是髒的、衣服是破的。

可是眼神是亮的、聲音是飽的、氣勢是強的！

她整個人就像是一頭鬥性勃發的猛獸，所到之處，無不披靡。

沈菱知道她武功高強，如同遇上救星，連忙握住她手道：「快去……有人要對夜天不利，就在前面那處林子裡……你快去救他！」

「呼……呼……呼……」

林子幽靜處，卻傳來濁重的喘息。

扶在一顆巨石上喘氣的，正是上官夜天。

他簡直想像不到，自己竟會只跑了這麼一點路程，便氣喘如牛，心臟劇跳。果真，使不上內功，自己便與常人無異，形同廢物！

「可惡！」他心頭恨苦，即下意識掄起拳頭擊向巨石——他忘記自己的拳頭沒有勁力，這一擊下，登時痛徹心扉，骨節似碎，不由得痛叫出聲。

卻在他哀吟之時，一道低迴迷離的簫聲卻在此刻傳來，轉頭看去，果見褚惟心正吹奏簫音，緩緩而來。

褚惟心一曲吹罷，俐落的舞弄簫管，露骨地打量上官夜天，問道：「少主，我的簫曲好聽嗎？」笑意盈面，舉步從容，儼然視上官夜天為囊中之物，只擬手到擒來。

上官夜天見他如此放肆無禮，不由得心下有氣。若在以往，這樣的三流貨色便是來十個，也十個齊殺了，哪裡容得此類跳樑小丑，在眼前賣弄猖狂！心下起疑，便問：「你知道我沒有內力？」

褚惟心好笑道：「如不是知道你沒有內力，我區區一名天王護衛，怎敢前來招惹？」

「你如何知道的？」

「上一回你用紅玉腰牌吩咐我們在苗疆的手下，全部離開南疆，不許建立分舵，有人瞧見你連走路都還要人扶著，回來便如實稟告了朱天王。朱天王一意拿你回去，於是派我來查探消息。我來魏蘭已經三天了，恰好今日在市集上撞見了你，一路仔細跟蹤，竟見你步履虛浮，一點兒都不像是練家子，而且我跟蹤你跟了這麼久，你竟完全不察！當下便起疑心——如不是我認錯人，就是你毒傷未癒，毒阻筋絡，以致武功暫時施展不出。」

「惟我實在太忌憚少主，非得弄個清楚明白才敢出手。直待到後來，你跟那姑娘說什麼『想要恢復武功』，我才確定，你果真便是少主，而我的推斷亦半點不錯——現在的你，怕就連費天王養的那頭獒犬阿猛，也打不過呢！」

話到此處，兩人凝眸對望，彼弱我強，勝敗已然分明。

褚惟心臉上好不得意，笑道：「少主啊少主，你在跟夫人欲仙欲死的時候，可沒想到也有今日吧！哈哈……哈哈哈……」

上官夜天怒火難抑，想自己武功若在，早就撕爛他的嘴、拆分他全身骨骼，教他知道厲害，偏偏眼下情勢，實在拿他無可如何，心想：「此事若回雲城與蘇娃當面對質，必有還我清白之日。可這廝如此囂張，完全不把我放在眼裡，就不怕我回雲城後，第一個教他好看嗎？」

卻聽褚惟心道：「城主有令，四天王中的任何一人，只要把上官夜天帶回雲城治罪，不論死活，誰就是新任少主。朱天王還在等我的好消息呢！少主，得罪了！」

「慢著，你說什麼？義父當真說過這樣的話?!不論死活，誰帶我回去誰就是新任少主?!」

褚惟心好笑道：「少主，你讓城主傷透了心，難道還指望有重生之機嗎？」他高舉紅簫，道：「屬下這一手『銀星點』已練得十分到位，連朱天王也讚許。點你印堂，怕你俊臉破相，還是戳你喉節好了，不怎麼痛，一下子就過去了。少主，你就安心上路吧！」

褚惟心眼中閃著嗜血的精光，興奮、狂喜。

心想上官夜天何等聲威、何等高手，今日居然能死在自己手上，分明是老天爺存心要成就他！他可要殺得狠辣些，因為今後是絕不可能再有這樣的好機會了。

「喝——！」褚惟心騰身而起，疾點紅簫如蛇信，立要取上官夜天性命。

上官夜天實在不信上官驪待自己如此絕情，竟爾呆住了！瞠眼看著對手襲來，雖心裡隱隱知道難逃此劫，卻連一動都動不了。瞬間，腦海中閃過萬般人事，種種愛恨糾纏、生死榮辱，一幕一幕，都教人萬般不捨。心一沉，低喃道：「沈菱……」

只當自己必死之際，變故陡生！

騰起的褚惟心忽然頓住身子，悶叫一聲，噴出一大口鮮血，紅簫跟著掉在地上。

上官夜天也愣住了。

是刀！

一把刀！

一把貫胸而過的刀！

褚惟心低頭瞪著血刀，駭異道：「怎麼……可能？是……誰？」他想轉身，看看到底是誰竟在這個時候暗算他，可他連動都動不了。

上官夜天朝褚惟心後方望去，遠遠的，只見一道米色人影漸漸走近——「啊！」是她！

褚惟心眥目欲裂，極不甘心。殺人與被殺，他該是殺人的那個，怎麼會……

驀地，已覺有人掌住他後腦，揪扯他頭髮，將他的臉強扭向另一個方向。只見一張冷硬如石的臉看著自己，那人淡淡道：「原來是你。」跟著身子骨猛地一震、體內一涼，卻是刀子被人不留情地抽拔出來。他悶叫一聲，胸背頓時湧血如泉，倒在地上，再無知覺。

第三十回　箱子

每一件事物都有她的痕跡，上官驪一件件的輕輕撫觸，不禁又癡了。目光游移之際，瞥見床邊放著一只紅木描金的大箱子，竟從未見過。要打開來，上頭卻鎖住了。

「雪琳，你怎麼在這裡？」上官夜天緩緩站起。這已是第二次他為她所救，嘴上雖未稱謝，心底是感激的。

自從上回她黑衣人的身分遭上官夜天揭破，又不肯說明緣由，上官夜天便覺得與她之間多了一層隔膜，再不像以前那般視如心腹。

可是雪琳畢竟兩次相救，顯見由始至終，都與自己同道，登時嫌疑盡消，問道：「我不在的這些日子，雲城到底發生什麼事了？這小子說，蘇娃懷孕了?!」

雪琳點頭道：「是，巫羽診出她有未足月的身孕，那時間恰好是城主閉關之時。」

「是誰的？」

「我不知道。夫人說是你的，我知道不是，卻不明白她為什麼要這麼說，以致生了好多風波。」

上官夜天凝眉細想，忽道：「難道是杜紫微！他易容成我的樣子騙了她？」旋即又搖頭道：「不對，人皮面具必須覆膠取借臉形，他沒有我的臉膜。」

「少主……」雪琳遲疑著，心想也許該告訴他那件事了。

「不行！此事我一定要向蘇娃問個清楚。她怎麼能跟其他人做出這種事來？」他語氣忿懣，像是責備，但其實是心痛。

她這麼做，不只傷害了上官驪，也傷害了他。

「我回去收拾細軟，咱們馬上上路。」

「少主，你縱回去，也不會有答案的。」

「怎麼？」

雪琳凝視他好一會兒，道：「夫人死了。」

上官夜天臉色一僵，眼神怔愣。

雪琳瞧他這般如遭雷殛的神情，只好再道：「請你節哀，少主。夫人真的已經去了。」

上官夜天的心臟狂跳著，瞪著雪琳良久良久——雪琳從不說謊，他知道的。

「為……為什麼？」聲音乾澀，彷彿心上中了千萬根箭，突如其來，難以承受。

「九大派放出風聲，說你被燒死在寶蓮寺。夫人信了，趁旁人不察，吞金自盡。」

上官夜天腦中轟的一響，渾沒想到竟然會是這樣！登時心神激盪，只覺得整個世界搖搖欲墜。

他絕少流淚，如今豆大的淚珠立時從眼眶墜出；腳下踉蹌，卻是連站著的力氣也沒有了。

啊！蘇娃，蘇娃……

跟著，林中傳出哭聲，音色續斷、哽塞淒楚。那是真正的嗚咽，真正的傷心，教人聽著，都覺得鼻酸。

雪琳瞧著，也自難過，可她幫不了他，能做的，就只是默默的守在他身邊。過得片刻，聽得有人靠近，轉頭望去，卻是沈菱尋聲踏葉而來。雪琳趁上官夜天還未察覺，立刻上前將她帶到別處，好讓他獨自靜一靜，平撫哀傷。

＊　◆　＊

死有重於泰山，輕於鴻毛。有些人活著的時候或許無足輕重，可死後卻能引發連串的軒然大波。

蘇娃就是這樣的人。

她活著的時候，就只是一個養尊處憂的城主夫人，所有人看她，不過是上官驪在掌握權勢高峰之餘，平添光采的漂亮配件，既不涉江湖風波，亦不插手雲城事務，於全局無甚輕重。

可就在她死後，武林因她再起烽煙，雲城內部亦無一日安生，有太多太多的人與事，都為著她的死亡改變——

雲城，又過去一日了。

自她走後，這座高城就再也聽不見任何笑聲。

上官驪心中如同覆蓋三尺冰霜，甚至比失去顏小釵那時還要寂寞！

他失去顏小釵那時雖是一心求死，可他身邊至少還有好友翟抱荊、仇敵司空淵，以及一個尋找小釵轉世的人生目標，支撐自己活下去。

但現在，翟抱荊不知下落、司空淵慘敗伏誅、而身為小釵轉世的蘇娃，亦在忘懷前世的情況下，抱著對他的滿腔恨意吞金而逝……

天啊，他到底該怎麼辦才好？難道再去找尋她的轉世，執著地延續那無能勘破的愛恨情仇嗎？

上官驪望著窗外溫暖的秋陽，卻感受不到半分朝氣，他自己亦不自覺地駝著背，神情委頓，看去就像個孤單無依的遲暮老人。

就在這時，有人得他傳喚，走入書房。

「屬下拜見城主。」杜紫微恭謹的行了一個大禮。

「免禮。」

「謝城主。」

「來，坐下說話。」上官驪擺了擺手，示意他坐在近前那張太師椅上。

「是。」杜紫微就坐之際，不動聲色地在心底暗暗抽息。自蘇娃離開後，他今日是第一次見上官驪，乍然見到，不由得心驚：他怎麼蒼老了這麼多！兀自平靜問道：「不知城主召見屬下何事？」

須知，杜紫微之所以覬覦城主大位，除了為著權勢自由，更是一心嚮往上官驪的長春秘訣。然而眼前的上官驪，頭髮依然烏黑、肌膚依然光潤，卻掩不了那從骨子裡透出來的沉沉暮氣，一種精神上的真正蒼老——

怎會這樣？就為了蘇娃嗎？

「阿穎，你最了解玄通之事，我想讓你替我找個法術高強的道士來，我要招魂。」

杜紫微一愣：「城主想召夫人的魂魄？」

上官驪點了點頭，目光癡然，望著牆上一幅畫軸，上頭繪著她最思念的人影。

「民間傳說，漢武帝最寵愛的李夫人病死後，武帝傷懷思念，便命方士作法，召李夫人魂魄前來一見。我也想試試。」

杜紫微心念一轉，想此事大有可利用之處，當即道：「屬下知道了，稍後即辦，然而關於招魂一事，有些忌諱可得先告知城主。」

「什麼忌諱？」

「其一，招魂術法需在人過世後七天內實行方有效用，只因那時魂魄尚未至地府等待輪迴，大多還徘徊陽間；但若在七日之後招魂，成敗可就難說了。」

上官驪微微點頭：「這我知道。不妨，就試一試。」

「其二，招魂術需在死者生前最熟悉的所在作法，還要取一死者生前最依戀的物件作為引子，吸引亡魂。若是如此，可能得在夫人的房間設壇，不知城主意下如何？」

上官驪想了一想，道：「能再見到她，比什麼都重要，不須介意這等小事。」

「既是這麼，屬下立刻去辦。不知城主還有什麼吩咐？」

上官驪搖了搖頭，道：「沒有了。」

杜紫微站起身子行禮：「屬下告退。」卻在他走出幾步之後，上官驪忽然問道：「阿穎，你怎麼不去南方？」

杜紫微回身道：「屬下愚鈍，不知城主您的意思是……」

上官驪道：「你不想當少主嗎？」

杜紫微聽他提及此事，必是有話要說，立時凝神細聽，好仔細應答。只聽上官驪又道：

「千里自湖南回來後，掌傷雖癒，掌氣卻只有從前七分，是不能再爭這少主之位了；詔令發下後，費鎮東最早南下，朱銘也派人去打探夜天下落，只有你現在還沒有行動。怎麼，是想把這位子讓給他們兩人嗎？」

杜紫微微微一笑，神情是那麼的風度灑脫。

「當然不是這樣。您也知道屬下的心性，素來只拜服您跟少主，若讓他倆日後凌駕在我之上，我可不甘心。」

「既是如此，怎不見你有任何動作？」

杜紫微略一沉吟，即道：「有件事，屬下不知該不該說？」

「都到這田地了，還有什麼說不得的。」

「屬下覺得這件事有些蹊蹺。」

「哪件事？」

「夫人的事。」杜紫微的話就說到這裡，直待過得一會，上官驪終於反問：「哪裡蹊蹺？」他才敢繼續道：

「回城主，少主若真要與夫人私通，每年您都有兩次閉關的月份，他若要做，早就可以一逞私欲了，何以偏偏等到今年？今年他與那位魏蘭姑娘，兩人好得蜜裡調油似的，但凡衣食起居，無一不著意照料，顯見是真把人家放心坎上了，這段期間若再與夫人有染，未免奇怪……」

「我明白你的意思了。」上官驪打斷了他，又道：「我原也不信夜天會背叛我，可此事是蘇娃親口所說，我無法不信。」

「屬下自知不該妄議夫人，但長年來與夫人切磋音律，於她的性子也略知一二。夫人是個極為氣烈性傲之人，遠較常人更受不得激，有時脾氣上來，說話往往不計後果，無比絕決。屬下雖不知道夫人為何指控少主，但此中疑問甚多，城主還是且留三分餘地。」

上官驪沉吟良久，道：「如果不是夜天，你想是誰？」

「這嘛……」

「你平日與她往來最密，如此推論，豈不是你的嫌疑最大？」

杜紫微早猜到會有此著，連忙笑道：「城主，冤枉！若是我幹的，哪有替少主辯白的道理，還不趁機賴到他頭上？」

上官驪道：「我知道不會是你，你一向謹守分寸，未曾與蘇娃單獨相處，我都看在眼裡。方才只是嚇嚇你來著。」

杜紫微乖巧道：「城主明鑒。屬下的眼光跟少主相近，喜歡的是沈家姑娘那樣的小家碧玉。夫人端豔萬千，與她一襯，我自慚形穢都來不及了，哪裡還敢有半分褻瀆之念？」

若在平時，上官驪聽到這番奉承，必定會樂得哈哈大笑。可是如今蘇娃不在，阿穎再怎麼招人喜歡，他至多只是微微一哂。

「罷了，夜天的事，我會再想過。你只管替我把法力高強的道士請來就是了。」

「屬下遵命。」

杜紫微離開書房後，上官驪沉思許久，心念所至，「終於」決定去落梅天一趟。

之所以是「終於」，乃因人之常性，睹物思人。蘇娃死後，上官驪傷心已極，有好一段日子，但凡跟蘇娃有關的人、事、物，皆不敢碰觸。如今因聽杜紫微提及屆時得在蘇娃房間設壇作法，心想既然連外人也遲早要進去一遭，何不自己先再去看看景況？

孰料，這一到落梅天外，上官驪卻沒自己想的堅強。

一想到此後漫漫人生，朝朝暮暮、年年歲歲，真的與蘇娃陰陽兩隔，不得言語、不得相見、不得相觸，這些日子來壓抑的萬般酸楚，都一齊湧上心頭。

「你也太狠心了！夜天遭厄，你就跟著去死，你想過我沒有？難道我這些年來待你的種種情意，你全然視若糞土嗎？」他含著眼淚，仰望著天邊雲捲，深深嘆息。

進得院落，只見草木已黃，地上卻沒有半片落葉，一如往日雅潔。他曾吩咐朱銘依舊照護這裡的一草一木，保持得像她在的時候，聊慰相思。

一會兒上了樓梯，步入房間，房裡沒有半個人，卻詭異多了一幅顯眼的海棠畫軸。上官驪狐疑地瞇起了眼睛，細瞧去，只覺這筆觸畫風有幾分熟悉。

這時外頭有個小婢提著水桶進來，恰好上官驪聞聲轉身相視，她嚇得忙將水桶擱下，跪地道：「小的不知城主來訪，驚擾城主，望城主恕罪。」

上官驪認得她是蘇娃房裡的二等婢女碧兒，便指著牆上那幅海棠問道：「這畫哪來的？」

「回城主，是夫人央總管畫的。」

「什麼時候的事？」

「上個月的事。」

上官驪低喃道：「上個月……」又問：「先前沒見掛上去，怎麼這會兒卻掛上了？」

「回城主，是黛兒姊姊之前說，夫人生前很是欣賞這幅畫，又說頭七那日，亡魂都會回來見陽世親人最後一眼，因此吩咐小的掛上，好讓夫人回來後能再瞧瞧。如今頭七雖已過了，但小的見這幅畫擺著十分好看，就沒再收起來。」

上官驪微微點頭，入了內房，果見四下都還擺放著蘇娃生前喜愛的事物——她的琵琶、她的琴箏、她的曲譜、她的養花日誌……

每一件事物都有她的痕跡，上官驪一件件的輕輕撫觸，不禁又癡了。目光游移之際，瞥見床邊放著一只紅木描金的大箱子，竟從未見過。要打開來，上頭卻鎖住了。

碧兒見了，忙伶俐道：「那是夫人平時置放一些重要事物的箱子，平時都是鎖著的。鑰匙只有夫人知道收在哪裡。」

上官驪聽了好奇心起，立權使內力將鎖扣扳斷。叩的一聲，鐵鎖即斷。他掀開箱蓋，只見有幾套衣服，抖開來看，軟綢薄紗的，款式與她平素在雲城穿的不同，另外尚有些釵鈿首飾，打造雖也精細，可終遠比不得她平素穿戴的華貴珍奇。登時了悟：這些都是她在當歌姬時用的！

又見還有十幾張圖畫，除了幾張花鳥圖，其餘畫的全是夜天的人像，自己卻連半張都沒有。

上官驪將畫像拿在手上，細細端詳，一張看過一張。蘇娃的畫藝平平，可她畫中的夜天，神態靈動、氣概軒昂，卻是極為傳神，足見她是將他的形貌何等深刻的烙在心底，才能有這樣的呈現。

上官驪默默看著，良久無言。

他愛這個女人愛了五年，可她的心卻連一刻鐘都不屬於他，他甚至連她原來是懂畫的都不知道。世上還有比這更可笑的事嗎？

頓時，心下淒涼更甚，想道：「事到如今，我還真寧願你不是小釵轉世。早知如此，我索性當年就死在悲聲島上，也不必二十五年來苦心執著，反害得你連這一世都過得不快活，再次因我而死！」回想當年，往事不曾如煙，無窮的憾恨啃蝕心靈，縱然極盡心力，也不能彌補當年半分。

他心灰意懶，將畫紙放回箱子，不願再想，卻見箱子裡還有一件東西，置在這擺放諸多女性事物的箱底，實在有些突兀——

那是一條腰帶，男人的腰帶！

上官驪訝異地拿起來，只覺此物頗是眼熟，似在哪裡見過：犀革編製、白玉帶鉤、金線繡邊，作工十分講究。一時腦中閃過數人，韋千里不重衣飾、費鎮東沒有素白配件、杜紫微多用絲帛、夜天不喜犀革……

驀地，他想起今年的端午筵席，朱銘曾穿著一套很好看的衣裳，連腰帶都精緻，引得杜紫微當面讚賞……

忽然間，他神情震動，彷彿確知了什麼，立掇著腰帶，狂風似的疾步而出，也不知道是要去哪裡？

惟碧兒那雙機伶的鳳眼，將他所有的舉動都看了去。上官驪前腳一走，她隨後立去絳帳軒，向主子回報大功告成。

人生於世，除了自己精修上進，大抵就是由兩種人來決定自身的命運：貴人與小人。貴人臨福，小人降禍，不外如是。惟小人有的是明刀明槍，擺明了要陷人不義；更陰險者，便是暗地裡挖坑使絆子，往往讓對方狠狠栽了跟斗，還不知道是誰的出手。

杜紫微如果要當別人的小人，必定就是後面那一種。

一直以來，其他三王中他最嫉朱銘。

朱銘身為雲城總管，握權之大、掌事之深，幾可與上官夜天平起平坐。他武功最高，卻鮮少出去與九大派博生鬥死，管的都是人事錢財這些最能上下其手的閒事。

偏偏朱銘也不是省油的燈，他性情穩重，多年來做事小心勤謹，連杜紫微這麼個擅長暗害他人的，一雙眼睛時不時的暗看著，還是尋不出他半分把柄錯處。

直至今日，多虧有個蘇娃……

思及此，他忍不住笑了，覺得自己真是幸運，白白撿到這個便宜。若非如此，要等扳倒朱銘的機會，還真不知要到何年何月。

「夫人啊夫人，今日你幫了我這一把，也不枉我這些年來四處為你尋求名琴樂譜，千方百計的討你歡心了！」

他託辭尋找道士，如今已騎上一匹白馬，離開雲城，向南疾馳。進入郊地後，便是一大片茫茫曠野，頓覺天地遼闊，胸中舒爽，不覺悠然唱起了一曲〈風箏〉：

未遇行藏誰肯信，如今方表名踪。無端良匠畫形容。當風輕借力，一舉入高空。
才得吹噓身漸穩，隻疑遠赴蟾宮。雨餘時候夕陽紅。幾人平地上，看我碧霄中。

最末兩句，更是重複吟唱，儼然雲城少主之位，已近在眼前，伸手即得。惟事實上，也不遠了，只要再搬開一塊石頭，他就能坐上這個夢寐以求的位置，一人之下，萬人景從。當即策馬緊摧。

颯颯秋風不斷拂掠他的長髮，風聲呼嘯中，只見他眼神遙望遠方，低聲道：「雷翠啊雷翠，你可千萬別再讓我失望了啊！」

第三十一回　稀客

雪琳的眼睛更快，早瞧分明了涂爾聰的動作，腳步一挪，即轉至趙劍飛左側，手上銀刀順勢轉繞，架在趙劍飛頸邊。

太陽西沉，雪琳隨著上官夜天他們一同回到了別登樓。

上官夜天一路上沒說半句話，整個人喪魂落魄，儼如行屍走肉。

沈菱從來沒見過上官夜天那麼消沉過……不，該說，她根本想像不到這樣哀傷的神情，居然也會出現在他那張鋼鐵般堅毅的臉上。

可這偏偏是真的，她只能接受——上官夜天心底，就是有塊地方留給了蘇娃，防護周密，她既打不破，更走不進去。她不禁想：「若今日是我為他死，他會不會也這般心如死灰呢？」

她覺得跟上官夜天生分了，覺得離他好遠。蘇娃一死，他就像是連魂魄也給勾走，不再眷戀其他了！

沈菱心中無比酸澀。縱如此，她也未表露半分不滿，托言要煎湯藥，把房間留給了他們主從倆，自己一個人到了小廚房，一面生火，一面拭淚。

上官夜天看似麻木，其實並非無心。

他當然感覺到了她的情緒，可是他無法關照，因為他自己的心頭也是糾亂一團，完全理不清頭緒。直待剩下他跟雪琳獨處，他方強迫自己鎮定心神，細細詢問箇中詳情，然後，上官驪於他，再也沒有祕密。

雪琳把所有的事都說了。

上官夜天除了再聽一回他身為蕭朗的過去，還知道了他為了一個胎記而移情蘇娃、知道了他與雪琳那秘而不宣的師徒關係、知道了原來他每回出任務時，雪琳都奉了上官驪的命令暗中保護……

然後，心裡就像被掏空似的。

不單單是為著蘇娃之死——蘇娃為他殉情，他願意用一輩子的時間來思念她，可他為上官驪賣命多年，一意只盼望他的認同嘉許，上官驪卻不曾視他如親，竟瞞住了他這麼多事！

陡然意識到，原來他們父子之間，情感的交流如此不對等！上官驪到底把他當成什麼？視如己出的義子，亦或純粹只是個交卸雲城權位的繼承人？他在他心中的次第，是不是還比不上雪琳呢？

他忽然覺得自己失去了好多好多，雲城的一切也已離他好遠好遠……

人生之事便是如此，有些事物人們自以為已經牢牢握在掌心，不料卻如細沙流水，根本無法強求留住。

另一邊，沈菱正坐在一張矮凳上看守藥爐，手上拿著蒲扇輕煽，單手支頤，心神不屬。

上官夜天根本不必吃藥，他只要烏蝶丹就夠了，可當時她一心迴避，尋了個煎藥的藉口離開後，竟還真的就去煎藥了。心想反正藥是補藥，吃了也不妨事，只是煩惱等會兒端藥過去時，上官夜天若還依然為著蘇娃傷心，對她不理不睬的話，她該怎麼辦才好？

「唉！」

她忍不住嘆了聲長氣，好討厭這種感覺，她真的好想懇求上官夜天只喜歡她一個，心裡別再掛念其他姑娘了，偏又不能夠！

「沈姑娘。」

低沉的聲音自她身後響起，沈菱連忙轉頭回望，只見雪琳又一聲不響的出現在她身後了。

「是你……你跟夜天說完話了？」

雪琳點了點頭，見她臉上似有淚痕，卻不多問，只道：「少主說他中了一種蛛毒，以致無法擢動真氣。我想知道更詳細些，可以請你帶我去見翟先生或秋晴姑娘嗎？」

「當然可以，你隨我來。」沈菱將藥爐息火，領著雪琳往別處去了。

路上，她忍不住問道：「夜天他還好嗎？」

雪琳搖了搖頭，「還是很難過，也只能待歲月消磨了。」

沈菱點了點頭，沒再說什麼，走了片刻，行經偏廳外頭，見裡頭透著燈光及人聲，心想：「這會兒誰在裡面？」便走了進去。

只見裡頭坐著四個人，除了沈冰與秋晴，還有兩位客人——涂爾聰，及一位她從未見過的少年，自是趙劍飛。

登時，六人照面，別人也還罷了，惟涂爾聰與雪琳一見對方，立刻全身警戒。

涂爾聰還來不及跟沈菱打招呼，便即站起身來，訝問：「是你！你怎麼會在這裡？」

「你能來，我為何不能？」雪琳說時，右手已摸住刀柄。

沈冰立刻站了出來，道：「阿菱，這位朋友是誰？」

「她是雪琳，夜天的護衛，是來找夜天的。」

涂爾聰怔道：「上官夜天在別登樓?!」說罷看向秋晴。秋晴不好意思的避開他目光，瞪了沈菱一眼。

沈菱知道自己說溜了嘴，立摀著嘴，哪來得及?忙道：「涂爾聰，你們九大派火燒寶蓮寺，夜天已給你們害得很慘了，我求你別再跟夜天為難了，好嗎？」

雪琳聞言，峻色瞪視。實則有她在，沈菱不必軟言相求，也沒人可以動上官夜天一根頭髮。

涂爾聰聽她言語間對上官夜天多所維護，黯然一笑，道：「我雖不想與他為難，卻有人用毒逼我呢！」他下巴微抬，示意她看向桌上的一張紙條，正是害趙劍飛中毒的那張。又道：「我此行不為別的，只為請秋晴救我表弟，如此而已。」

秋晴見沈菱走了過來，提醒道：「紙張有毒，你用看的就好，千萬別碰著了！」

沈菱看罷，皺眉道：「這是誰寫的？」

秋晴道：「會用毒，熟知南疆草木，又跟上官夜天有仇……」說到這裡，與沈冰交換了一個眼色，兩人都已有譜。隨後她向涂爾聰道：「我這裡沒有鬼交藤，明天一早，我帶你們去一位朋友家中，她那裡什麼藥草有都。」

沈冰見雪琳面色不善，道：「我知道雲城跟九大派水火不容，但如今雙方都是魏蘭的客人，有什麼恩怨還請暫時放下，別讓我們為難。」

涂爾聰道：「只要劍飛解清了毒，我們立刻就回定音城去，絕不讓你們難做。」

沈冰微笑道：「如此甚好。」

雪琳依然一副冷硬如石的神色，不想與其他人互動，只瞅著秋晴，道：「秋姑娘，在下有事請教，可否單獨說話？」

秋晴道：「我也有事相問。姑娘既是雲城的護衛，可識得一名叫巫羽的藥師？」

雪琳登時想起了他們是兄妹的事，點頭道：「識得。」

秋晴好不容易能打探到兄長消息，激動得上前幾步，問道：「他現在怎麼樣了？還好嗎？」

雪琳：「巫藥師一切都好，城主雖已知他是奸細，念在他以往服侍盡心，並未多加懲處。」

秋晴大喜，總算放下心中一塊大石，不住向雪琳道謝。

涂爾聰卻不相信，道：「上官城主當真沒為難巫羽半分？」心想韋千里在鐵膽莊所受到的苦頭，那可是得算在他頭上的啊！

雪琳只淡淡瞟了他一眼，沒有回答。

惟這一問也引得秋晴疑心，「雪琳姑娘，我素聞雲城懲治叛徒極嚴，卻不知家兄何以能得城主網開一面？」

雪琳道：「高手易得，良醫難求。殺了他，未必是雲城之福。」

秋晴道：「莫非上官城主要家兄繼續留在雲城為他效力？」

雪琳點了點頭。

秋晴臉上略現失望之色，原本期盼兄妹團聚的美夢，結果又是夢幻泡影了。

「哼，我就說嘛，上官驪哪有那麼好心眼，原來是因為秋大哥還有利用價值。」突兀插嘴的，是趙劍飛，「若哪天雲城尋得了跟秋大哥一樣厲害的大夫，秋大哥還不是照樣要被清算嗎？」他家與雲城結下不共戴天之仇，便將雲城中人都瞧作世上最邪惡歹毒之輩，絕不信他們還有半分道義良知。

涂爾聰知道雪琳武功厲害，對上官父子又最是忠心不過，趙劍飛此言非惹禍上身不可，連忙斥道：「劍飛，把這話收回去！」

可是雪琳的刀子已經出鞘了——銀刀斜刺而來，快得像流星。

涂爾聰急忙拿起桌上長劍，連劍帶鞘的奔上前欲格開銀刀，身子也隨之擋在兩人之間。

惟他出手雖快，雪琳的眼睛更快，早瞧分明了涂爾聰的動作，腳步一挪，即轉至趙劍飛左側，手上銀刀順勢轉繞，架在趙劍飛頸邊。

涂爾聰人雖趕了過來，卻已不及阻止，只能駭異的側頭而望——他的翻燕步乃九大派公認的絕頂身法，竟還是晚她一步！

「表哥……」趙劍飛見雪琳拔刀的速度，即知對方與雙親是同一等次的高手，呼吸間即可取自己性命！立時冷汗涔涔，不敢再逞強。

「別動手！我表弟不懂事，我代他向你道歉，請你別跟他計較！」

沈菱忙道：「雪琳，有話好說，快別動刀動劍的！」

雪琳雙眼瞬也不瞬的直瞪著趙劍飛，一字字道：「連我一招也躲不開的人，也配批評上官城主！」說完，緩緩收回了刀，不再向他看上一眼。

趙劍飛聞言，當真是羞愧惱恨已極，不禁漲紅了臉，咬著牙，倖然奔了出去。

秋晴見氣氛尷尬，忙道：「爾聰，我帶你們到客房歇息。」即出廳門追趙劍飛去，涂爾聰也隨之跟上。

沈菱道：「雪琳，你想知道夜天的事，不如我帶你去翟伯伯房裡吧，他知道的不會比嫂子少。」

雪琳點頭，道：「有勞了。」

如此，雙方即被拆分開來，沈冰將他們安排在相距極遠的房間，免得再起衝突。

次日，陽光暖照，比之前幾日秋氣沉沉的，讓人精神不少。

就在魏蘭郊外的一處湖畔小屋，一名矮胖的婦人連忙趁著好天氣，將前陣子採收的草藥搬到外頭曝曬。如此進進出出，不一會兒，屋外便擺了一大片藥草，而她也已累得用袖子不住拭汗。

忽然，一道低沉而又悅耳的嗓音叫喚她：

「慈姑。」

慈姑對這聲音不甚熟悉，轉頭一望，見是個身穿漢服的美貌姑娘，一時間還認不出來，直瞧了一會兒，才驚道：「五公主！」

是的，陡地出現在她面前的，就是雷翠。

她慢慢走向了她，直到在她身前站定後，才淡淡道：「我沒燒死在大寨裡，你似乎很意外？」

慈姑聽不出她話中的諷刺之意，笑容滿面，喜道：「是啊，我一直擔心你也像苗王一樣葬身大火，如今見你沒事，當真是太好了！」她的喜悅出自真誠，畢竟她也算是半個苗人，自不願苗族連個繼承王位的後人都沒有。

可是雷翠始終高傲冷漠，殊無親厚之意。因為過去慈姑與沈家交好，她至今仍忌懷於心。雖見她滿腔歡喜，只覺矯情，隨口道：

「你能這樣想就好。能進去說話嗎？」

「當然能，請、請！」

慈姑即將大門推開，側身讓雷翠先進去。雷翠走入木屋，臉上立刻露出嫌厭之色：這屋子也破舊得太不像話了，怎麼住人呢？

「來，五公主，這裡坐。」

慈姑熱情的邀她坐在一張已可算是屋裡最寬大的椅子上，雷翠斜看一眼，卻嫌髒舊，道：「不必了，我問你一些事情就走。」

「五公主要問什麼？」

「你娘生前曾是百藥長老，卻不知她有沒有跟你提過天蛛散？」

慈姑一凜，已猜到她想知道什麼了，小心答道：「天蛛散是本族至毒，我母親當然跟我說過。」

「有件事當真好生奇怪。《百毒經》上分明記載：『天蛛散無藥可解』，可是我用天蛛散去害一個咱們苗族的仇人，他卻到現在還活著！我便想，那《百毒經》是百年前的書冊，會不會後來其實已給人研製出解藥來了，而我們卻不知道？」

「公主，天蛛散之所以無藥可解，最根本的原因，乃在於製毒的方劑取於交配後的天狼雌蛛、而解毒的方劑卻是取於交配後的天狼雄蛛。」

「咦？」這件事雷翠倒是頭一回聽說，「你說下去！」

「咱們苗族屹立雲貴多年，凡遇強敵來犯，向有用天蛛散跟敵人同歸於盡的傳統，就因為我們隨意到瘴林裡，都可輕易找著生產過的天狼雌蛛，卻絕難找到一隻交配後的雄蛛。」

「這個自然，天狼蛛在交配的過程中，雌蛛就會把雄蛛的頭給咬掉，根本不會有活著的交配雄蛛。」

「正是如此，天蛛散才無藥可解。一百二十年前，我族遭到四川一個擅長用毒的門派欺凌，當時的族長抱著最壞的打算，命百毒長老藍鳶想辦法研製一種無藥可解的劇毒以退強敵。藍鳶長老是善製陰陽毒的高手（陰陽毒即是指某一毒物的雌雄毒性不同，而其中一方的毒性恰好能化解另一方之毒），發現生產後的天狼雌蛛毒性會發生變異，比之處子的雌蛛猛烈多了，以致原先用以解處子雌蛛毒性的雄蛛毒，完全起不了半分作用。」

「依常理推斷，雌蛛的毒性若會隨著交配而變異，雄蛛必然也會如此，此正是交配後的天狼雌蛛的解毒方。如此一來，饒那些來自四川的高手再懂用毒，也絕對無法找著交配後的天狼雄蛛，化解雌蛛毒。藍鳶長老便據此研製了天蛛散……」

這下子雷翠完全明白了，擊掌道：「果然甚妙！怪不得無藥可解。可既如此，上官夜天為何至今未死呢？」

「公主，無藥可解不等於無法可解。解毒並不一定要用藥。」

「什麼意思？」

「天蛛散毒性厲害，惟到底就只是一般劇毒，並無其他奇詭之處。須知武林有些奇物，如丹霞仙子的赤靈珠、桑木門的夜合花露，都有祛除百毒的功效。若上官夜天得到這些東西，他一樣可以解毒；又或是有內功高深的高手，願意消耗自身內力，替他將全身毒質逼出，他一樣可能恢復如常。」

雷翠一聽，臉色慘然，恨聲道：「該死！」心想：「那時杜紫微要我使用『見血封喉』，盡快取他性命，我真應該聽他的！」

正自悔恨無窮，轉念一想，脫口道：「不對！丹霞仙子早就死了，世上再無人知道赤靈珠的下落；至於桑木門的夜合花，一年只有清明後的四天開花，珍貴無比，他也不可能取得到手；若說運功逼毒……哼，他現在是過街老鼠，雲城跟九大派都要殺他，誰會捨卻自己的內功救他？」

她雙眸冷峻，瞪著慈姑：「別再賣關子了，天蛛散是不是還有什麼我不知道的弱點？你都快跟我說了吧！」

慈姑嘆道：「五公主，天蛛散若真有什麼弱點，大概就是烏蝶丹了。」

雷翠臉色一變，隨即恍然。那烏蝶丹一向就是苗人用來克制毒性發作的藥丹，對蛇毒、蟲毒尤其有效。

她細思一陣，立沉下臉道：「是你給他吃的烏蝶丹嗎？」她回想方才自己提及上官夜天時，慈姑非但不曾追問，更無半分訝異之色，定有古怪！果聽她道：

「唉，我也就不瞞你了。是，上官夜天的性命是我救的。」

雷翠登時氣得七竅生煙，惟仍強抑怒意，力持聲調平靜：「為什麼？」

慈姑便將原由說了，又道：「苗族如今人丁慘澹，若非沈幽燕暗中照拂，在其他鄰近部落的欺壓下，只怕連個安身立命之所也沒有。我固然知道上官夜天其罪難容，可看在沈家的面子，我卻是非救他不可！此中為難之處，還望公主見諒。」

「見諒個屁！」

慈姑一愣，只見雷翠目光陰狠，一臉煞氣，不由得心中一寒。

驀地，雷翠朝她伸出了右手，厲聲道：「拿來！」

慈姑愣道：「拿……什麼？」

「你那邊還有多少烏蝶丹，讓我瞧瞧。」

「喔……好。」慈姑戰兢地轉入內室藥房，打開大櫃子其中一層抽屜，從裡頭取出一只藥瓶，甫一轉身，便聽雷翠冷語：「找到了嗎？」不想她竟是一逕地尾隨而入，差點兒跟轉身的慈姑碰撞上。

慈姑低呼一聲，嚇了一跳。雷翠一把奪過藥瓶，逕將丸藥倒在手心，嗅了嗅，哼聲道：「果然是烏蝶丹。」

「五公主，你想做什麼？」

「做什麼？」她冷笑一聲，五指收掌搓捏，那些丸藥立時便都成了粉末，全數糁在地上。

「我要他死！」她咬牙說著，一面用鞋底磨蹭藥粉。

「五公主！」慈姑大驚，因上官夜天只要斷藥一日，立時便有性命之憂。

雷翠洩恨之後，又瞪向慈姑：「你──沒跟其他人說起烏蝶丹的配方吧？」

「苗族丹藥絕不能給外人知悉配方，這條百年不易的規矩，我還是明白的！」

「很好……」雷翠點了點頭，「那你可以死了！」

「啥……」慈姑聞言，訝然不信，想再問得更明白些，可連個字都還沒能清楚的說出口，她的眉心就已——

「唔！」

只見牆上黑影，雷翠的指尖已跟慈姑的額頭連在一起。

雷翠抽回食指，慈姑也應聲倒地。

她倒地的時候兀自瞠大眼睛、張大嘴巴，一臉驚駭，似乎至死不信印象中那個嬌美愛俏的五公主，竟會用那春蔥般的食指，給自己的眉心開出一個血洞！

第三十二回　愛憎糾擾

雷翠就等著他這話。若杜紫微跟涂爾聰兩敗俱傷，自己便能在趙劍飛面前將所有的事都推到他頭上，如此，她想要的都能得到，更再沒有沒什麼人能夠束縛她了！

「你這肥婆，誰讓你壞我大事。」

雷翠冷冷一瞥，繞過屍體取過一塊巾布擦拭手指，忽聽身後「喵」的一大聲，卻是慈姑養的貓兒朝她咬牙撲來，似要替主人報仇。

雷翠不知道原來房裡有養貓，壓根兒毫無防備，後肩即被狠狠咬上一口，吃痛之下，氣得一把掐住貓頸，狠狠摔了出去，罵道：「畜牲，想死嗎？」這一摔使力極狠，那貓兒背脊重重撞上牆面，低嗚一聲，沿壁滑下，再也沒站起來。

雷翠只管找藥物療傷，翻找了一會兒，忽聽外頭傳來馬蹄聲，似有兩、三匹馬，心道：「是誰來了？」心想說不定是沈家兄妹，立刻隱身在後頭廚房，暗中窺探，打定主意：若來人只有他們兄妹倆，便也一併殺了；若是有高手陪同前來，只要見情況不妙，立刻就從後門逃跑。

「慈姑，你在嗎？」

她聽出是秋晴的聲音，心道：「哼，原來是這賤人。」殺意頓生。

「慈姑、慈姑……」秋晴往裡頭再喊幾聲，都沒人回應，道：「怪了，她不在屋子裡，門怎麼是開的呢？」

雷翠冷笑一聲，正要出去把秋晴也果結了，卻聽一個男聲道：「我好像聞到血的味道。」她心頭抽了一下：原來秋晴不是一個人來！立又退回廚房，只覺得那聲音耳熟，卻不想起在哪聽過，凝思一會兒方想起來——這聲音，是在迴燕嶺遇過的涂爾聰！

又想他既跟來，自己可就無法逞兇了，心道：「這小子果真來了南疆，也不知道撞上上官夜天沒有？罷，反正烏蝶丹都已教我毀了，也不必靠他出手了。」

涂爾聰栓了馬後，也跟著走入屋內，聞著這裡頭的氣味奇怪，便一逕往內走去，不久，抽息一聲，忙退後兩步，道：「秋晴別看！」

「什麼？」秋晴還搞不清楚情況，涂爾聰已過來遮住了她眼睛，道：「慈姑死了，死相有些可怕。」

趙劍飛走在最後，聽了這話，心中大驚，忙奔過去，只見一名肥胖婦人靠坐在藥櫃前，雙眼翻白，額上有個明顯的血洞不住流出血來，淋得鼻子嘴巴都是，果真十分可怖，連他身為男子，也不禁一顫。

秋晴難信，訝道：「她怎麼可能死了！」立刻扳開他手要瞧明白，可一看到眼前景像，不由得尖叫一聲，嚇得別過臉去。

趙劍飛道：「表哥，這下子怎麼辦？莫不是那壞人為了不讓我們拿到鬼交藤，因而將這位大嬸殺了？」

涂爾聰沒有回應，走到屍體旁細看，道：「她好像是死於某種指法。」

一聽到指法，趙劍飛全身的神經都繃緊起來，失聲道：「難道是那天殺的杜紫微？」

「我瞧不像，這手法粗糙得很，若是杜紫微，他殺人不必見血。」一抬頭，恰見那塊扔在桌上的沾血巾布，道：「你看，那塊布多半就是兇手用來擦拭的，多麻煩！這是庸手幹的。」

「不是杜紫微的話，會是誰呢？」

「天底下學指法的人那麼多，我怎知是誰？」說罷，驀地想起一事，脫口道：「難道是方素霞？」

趙劍飛愣道：「表哥，你怎麼忽然提到這女人。」

「因為我在迴燕嶺，曾見她與杜紫微一道。你們夫妻之間，到底出了什麼事？」

趙劍飛原本極不願再提此事，可涂爾聰既都問了，也不好拒答，便把當日杜紫微大鬧鐵膽莊後，方素霞也跟著失蹤一事簡略道出。

此原就是身為男子最大的恥辱，偏又被熟人撞見。趙劍飛一時羞惱無地，恨聲道：「這淫婦，我都那樣待她了，她竟然還是幹出了這等不知廉恥之事！我真恨真不得親手殺了他們！」

涂爾聰道：「會不會是她跟了杜紫微後，學了他的指法，好幫他殺人？」說罷，又瞧向慈姑那眉心血洞一眼，見血跡仍溼，顯是剛死不久，心想兇手或許還在左近。

「我倒覺得是另一人幹的。」秋晴道：「我不知道你們說的方素霞是誰，可是慈姑這樣一個尋常的獨居老婦，也只有苗族與魏蘭的人，才知道她其實是一個用藥的老手。那個方素霞對南疆毫不熟悉，如何能一出手便殺了這麼一個有來歷的人物？」

「要不，秋姑娘以為是誰？」

「此人讓慈姑開門相迎，必是熟人，下手卻又這般狠毒。只怕世上除了苗族公主雷翠，不會有第二人了。」

「小翠？」趙劍飛心想：「她說的是我的小翠嗎？」立問：「你說的那個雷翠，是不是一個十七、八歲，大眼睛、小嘴巴、白細皮膚，長得很美的姑娘？」

秋晴一詫：「你知道她？不錯，她跟阿菱差不多年紀，的確也是大眼小嘴，但我倒不覺得她有很美……」跟著聯想到她跟上官夜天之間的仇恨，登時掩嘴驚呼，彷彿想到了什麼極重要之事。

涂爾聰一面聽他們談論，同時也走向廚房，想由後門出去察看周圍是否有兇手留下的腳印足跡。但不過走了幾步，便見藥房北面的牆上掛著一捆植物，綠莖為兩股交纏狀，十分奇特，不曾見過，陡地心念一閃，問道：「秋晴，這是什麼藥草？」

此時雷翠正凝神聽他們說話，忽聽得涂爾聰的聲音這麼靠近，心下大驚，心道：「原來他正走過來，險些要撞在他手裡了！」她不安的捏緊拳頭，緩緩後退，欲伺機脫身。

秋晴抬頭望去，只瞧一眼，即道：「那個就是鬼交藤了，快取下來吧！」聲調平板，殊無歡喜。

只見她來到大藥櫃前不住翻箱倒櫃，似乎急著尋找什麼。

涂爾聰瞧著也不多問，向趙劍飛道：「你自己取了鬼交藤下來，再幫她找東西。」說完立向廚房走去。

雷翠心中一凜，知道不可再留，當即展開輕功，向外疾奔。惟如此大的動靜，如何瞞得過涂爾聰去？他心道：「果真有人在外頭！」當即加速追去，即見屋外一道苗條身影風也似地遠離。

涂爾聰心料此人定是殺害慈姑的兇手，見她輕功甚佳，卻非華山派的步法，心想：「瞧來不像是方素霞，莫非真如秋晴所料，她便是那苗族公主？」卻見那人直往西向一座茂林而去，立知對方打算，心想：「我對此地全不熟悉，若教她躲入林中，恐怕便要走脫了此人！」

奔行一陣，他離雷翠愈來愈近，兩人相距已不過三丈，可密林也已近在眼前了。

涂爾聰大喝：「雷翠，我已知是你，你還不停下！我要發暗器了！」

雷翠遭他叫破身分，登時又驚又懼，腳下果然便緩了下來，心一橫，想道：「若是落在他的手上，遲早也不會有命在，徒教我無顏面對趙劍飛罷了，還不如就跟此他拚個同歸於盡！」這樣想著，立停下腳步，寬袖一抖，右手立多出了一架殺人弩。

這架殺人弩原是杜紫微借她的，她用著順手，杜紫微也沒跟她討回，她便暗藏己用了。

只這麼一轉眼間，涂爾聰已又近了她丈半。說發暗器，不過是恫嚇她來著，他平素沒有使用暗器的習慣，況要拿她，他徒手便成。卻見雷翠忽地轉身，手上銀光一閃。涂爾聰甚是機敏，立知不妙，向後疾翻，身子頓如鯉魚翻躍，竟可與殺人箭比快！

彈指間，涂爾聰已翻到了五丈外，殺人箭兩道銀光疾掠，亦是追纏不休。只聽涂爾聰忽地一聲悶叫，趴倒在地，似是中了毒箭。

雷翠胸膛起伏，氣息紊亂，瞪著倒地不起的涂爾聰。實則，剛才出手太過慌亂，她自己也不知道究竟射中了沒有。她對涂爾聰甚不放心，想要再補一箭，可是殺人箭只剩最後一枝，用在一個可能是死人的人身上，未免可惜。

雙手遂往懷裡一摸，立掏出兩把鐵蓮子，她心道：「管你真死假死，待我暗器下去，即知真假！」立時掌心運勁，盡數往涂爾聰周身打去。

驀地——

涂爾聰雙眼一睜，彈身而起，抄劍甩轉——他所有的動作一氣呵成，舞得劍網滴風不透，將鐵蓮子全部甩落。

雷翠見變故猝起，微愣之餘，倒也不如何意外，因此人本就難以對付，早料到或有此著，鐵蓮子脫手時亦向後躍開，預留逃跑的空間。今見生變，即轉頭飛奔。

涂爾聰罷劍後，見她身影漸小，已經竄入林裡，難以追及，忍不住罵道：「好個刁滑女子！」他詐死原是要誘她靠近，想不到對方竟謹慎如斯。如今腳下踩著兩根銀箭，是方才用雙膝夾住的，拿起一看，竟與在寶蓮寺外頭髮現的毒箭一模一樣，顯然當日射殺上官夜天之人，正是此女。

他一時間只覺得好多疑團弄不明、撥不清，又想自己初來此地，對方又是頗有心術之人，不宜冒然深入追趕，便想先回慈姑那裡，再作打算。

回去之後，竟見慈姑的藥房一團混亂，似是能搜能找的地方，都已被翻了出來。

「怎麼回事？你到底在找什麼？」他問向滿頭大汗的秋晴，只聽秋晴道：「慈姑死了，上官夜天恐怕也活不成了！」

涂爾聰奇道：「這是為什麼？」

秋晴便將烏蝶丹一事全盤說了，又道：「慈姑沒將練製烏蝶丹的法子跟我說，她一死，烏蝶丹便等於是斷了來源。這種事情，我回去怎麼跟阿菱開口？」

一旁的趙劍飛對此事暗樂在心，低著頭，嘴角偷偷暗笑。

涂爾聰道：「聽其藥理，烏蝶丹不過就是抑制毒性發作的緩毒藥劑，如今既知藥劑的主方是烏蝶，難道你還配不出來嗎？」

秋晴嘆道：「我對天蛛散的毒性全不了解，瘴林烏蝶亦是頭次聽聞，實在不知該從何下手煉製。大哥的解毒丹雖能延緩一時，可畢竟不是全然對症，效果無法長久以繼。唉，上回慈姑給的烏蝶丹莫約還剩十顆，待這十顆吃完，恐怕……」

涂爾聰道：「說不定那位雷翠公主知道解方，可請沈族長派出精銳，捉拿此女。」

秋晴驚道：「你方才追出去，追的是雷翠？」

涂爾聰點頭。

趙劍飛失聲道：「表哥，你又沒見過小翠，怎知是她？」

涂爾聰道：「因為她的樣子與你們說的相去不遠。鬼鬼祟祟的躲在暗處，殺了慈姑後，偷聽我們說話。」

秋晴聞言，渾身一顫。她自知與雷翠結怨甚深，幸而自己並非孤身前來，否則給她碰上，便也是慈姑那般下場了……不，慈姑算是她半個族人，已然如此，自己若真落在她手裡，下場必然更加淒慘十倍。

趙劍飛大聲道：「我不相信！小翠不可能是這種人！」

涂爾聰一派淡定：「你憑什麼覺得不可能？」

「因為她……她只是一個孤苦無依的姑娘，只會一些粗淺的防身功夫，怎麼可能如此辣手！」

「看來你並不了解她。」涂爾聰淡淡道：「她會武功，而且武功不差，輕功尤其敏捷，就是你跟她動手，也未必能佔多少便宜。」

趙劍飛臉色刷白，眉宇立現怒色，卻又無可反駁，於是提起長劍，道：「雖然我不知道到底怎麼回事，可這當中一定有誤會，我要去找小翠！我要親自問她！」就當他越過涂爾聰時，涂爾聰一把推住他胸膛，正色道：「你要怎麼找她？連我都無功而返，你要像個無頭蒼蠅似的盲尋瞎找嗎？」

「我……」趙劍飛一時語塞，好不甘心。

秋晴道：「你們要不要去一個地方找找看？鏡湖中心有座橋樑，過了橋樑向西去有個獵場。沈冰說那是雷翠專屬的獵場，裡頭有間她休憩的木屋，說不定她是跑去那裡了。」

涂爾聰看向趙劍飛：「要去嗎？」

趙劍飛想也不想，道：「當然要去！」

涂爾聰便向秋晴道：「你且回去將此事告訴沈族長，請他派人過來找找慈姑有否留下什麼關於烏蝶丹的事物。我陪劍飛同去。」

＊　◆　＊

「呼……呼……呼……」

不知道跑了多久，雷翠總算穿過密林，來到獵場木屋。

她似這般倉皇而逃，也只有在地宮那時可以相比了。惟雖是好不容易擺脫涂爾聰，心裡卻只有更加憂懼，只因他回去後必會將此事告訴趙劍飛，如此，她豈不是要失去趙劍飛的心了？天！趙劍飛若知道是她殺了慈姑，還會怎麼看待她呢？

「咿呀！」一聲，她失神地將木門推開，她打回南疆之後，就一直在這兒落腳，卻不想屋裡竟有人道：

「你總算回來了。」

雷翠一怔，竟是杜紫微來了！

只見他一派輕鬆的坐在桌旁，斟著自己帶過來的女兒紅，一雙眼睛說不出的神彩飛揚，眸光中帶著三分笑意。

「你怎麼來了？難道你已扳倒了朱銘?!」

杜紫微笑道：「不然我會有那心思過來找你喝酒？來，快些過來坐下，咱們好好慶祝慶祝。」

雷翠的心臟還怦怦劇跳著，心想前事未了，還得應酬他這個難纏角色，光用想的也煩厭，但她還是勉強擠出一絲可人的微笑，緩緩來他身旁。

杜紫微一雙眼睛直勾勾的打量她，替她斟了杯滿酒，忽問：「瞧你心神不屬的，發生什麼事了？」

「什麼？」雷翠心虛一笑，「我哪裡心神不屬了？」

「那怎麼你瞧見我來了，似乎不太開心呢？」

雷翠笑得更嬌俏了，道：「這什麼話？我若非得你照拂教導，焉有今日？你既除掉了朱銘，又趕過來找我，我只有歡喜不盡的，怎會不開心呢？」

杜紫微聽了這話，也笑了，單手支頤，從鼻子裡哼笑道：「雷翠，你當我瞎子嗎？」他的聲音是那樣溫婉好聽，嗓子彷彿暖玉做的一般，然而眸光卻那麼樣冷，寒光直射到人心坎裡。

「莫不是，上官夜天的事情出了什麼差錯吧？」

「沒有！你別多心。」

「沒有？那你方才殺誰來著？」

雷翠心頭猛跳，驚道：「你如何知道我殺了人？」

杜紫微冷冷一笑，斜眼向她指尖打量，道：「你的食指指甲，有血。」

雷翠低頭一看，只見指甲周圍的細縫果真微有血痕，若不細看，根本不會察覺。不由得嘆了一聲，道：「你的眼睛也未免太厲害了，當真什麼都瞞不過你！」

「你做的如果是好事，就不必瞞我了。說，到底殺了什麼人？」

雷翠只得從實挑著說了，道：「你也知道，我對上官夜天能在天蛛散下活口一事，十分耿耿於懷。」

杜紫微微微點頭。

「我只當天蛛散有什麼我不知道的弱點，所以一來南疆，便先去找一位我族裡精通毒藥的前輩，誠心向她請教。哼，哪裡曉得，原來問題就是出在她身上！她已被魏蘭沈家收買，替上官夜天調製了壓制天蛛散毒性的烏蝶丹，因此上官夜天才能熬到今日還不死！」

「後來呢？」

「我一怒之下，將她殺了。」

「嗯，很好。」杜紫微點了點頭，道：「對付那種叛徒，正該如此。」

「可她從前畢竟也有功於苗族，不是全無可取之輩。我殺手下得太快，竟反而有三分後悔，總覺得該留她一條後路才是。」

「你什麼時候也變得這麼婦人之仁了？上官夜天是你心頭最恨之人，既有人敢救他性命，就是被你殺死十回，也不冤枉。」

「也是，事情都過去了。別的不論，讓上官夜天毒發身亡，才是第一要緊之事。」

「這麼說來，上官夜天這回是死定了？」

雷翠點了點頭，道：「沒了烏蝶丹，天蛛散必定發作。哼，再過幾天，我就等著看他全身潰爛而死。」回想起這一路為了報仇所受到的種種磨難摧殘，雖如此發狠說話，眼角亦不禁緩緩滑下一顆眼淚，趕忙拭去了。

杜紫微好笑道：「這等好事，你怎麼反而流淚了。」

雷翠道：「你哪裡知道我心事，上官夜天就是死上一百次、一千次，我也再不能回到從前，做那個快樂無憂的苗族公主了……」

杜紫微笑道：「雖做不成苗族公主，卻可以做苗族女王。來，我敬未來的女王一杯。」說著斟滿了兩杯酒，當先舉起一杯來。

雷翠勉強舉杯，與之共飲。

杜紫微道：「你既償了宿願，就別再愁眉苦臉的。你治理苗族，我接掌雲城，正是各得其所。」

雷翠一心只煩惱趙劍飛見怪自己，無意理會權勢大位之事，總想此事得盡快圓過去才好，心念一轉，遂道：「眼前的事還沒了，也不知道我這苗族女王當不當得成。」

「怎麼？」

「你要我引涂爾聰來南疆，我聽你的話把他引來了，不想就在我除掉慈姑後，恰好他跟沈菱的大嫂來向慈姑討要那鬼交藤，我來不及走脫，被他撞見面目，方才還想捉拿我呢！那慈姑與沈家交情匪淺，此事又關係到上官夜天的性命，我擔心他們不會就此罷休。」

杜紫微沉吟道：「原本將那小子弄來南疆，是要他去對付上官夜天，想不到反而絆了我們手腳，真是弄巧成拙。」他指頭輕扣桌板，跟著輕嘆一聲，道：「罷，我去殺他就是了。」這計策原是他擬定的，既然失敗，就該為此負責。他馭下如此，律己依然。

雷翠就等著他這話。若杜紫微跟涂爾聰兩敗俱傷，自己便能在趙劍飛面前將所有的事都推到他頭上，如此，她想要的都能得到，更再沒有沒什麼人能夠束縛她了！

「你打算怎麼殺他？涂爾聰不好對付。」

「嗯，我要想一想。」他闔眼揉了揉眉間，忽問：「你一路上可有聽到費鎮東的動靜？」

雷翠略一想，搖了搖頭。

「真奇怪了，他最早南下，論理該到了。若是這時候他也在，跟涂爾聰撞上，最好不過。」

雷翠斜眼一瞟，輕笑道：「怎麼，沒費鎮東幫你，怕不是他對手？」

杜紫微也笑了一下，一把將她拉入懷裡，抱了個實實在在，道：「壞貓兒，使這等激將法，就這麼希望我去殺涂爾聰？」

雷翠雙手勾住他後頸，婉媚一笑，把額頭抵著他的，用一種春風般的氣音道：「他欺負我呢，你不該幫我出氣嗎？」

「嗯，是該幫你出氣。」杜紫微這話卻說得含含糊糊，因為他的唇已覆住了她的，他的雙手也已自她的衣擺滑了進去，熟練的解開肚兜細繩，恣意撫摸那身要命的光滑柔膩……

「唔……慢點……」雷翠在他吻噬自己頸項時，迷濛囈語。實在是，杜紫微的確迷人，可她卻希望這是最後一回了。

太過聰明厲害的男人，會壓制她，不能要！

何況杜紫微的本性就是一條毒蛇，若哪天餓將起來，把她吞了也未可知！

兩個人方才都喝了不少酒，酒興一發，此刻都熱得像火，恨不得將衣履褪盡。

只見雷翠已抖下兩隻鞋子，杜紫微也解開了自己腰帶，驀地——

「有人！」杜紫微神色一肅，望向外頭。

「什麼？」

「噓！」他輕推開她站了起來，仔細聆聽。他是輕功、暗器的一流高手，內功深厚，耳力驚人，對腳步聲尤其敏感。

「一個……」他快速著好衣裳，並從步履判斷對方的實力：「還好，不是什麼高手。」

雷翠也忙整理好，道：「會不會只是尋常獵戶？」大寨失火之後，這獵場就不是她「專屬」的了。

「不是，這腳步……對方有下盤根柢，我去看看。」才說著，兩人便聽外頭的人喊著：「小翠！小翠！」

兩人都認得這個聲音：趙劍飛！

杜紫微站起的身子立又緩緩坐了回去，斜睨雷翠，一臉譏諷：

「嘿，原來是你的舊情人。」

雷翠不必問也知道他在想什麼，連忙分辯：「他跟涂爾聰都來了南疆，可是我未曾跟他照面，更不知道他怎麼會知道這裡！」

杜紫微斟了杯涼水自飲，方道：「是嗎？那你方才怎沒告訴我他也來了？」

「我怕你疑心，就像現在這樣。」

「哼，既怕我疑心，殺了他不會？」

雷翠一怔：他要她殺他！

「怎麼，到現在還是捨不得下手？」

「他於我畢竟有救命之恩，你何必定要我殺他？」

「因為我妒嫉他。」

雷翠又一怔：他妒嫉趙劍飛？為什麼？為了她？不是吧！

「那小子有什麼好，竟讓你這樣心心念念，捨不開、放不下？」話說到這份上，杜紫微忽然用一種從未有過的凝重神情看著她，肅聲道：「雷翠，我看上你了！」

有多少女人日夜渴盼杜紫微能對她們說出這句話，可雷翠聽見，整個人都呆住了，倒像有根冰箭穿過心房，竟反而微微瑟縮。

「從來沒有女人如你這般，跟我像得這麼澈底。我們是一樣的人！」

可雷翠聽了這話，只覺荒唐。

「才不是！」她想也不想，大聲否認，「我們根本不像，我第一次見到你，就覺得你是蛇蠍般的人！」

「哈！」杜紫微好笑道：「你不也是蛇蠍般的女人嗎？」

「不！」雷翠搖頭：「我跟你不一樣。我固然心狠手辣，可那是為了報仇、為了捍衛尊嚴，我才不得不如此。待得事情都過去了，我要當一個最好最好的女王，讓每一個苗人都過上比從前更好的生活……你現在看到的我，才不是真正的我！」

杜紫微聽她說得急切，一副跟真的似的，不禁一嗤，惟眼下也不與她爭辯，只道：「隨你怎麼說，總之我要定你了，你若不願意……哼哼，上官夜天能傷害苗族，我也可以。」

雷翠聞言，臉色登時慘然。這是她此生最大的痛楚，他居然以此要威脅！

杜紫微看到她的眼色變化，也立時悔言。本來男女之間，就該你情我願才有樂趣可言，若用強逼，得來一個口不應心的女人做甚？

可是說出去的話，已經收不回來了。他於這些事情上本不該如此粗心，方才卻不知怎地，想也不想地即脫口而出！細想來，全都怪外頭那姓趙的臭小子，否則他堂堂雲城杜天王、準雲城少主，要個女人真心跟隨，何必還得這般可恥地出言恐嚇？

他冷冷哼了一聲，站起身子便要出去。

雷翠看出他眼中的殺意，連忙疾步擋在門前，道：「紫微，求你饒他一命，我什麼都依你了！」

「你人雖依我，心不能順我，有什麼意思？趙劍飛若不消失，你就算跟我睡在一處，夢中想的人也會是他！」想到此處，呸了一聲，繼道：「總之這姓趙的小子，今日是非死不可！你要恨我就恨吧，隨你以後愛去哪裡，我也不強留了。」

「不要！」

雷翠見他又上前一步，強行抱住了他腰際，阻他勢子，懇求道：

「求你至少看在我替你除去上官夜天的份上，就答應我這麼一事……咱們來日方長，我遲早有忘記他的時候，你又何必為此與我生隙呢？」

忽地，身後一道颼颼涼風襲來，門被人推開了。

雷翠心一沉，轉頭望去——「啊！」果真是趙劍飛！不由得心頭大急，他根本就是來找死！

「小翠！」

趙劍飛一看到眼前景象，也不畏怯杜紫微出手，立刻上前將雷翠強拉過來，道：「你不必求這惡魔，至多我們死在一起便了！」他望著她那如花似玉的臉孔，緊握著她那雙白嫩小手，只覺能與她同生共死，此生再無怨悔。

他與涂爾聰來到獵場後，兩人一時間還尋不見木屋，便分頭找去。他方才呼喊一陣，不久即發現木屋，隱約聽得裡頭有人聲傳出，便放輕腳步，走進細聽，因此方才杜紫微揚言要取他性命，雷翠又是如何著急替他求情，他全部都聽進耳裡了！同時，亦想當然耳地豁然開朗：小翠之所以殺害慈姑，必然是杜紫微逼迫她的！

他自知不是杜紫微對手，卻無論如何也不能讓小翠再委身於那惡魔，憑著一股血性之勇，竟將木門推了開來。

卻不知，雷翠卻是快替他急死了。

她才不要兩個人一起死，人死之後，再無知覺，連思念亦不能夠。歷來癡男怨女，似乎非如此不足以證明情深，可她才不來學這套！

任何感覺，都只對活人才有意義，愛情尤其如此。

只見她雙眼望向門外，急尋涂爾聰的身影。想不到自己方才躲涂爾聰像在躲著什麼牛鬼蛇神，如今卻又大旱之望雲霓似地盼他出現。人生之起伏變化，可也轉換得太快太諷刺了吧！

第三十三回　玉石俱焚

杜紫微本陷苦戰，正自煩惱，不意對方竟未再強襲近逼，這到底是……？他心下生疑，涂爾聰自己也發覺了——迴燕十三，沒有殺招！

如果你愛的人不愛你，你怎麼辦？

這正是愛情世界裡的最傷人處。

一個人饒他外表再好、才智再高、名望再隆、權勢再盛、武功再強、財富再多……只要他託以真心的人不認同他，那一刻，他就是個失敗者！哪怕對手分明不堪，亦然。

杜紫微是一個很少輸的人，論武功、論才智，世上能與他比肩的都屈指可數，何況是以外表定江山的情場之爭？他根本想輸都難！

偏這一回終是吞了敗仗，居然有一種自尊破碎的感覺。

他喉頭一噎，冷冷望著他倆，沉聲道：「雷翠，你知道該怎麼做吧！要生，或死，自己選擇。」

雷翠臉色慘然，顫聲道：「紫微，我最後求你，成全我這一次。以後你要我做任何事，我都不會有第二句話。」

趙劍飛道：「小翠，你不必求他！」

雷翠不理，只定定看著主子。

杜紫微道：「我跟我每一個女人都說過，我身邊的人，絕不允許心思向外。你再磨耗我的耐心，我索性直接出手，省得煩惱！」

雷翠臉上一白，知道此事已不可免，垂頭嘆道：「那好，既然你非得走上這一步，我也只好……」她忽然左手架著趙劍飛退向門外，同時右手長袖一抖，殺人銀弩已然在握，箭筒孔洞正向著杜紫微。

「雷翠你——！」杜紫微氣得臉色發青，霍地起身，恨不得立時斃殺這對狗男女。

雷翠厲聲道：「站住！每一根殺人箭我都淬了天蛛散，你敢再逼我，我一定發箭！」說罷，與趙劍飛緩緩後退。

杜紫微恨恨瞪著，卻也只能瞪著，因為再不甘心，也不能步上上官夜天的後塵。那殺人弩原是他的武器，威力他最是清楚不過，雖說以他輕功，就算雷翠是在這麼近的距離朝他發箭，也未必不能閃躲。

惟天蛛散無藥可解，他萬萬不想冒險！

倒是雷翠瞧著他那森寒目光，知道自己已然與他破臉，兩人算是絕裂了，心頭一悸，道：「轉過身去，數到三十。」

杜紫微額上隱現青筋，慍道：「你可別太得寸進尺了！」

「我只圖自保，無意傷人。我若是暗算你，以你耳力必然能夠察覺。這點要求，就當是我求你了。」

她的聲音又嬌又軟，當真教人難以拒絕。可杜紫微全然不為所動，發狠道：「休想！有本事你只管射箭，這三發若是落空，我定讓你們兩人生不如死！」他記得雷翠上回在東靈山用去了四發銀箭，卻不知方才對上涂爾聰時又去了兩發，只剩一發了。

雷翠哪裡敢跟他對賭，剛才兩發銀箭對上涂爾聰已然失利，何況杜紫微還身懷「柳身」絕學！

雙方僵持之際，只聽一人急奔過來，問道：「劍飛，怎麼回事？」正是涂爾聰。

趙劍飛得逢解救，大喜過望，大聲道：「表哥，是杜紫微，他要殺我跟小翠！」不必他說，杜紫微跟涂爾聰也立刻對上了眼。

涂爾聰唰地一聲，拔出長劍，道：「你先回魏蘭，我來應付他。」

杜紫微冷笑道：「我道是誰，原來是涂少堂主。」

趙劍飛見兩人即要動起手來，未免小翠受到波及，立刻帶她往來時路去。

杜紫微雖見他們逃跑，猶仍一派鎮定，只瞪著涂爾聰道：「連趙正峰的八卦劍法也要敗在我指下，你比他還矮著一輩，兵刃沒有他的鋒利，劍齡還比他少二十年，也敢跟我鬥！」

涂爾聰忖道：「據聞表姨他們之所以敗在他手上，除了這廝的指法當真有過人造詣，更因為他身法飄魅難測，讓人無法捉摸方向來勢。說不得，只能用『迴燕十三』跟他鬥上一鬥了。」

他白馬堂的『迴燕十三』在南武林已揚名多年，卻一直都是神祕莫測，無人能窺知全貌，只因為這套劍法根本無固定的全貌。它的全貌歷經四代，四代都不一樣！

「迴燕十三」原是涂爾聰曾祖涂元泰所創。當時江南前三劍派還排不上白馬堂，使軟劍的岳陽鐵膽莊，才是以輕靈劍路制霸江南的第一劍派。涂元泰胸懷大志，於劍道亦有天賦，總覺得八卦劍法雖然輕敏快捷、路數繁複，可總歸只是軟劍，精妙有餘，威力不足，仍非盡善盡美。

他每日上迴燕嶺練功，偶然發現燕子那乘風迴翔之速，當真快如流星，鳥中無雙，驀地心生一念：他能不能研創出一套劍法，仿燕翅之迴翔，甫一出手，即落劍於敵人四面八方，或斷其後路、或封其行動呢？

於是，他將白馬堂最輕靈的遊龍劍法結合這一新意，加以熔鑄變造，眼中盯著飛燕，潛心揣意，意隨劍出……

這不是一條易走的路，涂元泰在八年之後，方創制出十三路六十八招的迴燕劍法。這套劍法還不完美，有些招意重複、有些動作太繁、有些則是步法配合不上；饒是如此，迴燕十三仍然改變了白馬堂的命運。因為涂元泰在中秋劍會上，成功用它克制了當年鐵膽莊主的八卦劍法，一舉名動江湖，大振門派聲威。

從此，南武林第一劍派的頭銜易主，憑著一套還不夠完整的迴燕十三。

迴燕十三傳諸後代，持續的錘鍊修改。涂松巖悟性平庸，於此劍法幾乎無所更動；涂爾聽天賦聰穎，嘗試將幾路劍法刪改，並又額外添補招式，強化劍旨。

可是，他自己並不知道這樣的改動，實戰時效果如何，因為他沒有練劍的對象。

他一直都是這樣，十七歲後，在同輩弟子裡，就再也找不到對手了。而礙於尊卑輩份，也不能跟司空淵那些師伯師叔比試較量——實則他私心以為，自己的劍術，可能已不在彭師叔與趙師叔之下，卻無從證實。

現在，他終於對上了一個名動武林的高手——杜紫微，其指法變化多端、指力剛勁、身法迅捷、擅長暗器毒藥、性奸狡……

他過去也力戰過不少高手，卻是第一回遇上這樣具威脅性的。取勝把握幾何，連他自己也說不準。

勝敗，打了才知道！

只見寒光一閃，涂爾聽的長劍已經出鞘，然後——

杜紫微不禁一愣：他居然擺出這麼沒殺傷力的架勢！

只見涂爾聽將長劍擺於胸前，尖端斜指左前方，左手的劍指則輕輕搭在劍身中段，完全教人看不懂，這勢子到底是要守還是要攻？若是守，劍身並未護於中門要害；若是攻，更是瞧不懂欲將如何發難。

「小子，你要我先攻？」杜紫微試探的問道。

「不，我先！」

涂爾聰眸光一閃，雙腳就像彈簧一樣，眨眼間便躍至杜紫微近前，長劍來勢尤狠，直刺臍間，似擬破肚開膛！

杜紫微見他出手不留餘地，身子立向後傾，及時避開了這著——他身子當真能彎柔如柳，膝蓋以上彎折得比茶桌還低，能躲開此招，實無半分僥倖。惟涂爾聰這招「柴挑」似實實虛，起手便凌厲奪人，絕大多數的敵手必然先避其鋒，待其勢盡，再圖反擊。卻不知，這由守轉攻之間的空隙，正是他施展迴燕十三精華的最佳時機。

「封！」涂爾聰大喝，「柴挑」之後，順接一招「捕燕」，趁杜紫微身子方起，立往他下盤橫切。

杜紫微看不清他出劍，只是求著儘快站定，順勢翻了個跟斗，恰便驚險躲開這著。甫一穩身，涂爾聰竟已再度揮劍而上，直是快得不可思議！

須知多數劍法在變招轉換之際，鮮有身勢一氣呵成，毫不滯礙的，可是涂爾聰的迴燕十三，卻能任意變換出劍方位，直如活物一般。

這一回，涂爾聰不再攻擊下盤，疾劍如風，挑刺削砍。杜紫微腦中一片空白，驚凜之餘，只能不住旋步閃躲，完全無法思量對策。

可怕的劍！

很像趙正峰的八卦劍法，卻有本質上的不同。

八卦劍法精巧繁複，甚至是繁複到有些多餘的地步了。這也是為什麼杜紫微一直覺得鐵膽莊其實並不高明：寫劍招的人過份賣弄，後來的掌門人也不知道修改精練，反以此自詡，根本就是本末倒置了。

然而，涂爾聰的迴燕十三完全沒有這樣的問題。

他的劍，簡直像鐮刀！

若說極擅身法的杜紫微是隨風搖蕩的柳枝，那涂爾聰的劍就絕不是風，而是斬他的鐮刀。不論他身子朝哪方移動，涂爾聰的長劍就是有本事早他一步逆劍迎來，將迴燕十三的「迴」字發揮得淋漓盡致。十數招後，他的步法愈見遲鈍，衣袍多處割痕，竟連柳身也漸漸施展不開了……

涂爾聰自己亦頗吃驚，沒想到迴燕十三威力竟至如斯，面上漸有喜色。如若他真能降服杜紫微，這南武林還能不是他涂家的天下嗎？這麼一想，長劍的去勢便更快了！

惟再過得十多招，戰局反陷膠著。

杜紫微本陷苦戰，正自煩惱，不意對方竟未再強襲近逼，這到底是……？他心下生疑，涂爾聰自己也發覺了——迴燕十三，沒有殺招！

它每一招都像殺招，實則每一招都沒有真正的殺意。

說穿了，它的迴返巧妙，憑藉的就是腕力。

以過人的腕力控制出劍的速度及方位，將劍鋒的張力拓至最大，方能收擒燕割柳之效。可對上杜紫微這樣身法絕頂的高手，迴燕十三最多只能封其行動，予以威脅，卻無法令其血濺當場。再者，迴燕十三既似鐮刀，鐮刀的刀鋒是向內的，涂爾聰使招時幅度翻轉之大，有時不免也將自身籠罩在劍鋒的威脅下。冒大風險還是其次，時候一久，手腕便先痠疲了！

不一會兒，杜紫微也瞧出來了：對方並非留手，而是力有未逮。涂爾聰的劍法開始鈍重，來來去去都是同樣的章法。他勾嘴一笑，眼光逮到涂爾聰手腕稍頓之際，立朝劍端出指彈去！

只聽長劍嗡嗡作響，「破風指」勁力直透對手臂腕。

頓時，涂爾聰手腕痠麻，幾乎掌握不住，又怕敵人趁機進擊，急忙退後，同時穩住臂力把劍柄握實了！

杜紫微身勢飄逸，右手還擺著彈指後的勢子，神情就像是看透什麼祕密似的悠然，道：「好個涂少堂主，你這套劍法該不會是初使吧？」

涂爾聰心中一凜，眼神微變。

杜紫微知道自己說中了，冷哼道：「好大膽子，不熟練的劍法也敢拿來對付我！可惜，你不會有熟練的機會了。」

為絕後患，他決定格殺涂爾聰。這套劍法若讓他日後摸熟了，他的柳身就再無用武之地了。

涂爾聰道：「是嗎？」便將長劍交遞左手，挽了個俐落劍花。

杜紫微一愣：涂爾聰能左手使劍?!雲城多年搜集的情報裡，從未提及此事。心想他若然連左手也能使出迴燕十三劍法，自己的右方將受到更大的掣肘，便不能像方才那樣彈擊他長劍了。

眼見涂爾聰再次躍起，騰空出劍。杜紫微微一沉吟，雙手反而緩緩放低。涂爾聰瞳眸一怔，這是——

他身子凌空，已無法收勢閃躲，儘管他已瞧出對手想做什麼。果見杜紫微寬袖霍地翻起，十多枚金鏢破風射來！

涂爾聰已知躲不開來，便也索性不躲，渾身凌厲悍勇，大喝一聲，只管將長劍砍向杜紫微右肩，與之同歸於盡！

杜紫微為他氣勢所懾，電光火石的一瞬間，頓從他的眼神裡讀到了他的打算，還不及思考，已直覺性地向後躍開！

長劍劃下，快得讓杜紫微一時間還未感到疼痛，可是右肩到胸前卻已血淋淋一片，傷勢顯然不淺。他不禁倒抽口氣，心想方才後躍時若有半分遲疑，整個胸膛便要給剖開來了！

「該死……」

杜紫微臉上青白，咬牙咒罵。

惟涂爾聰亦非贏家。他身中七枚金鏢，雖皆非要害處，然這一招過去，只感心臟劇跳猛烈，手心也愈來愈涼，立知是中毒。整個人頓時再無站著的力氣，身子輕晃，不禁屈單膝跪了下來。

杜紫微冷聲道：「好小子，你今日若是不死，他日一定是我雲城可怕的對手，只可惜你沒有他日了。」他迅速點了幾處止血的穴道，又拿出隨身的療傷膏藥塗上，便不再理會涂爾聰，逕向外頭走去，直到門扉前，又回頭道：

「誰教你要強出頭。告訴你，我現在就要去殺死趙劍飛，哪怕我受了這麼重的傷，那廢物一樣不是我的對手。枉費你這般捨身救護，也真冤枉！」冷嘲熱諷一番後，這才去了。

涂爾聰確定他走了，連忙從襟裡掏出一瓶丹藥，雙手顫抖，勉強倒出丸藥吞了下去。

這是三年前依著巫羽偷偷寫給他的解毒配方調製而成的，肇因杜紫微的毒術對九大派來說，不能不算是一大威脅，巫羽遂暗中調配了這解毒丹的方子。此丹雖不能清解百毒，但對於延緩毒性，有立竿見影之效。

涂爾聰漸感心跳平穩，有些力氣走路了。滿腦子只想要儘快趕去救人，否則這一回，趙劍飛必死無疑！

趙劍飛與雷翠攜手在草地上奔馳，跑得滿身是汗。

他們離小木屋夠遠了。

趙劍飛喘著氣道：「小翠，這裡應該很安全了，你先去尋找躲藏的地方，我要回去看看表哥。」

雷翠吃驚道：「你瘋啦！我們好不容易才逃了出來，你回去做什麼？」

「杜紫微是我的殺母仇人，卻跟表哥沒有關係。他為了救我如此奮不顧身，我已是大恩難報，不能再讓他獨自犯險。」

「你說這樣的話就太天真了，你表哥若是殺了杜紫微，於他也大有好處，未必是為了你才出手的。」

「他有什麼好處？」

「杜紫微敗了你爹、殺了你娘，武林上誰不知曉？你表哥若是殺了杜紫微，這下子白馬堂的聲望還不立時凌駕於天龍會之上，成為九大派之首嗎？」

「小翠，表哥才不是這種人，你不了解他就不要亂說！總之我要回去幫他，你別攔我。」

他原本與涂爾聰不甚親厚，然而自兩人同往南疆的這段時日，他見涂爾聰的品性才智，端的是有過人之處，於己又有兩次相救之恩，因此早已對他折服之至。如今聽雷翠竟在他背後說他小話，忍不住便動了氣。

「劍飛，等等！」

雷翠放軟姿態，連忙握住他泛著青碧色的手指，柔聲道：「你看你的手，你中毒了，是不是？你這樣子，又要怎麼幫他呢？依我說，你表哥就算殺不死杜紫微，拚個全身而退應該也不成問題，你若去了，杜紫微若趁機攻擊你，或是拿住你作人質，豈非反而拖累你表哥了？」

趙劍飛聽了這話，覺得也有道理，態度微一遲疑。

雷翠趁勢道：「來，我們且找個地方坐下來，我先替你解毒再說。」

趙劍飛聽她溫言軟語，全是關懷之意，心下既歉然，又憐惜，道：「小翠，對不起，我方才說話的口氣重了些，你可千萬別往心裡去。」

雷翠搖了搖頭，道：「你我之間，再說這種話，豈非太生分了嗎？」

趙劍飛心頭一動，忍不住摟住了她，道：「我好想你！你知道嗎？我真的真的好想你，小翠……」

雷翠低聲道：「我何嘗不是如此……」

兩人耳鬢廝磨，極盡纏綿之意。

可是，雷翠心中始終有層陰影，她知道自己跟杜紫微的事已瞞不住他了，過一會兒，忐忑問道：

「你待我雖好，可我已非清白之身了，你會嫌棄我嗎？」

她低下頭來，完全不敢看他，就像個等著衙門宣判的犯人，只能靜靜等待趙劍飛的答案，就算趙劍飛要捨卻她，她也已有心理準備了。然，她卻是做夢也想不到，趙劍飛竟道：

「傻瓜！你胡說什麼，你人在我趙家莊院被那惡魔趁夜擄走，你不怪我保護不力，還如此捨身相待。我趙劍飛受你如此情意，已然慚愧無地了，又怎會嫌棄你！」

雷翠胸中一暖，眼中微濕，幾乎不敢相信。

「你是說真的嗎？你心裡當真連半分疙瘩也不會有？」

趙劍飛嘆道：「小翠，我可憐的小翠！」他再度將她緊抱著，將心中所有愛憐不捨之意，全然表露給她知道，好教她安心。

「你沒有做錯任何事，一點錯都沒有！該千刀萬剮的是那杜紫微，你又何苦為此自輕自賤？我只怕你因此不肯嫁給我，那我可是再也找不著像你這樣的好姑娘，生生錯失一段佳緣了！」

他字字句句，皆出肺腑，雷翠聽著，心都給炙得暖了。

她感動得滑下淚水，不敢相信上天居然也有待她這樣好的時候！

啊！趙劍飛……像趙劍飛這樣的好人，她該怎麼報答他才好？

正自柔腸百轉，忽地——

「呃！」

雷翠猛地背心劇痛，喉頭一甜，噴出一口鮮血。

「小翠！」

一顆鐵膽朝她背心擲來，力道甚狠，小翠幾乎快站不住，只能憑趙劍飛扶著。只聽身後傳來了那熟悉又狂妄的笑聲：

「哈哈哈哈——哈哈哈哈……天底下竟有這等蠢人，我都快笑歪嘴巴了。雷翠啊雷翠，你這樣騙他，都不會覺得良心過意不去嗎？」

兩人循聲望去，果見杜紫微就站在身後的一顆大樹旁，右胸一片血漬，甚是狼狽，也不知道是何時過來的。

趙劍飛壯著膽子，拔出長劍，怒道：「杜紫微，你把我表哥殺了嗎？」

「哼，你都自身難保了，還惦記著他。是，我是殺了他，又怎地？憑你這個連殺母仇人是誰都弄不清楚的可憐蟲，也想來跟我作對嗎？」

「你說什麼？」趙劍飛怔問。

「杜紫微——」雷翠忍著痛楚，緊張地叫出聲來。

杜紫微殘酷一笑，道：「趙劍飛，你實在是我遇過的人當中，最可憐最愚蠢的一個。你可知道，殷琴根本就不是我殺的！」

趙劍飛詫道：「不是你殺的?!怎麼可能……那是誰？」

「你怎不問問你懷中的女人？你怎麼就沒有想過，為什麼那天晚上我離開你家後，她也跟著消失了？因為，她自己跑來了岳陽分舵找我，脫光了衣服，跪著求我教她摧仙指，好讓她能殺死上官夜天，報那殺父之仇。」

「胡說八道！滿嘴狗屁！」趙劍飛立刻疾言怒斥，惟細細回想當日之事，在床前服侍母親的雷翠的確異常殷勤，親自遞水侍湯，全不假奴僕之手，確實也有幾分可疑。便看向胸膛前的小翠，問道：「不是這樣的，對不對？」

雷翠面如紙色，顫聲道：「他……他胡說的，你別信他……」

杜紫微冷哼道：「我胡說？那日我們交換解藥後，我救了韋千里，你救了殷琴。你說你先用耗子試出六色毒針各別的毒性，再依不同的筋絡部位漸次給殷琴解毒。惟你當時已打定主意要來求我，深怕此舉會觸怒我，就在殷琴的飲水裡下了毒蟲卵，倘若我願意收容你，你便再不必回鐵膽莊去，只管任由毒蟲在她肚裡長大，致她於死；若是我拒絕了你，你也能回到趙家再救殷琴一回，穩固你在趙家人心中的地位。哼，不管怎麼做，從中得利的人都是你。當日之事歷歷在目，你敢否認？」

趙劍飛回想當時，雷翠解救殷琴的過程確然如他所言。此若非雷翠親口告知，杜紫微如何能夠知曉？立時身子一顫，瞠然瞪向雷翠。

「是真的嗎？娘真的是你害死的？」

「劍飛……不……我、我沒有……」可她的抗辯是如此心虛，眼神是那麼的恐懼不安。

杜紫微又道：「事到如今，你嘴硬也無用了。你壓根兒就討厭殷琴，你說你入得趙家的第一天，她就故意怠慢你，給你安排的房間是舊的、棉被是破的、吃食是冷的，連蠟燭都捨不得點，只給你一盞小燈。你忍讓許久，直到那天才好不容易有機會出這口惡氣，當真快意極了！」他說到這兒，故意頓了頓，笑問趙劍非：「喂，這究竟是雷翠故意冤枉你娘來著，還是你娘待人當真這麼刻薄？」

趙劍飛全身一震，猶似雷霆轟頂，氣煞得臉都白了。猛力將雷翠推倒在地，失控地怒吼道：「你為什麼要這麼做？她是我娘啊！是生我育我的親娘啊！縱然她有虧待你的地方，你怎麼可以……你竟然……」他心中痛極恨極，語音哽塞，潸然淚下，傷心得連五官都扭曲了。

完了！

雷翠眼色空茫的望著趙劍飛，知道一切都已完了，心似沉落深淵，顫聲道：「是我對不住你，你殺了我吧……」

她仰起臉來，眼角滑下兩行清淚，閉目待死。

她怕死，怕死得緊，可如果是死在趙劍飛手上，她沒有怨悔。

杜紫微見狀，暗中扣著一枚金鏢，心想趙劍飛若敢殺她，自己就先殺他。

趙劍飛顫著手，高高舉起了長劍，可偏偏腦中閃過的畫面，全是雷翠種種甜蜜動人之處。

他下不了手……

「啊——啊——！」

只聽他瘋了似地悲嚎，長劍快狠無比，瞬間削過雷翠髮髻，披散了她一頭亂髮。她的髮髻本插著一根純金打造的雛菊簪，是趙劍飛送她的，如今髮簪亦斷，君恩決絕。

長劍噹啷落在地上，趙劍飛嘶聲道：「你這個狠心的女人……為什麼要這麼對我？我待你難道還不夠好嗎？我恨你，我真的好恨你！我、我……」他再也說不下去，只覺得整個人都快被撕裂，再也無法面對這張最可愛也最可恨的容顏。

「劍飛……」

「住嘴！我永遠都不要再見到你，你也別不識趣地再出現在我面前，否則……今日我一時心軟，不忍下手……他日相逢，可就未必了……」

帶著最沉痛懊悔的心情，趙劍飛目中含淚，把嘴唇咬出了血，蕭索地轉身離去。從今而後，他是他，雷翠是雷翠了。

雷翠望著他離去的背影，只覺得全身上下異常冰冷，幾乎要冷到骨髓裡去，整個人不住顫抖：趙劍飛不要她了！連他都不要她了！

忍不住地，她哭聲嗚咽，淚水如雨，身子伏在地上，雙肩不住抽動，竟有一種被世界遺棄的悲哀。

忽然，一道冷語響起：

「敢背叛我，就該想到有今日。」

她抬起頭來，只見杜紫微屈單膝蹲在面前，打量著自己，冷笑道：「瞧瞧你這是什麼樣子，為了那愣頭青，值得嗎？」

雷翠沒有回話，原本鮮妍的臉蛋，滿是淚痕涕水；而原本燦亮的眸子，也已晦黯得像是死魚眼睛了。

杜紫微無法忍受她對自己視若無睹，一把揪住她襟領，怒道：「我就這麼比不上趙劍飛，你竟一心一意的只惦念他?!」

雷翠總算說話了：「是，你的確比不上他，可惜你永遠也不會知道是為什麼……」

她目光飄遠，神思回到自己遇見趙劍飛的那天——

當時，她一夕失去了家園與父親，本想投靠四個姊姊，可惜那四個姊姊同樣是倚仗娘家勢力，平素作威作福慣了的人，如今靠山一垮，在婆家亦是自身難保，如何還能再保得小妹？

雷翠就從這個姊姊家中被趕到另個姊姊家中，終究無容身之所，又怕被雲城爪牙抓住，只得逃離南疆，打算從雲南北上中原，另謀出路。

她作夢也想不到自己會變得這麼淒慘，身體又餓又累、心靈又傷又懼，前方的道路一片黯淡，捕捉不到任何希望。

就在這個時候，她遇上了趙劍飛。

那是一個看去單純、良善，毫無機心，渾不世故的年輕公子，氣性頗似沈冰，卻不及沈冰一半俊俏。

不過是看她孤身一人，在街頭瑟縮啜泣，就這麼把素昧平生的她接回客店照料。然而，她才不相信世上真有這樣的好人，男人幫助女人，尤其是有姿色的女人，還能有別的念頭嗎？

雷翠年紀雖輕，對這種事卻十分早熟敏銳。縱使如此，她還是決定接受趙劍飛的好意，只因她真的已無路可走了。權衡輕重，她願意犧牲一些代價。

卻不想，趙劍飛是個表裡如一，心思澄透如水的人。

他在聽完了她的故事後，表現出了深深的同情。雷翠感覺得出來，那種同情流洩得十分自然，不是作偽。

然後，他有時候看著她時，會忽然臉紅起來，眼神害羞靦腆，說話也結結巴巴，有幾分滑稽好笑。

很明顯，趙劍飛是喜歡上她了。

其實，以她的處境、他的優勢，他想對她做任何事，她是無法拒絕的。可趙劍飛對她除了喜歡、同情，竟還十分尊重，言談舉止溫柔輕細，處處關懷，卻絕不逾越男女分際。

雷翠從來沒遇過這樣的人，甚至是想像不到會有這樣的人。

直到她隨著他到了鐵膽莊……

天啊！她想不到鐵膽莊原來是這樣聲名顯赫的武林門派，而趙劍飛原來是這樣尊貴非凡的世家公子！

得知的那一刻，雷翠的心靈被震懾了。

她覺得趙劍飛身上發著光芒，不是因為身分地位，而是一種人品上的高貴。

她不懂，他既有著這樣的背景，怎麼還可以如此敦厚真誠的待她一個卑微飄盪的落難公主？

她的心湖頓時漾起了奇異的漣漪，那一夜睡夢之中，想的便全是趙劍飛了。

可如今……

「該死的賤人！」

杜紫微的切齒咒罵，把她心神拉了回來。他狠狠甩開了她衣領，站直身子，目光陰狠，瞪著趙劍飛的去向。

雷翠心頭一凜，忙抓著他褲管，緊張問道：「你想幹什麼？」

杜紫微低頭狠睨，道：「你跟他，我只讓一個人活。念在你幫我殺了上官夜天，我可以由你選。雷翠，你是想要他死，還是自己死？」

雷翠一聽，怔怔地望著他，眼睛眨也不眨，驚愕之餘，似也在剖析這個男人的心思。

「怎麼，這麼難以選擇嗎？」

「你……」雷翠考慮了一會兒，低眉道：「你殺了他吧！」

杜紫微點了點頭，勾起嘴角：「很好，這才是我認識的雷翠。」他很滿意雷翠的答案，即朝趙劍飛的去向走去，打算教她從此死心，忽聽她道：「紫微，你用這個殺他。」他轉過身來，只見雷翠已撐起上身，把殺人銀弩從袖裡取出，箭孔向著她自己。

杜紫微道：「都忘了這玩意兒！」走了過來，將銀弩接過手，問道：「為什麼要用這個殺他？」

「你若用指法殺他，我擔心他日趙家追查起來，你會有麻煩。」

杜紫微聽了，微微一怔：這女人，怎麼又變得懂事了？

惟他也確實柔腸觸動，俯下身來，輕輕摟住了她肩膀，在她耳邊輕聲道：「背心還疼嗎？」

雷翠低頭道：「疼。」

「活該你疼！若不是為了你，我豈會被涂爾聰傷成這樣？都是過去太驕縱你了。」

雷翠抬頭凝目望他，目光中帶著三分歉意，低聲道：「對不起，是我不好，可我真的……真的……」

「好了，不必說了。」杜紫微見她乖巧依人，容色立霽，伸手掌住她後腦，將她的嘴唇迎向自己。

這本該是很甜美的時刻，可是——

「唔！」

杜紫微原本沉醉闔上的眼睛陡地圓睜，離開雷翠，瞪向自己左腳——腳背上被捅了一根銀色小箭，紫色的鮮血透染了白鞋。

「賤人！」

這一刻，他俊美的臉龐寫滿著怨毒、痛恨、暴戾、羞惱、殺意……右手高舉，立往雷翠天靈擊下。

掌心覆蓋腦頂的瞬間，雷翠也嘔出了一大口鮮血。

杜紫微恨猶未釋，嘶吼道：「我真心待你，而你居然想殺我！」

這一掌不留餘地，雷翠是捱不過的，只見她雙目空茫，氣息斷續，道：「我會……烏蝶丹……沒要……殺你……」這幾個字後，身子一軟，倒向了杜紫微懷裡。

杜紫微何等機伶之人，立聽懂這話中含意：雷翠會調配烏蝶丹，不是真要置他死地！可現在他重擊雷翠天靈，豈不是……

他霎時如夢初醒，全身機伶伶地顫了一下，搖晃她身子，道：「雷翠，你醒醒……雷翠……」

雷翠沒氣了，脈搏也停了。

杜紫微緩緩流下兩行清淚，又悔又恨。

「你只怕射我不中，就將殺人箭取出來，誘我親近，再施偷襲……你竟為了趙劍飛……這樣算計我……」

但他又實在欣賞她，她的心機、她的狠毒、她的果決、她的聰明、她的悍辣、她的孟浪、她的堅強、她的張狂……

她是他流連花叢至今，唯一覺得可以做大事，也可以跟自己溝通的女人，可是——

「為什麼……你就不能認同我呢？」

杜紫微緊抱著她，指勁卻像是要把她掐碎一般，愛深而恨更深。

如今，他連自己都賠進去了。

他中了天蛛散，又不熟悉烏蝶丹，此生的抱負野心，盡皆成灰；長年經營的萬般算計，到這一步，功虧一簣！

現在，他只剩一個去處了。

那個他十多年前好不容易才逃了出來，以為能就此擺脫束縛的地方——唐門。

唐門使毒解毒的手段，天下無雙。若說還有誰能把他從天蛛的蛛網裡拯救出來，恐怕也只有它了。

但是，他當年叛逃唐門，唐門還會願意給他機會嗎？

他不知道，他只知道這一回仍然要努力的活下去，只有活下去了，才有翻身的希望。

他放下雷翠，吞服一種名之為「殭屍散」的藥粉，把體內所有的毒都積匯於四肢，暫阻侵襲心脈。

然後，他消失在這片翠綠曠野，此後何去何從，無人知曉。

第三十四回　續命

他現在看著沈菱是那麼誠心懇切地為自己向神靈祈求，非但一點兒都不覺得可笑，反而有一種說不上來的寧靜與動容。

秋晴回到魏蘭，把慈姑住處的發現都跟沈家父子說了。沈幽燕立派出大批人手找尋雷翠公主，務要將之拿下，逼問出烏蝶丹的配方。卻不料當他們發現雷翠的時候，她已是一具冷冰冰的屍體。

另一方面，趙劍飛在得知雷翠為殺母仇人後，傷心恨苦，又重回小木屋，心想不論涂爾聰死活，自己都該帶他回去。幸而涂爾聰在道上中毒昏迷，一時未死，立刻揹著他回別登樓給秋晴治療，不想當天傍晚，竟見沈冰帶回了雷翠的屍體！他不顧旁人觀感，抱著屍身傷心痛哭，箇中滋味，獨他自知。

雷翠既死，最頭疼的人莫過於秋晴了。

趙劍飛所中之毒在得到鬼交藤後，便無甚妨礙；涂爾聰的毒雖費神些，可也不是無法拔除；惟上官夜天連「逼問雷翠」這條活路也斷了，才真教人束手無策。

次日，上官夜天跟沈菱便都知道了這件事。

沈菱只覺得所有的一切都像惡夢——把她打入地獄的惡夢！

從小偏疼她的慈姑亡逝，本就已夠讓人傷心，不想竟讓上官夜天的性命也連帶賠了進去，世上怎能有這樣無情的事？

她緊緊抱著上官夜天，哭得淚人兒似的，直是要瘋了。

上官夜天數日來連番遭遇死劫，皆僥倖死裡逃生，然而此次不能再得到烏蝶丹的補給，卻是神仙難救，必死無疑！

縱然心下極為淒涼，他仍是先寬慰沈菱：

「別難過了，可能我果真是個大惡人，老天爺怕我留在世上，又要多增殺孽，所以最後仍決定把我收了，好讓世上乾淨些。」說著說著，不知怎地，明明是想安慰沈菱的，自己卻先淒然起來。蒼天把他從東靈山救了回來，難道竟不是慈悲，而是一場玩笑嗎？

沈菱聽了這話，心似要被揉碎了，泣聲道：「你為何要說這麼自輕自賤的話來？難道你不曉得，在我心裡，你便是這世上最珍貴的人嗎？我……我不要你死！哪怕要拿我的性命換你的，我也……」

「快別說這種話！」上官夜天忙打斷她，又道：「我算什麼東西，哪裡值得你為我如此？」

「值得！就是值得！」沈菱擦拭眼淚後，握著他手道：「我們去求神靈吧，只盼這幾天能有奇蹟出現。」

「神靈？」

沈菱於是帶著上官夜天離開別登樓，共乘一騎往郊地去了，片刻後來到一間神廟。

這是南疆大地女神的神廟。

凡是南疆部落，沒有不供奉大地女神的。他們相信祂是萬物之主宰，掌管天文地象、人間禍福，所以誠心供奉祂、膜拜祂，祈求風調雨順，穀物豐收。

上官夜天是頭一回來這裡，只見那神廟佔地廣大，造得極是氣派輝煌，一尊玉石雕刻的等身女神神像，端立於高臺之上，容貌慈藹，雙眸半睜，淡然俯看人世種種愛憎悲歡。

沈菱在神像前跪了下來，雙手合十，輕聲道：「大地女神，您一直庇護我魏蘭子民，長年安居於此，這回也求您大發慈悲，無論如何，請救夜天一命！也許他過去當真殺了很多人，做過很多錯事，可是他已經痛悔前非，決定退出江湖紛擾，過著跟普通人一樣的生活，求您再給他一次機會吧！」說完，在地上磕了三個響頭。

上官夜天從不信鬼神之說，他只相信人間的主宰是人，而人生的主宰是自己。過去不知看過多少癡人，對著廟裡的木頭又磕又拜，只覺得可笑——他在失去小敏之前，也曾經企盼上蒼垂憐，給他們兄妹一條活路走，可是天地無心、風雪無情。

此後，他便選擇相信「天行有常，不為堯存，不為桀亡」。人之一生，只須對自己負責即可，與那些虛妄無憑之事物何干？

可他現在看著沈菱是那麼誠心懇切地為自己向神靈祈求，非但一點兒都不覺得可笑，反而有一種說不上來的寧靜與動容。

他何德何能，竟能在她心上佔了如此巨大的份量！

思及此，不禁萬般眷愛。

他實在是捨不得沈菱！他真希望能夠活下去，執她小手，與她偕老，除此之外，再無所求。

於是，他便也跪了下來，誠心磕拜——求神拜佛，永遠都是沒辦法中的辦法，任何人若給逼至絕境，少不得都要走上這一步的。

過後，沈菱道：「我想大地女神一定會聽見我們的聲音，達成我們願望的。」

上官夜天微微一哂：「但願如此。」

兩人站起身來，攜手要走出神廟，恰好外頭走來四個苗族婦人，雙方照面，都是微怔。

「咦，這不是沈姑娘嗎？您怎麼會在這裡？」其中一位大娘問道。

這些苗族婦女自從大寨失火之後，深受沈家照拂，雙方關係便再不似以往那樣緊張，甚至頗為親近友好。

另一人搭腔道：「還用得著說嗎？看來是跟這位小哥一起來祈求大地女神，好早日找著烏蝶丹的配方。」說著，當即細瞧起上官夜天。只覺他跟沈菱看去果真甚是般配，怎麼看都是一對兒。

第三名婦女道：「倒好，我正要拿這些書去給秋晴姑娘，這麼巧碰上了姑娘，也就不必再多走遠路了。」

沈菱忙問：「什麼書呀？」

那婦人將背上的包袱解下，遞給沈菱道：「這裡頭是一些藥書。當日大寨失火，好多珍貴的書冊與丹藥全都沒了，幸好我當家的還留下幾本藥書在家裡，我也看不懂字，不知道有沒有秋晴姑娘要的藥方。沈姑娘索性都拿回去，給秋晴姑娘自己看吧！」

沈菱將包袱接過手來，緊緊抓著，只覺得沉甸甸的滿是希望。神情激動，喜道：「謝謝……多謝你們！真的謝謝你們！」

最後一名婦人見了她這模樣，笑吟吟的取出一片葉子給她，道：「還有呢！這片葉子的背面有一排灰卵，那是烏蝶卵。烏蝶最喜歡在這種葉子上產卵了，記得轉告秋姑娘，只要在瘴林裡看到這種葉子，不妨多加留意，說不定烏蝶就在附近。」

沈菱拿過葉子，又是一陣千恩萬謝的，反倒身為當事者的上官夜天，從頭到尾肅著張臉，冷眼旁觀，一句話也沒說。幸好那些苗人婦女都是性情隨和爽朗之人，既知他是沈菱的心上人，人又長得出挑，也就不放在心上，又說了一會兒閒話後，即回頭去了。

然而，上官夜天之所以沉默不語，絕非故作傲人姿態。他從她們的言談當中，覺察到這些苗族婦人似乎都是寡婦，她們的丈夫呢？

只見婦人們都走後，沈菱眉目開懷，轉身望向他道：「夜天，你看，大地女神果真聽見我們的祈求，馬上派了幫手過來！」

上官夜天突兀問道：「她們不知道是我燒了苗族大寨的？」

沈菱愣了一愣，搖頭道：「不知道。這件事只要你別說出去，自然便不會有人知道。」她說著也有些心虛。是，夜天放火是他不對，可她就是存著私心仍想袒護。

上官夜天再道：「他們的丈夫都死在那場大火裡嗎？」

沈菱知他心下歉然，微微點頭。

上官夜天忽地不說話了，他的臉上依然沒有半分表情，可是目光沉思，也不知在想些什麼。

「夜天，你還好嗎？」沈菱問，可是他沒有回應她。

他忽然想起了一件事，好像曾有個苗族小兵給他踩在腳底，說著自己有妻有女有兒子，乞求他能饒他一命。

當時他沒有心軟，他殺他就跟殺死一隻螞蟻一樣簡單，並且，過後即忘，從來不曾憶起。可是這會兒他不知道怎麼回事，腦海驀然閃過當時的畫面，心神為之一震。

他第一次這樣質疑自己：上官夜天，你當時何以能幹出這樣的事來？

沈菱見他臉色發白，不安問道：「夜天，你到底怎麼了？」

上官夜天回過神來，低聲道：「阿菱，我……」他也只說了這三個字，就忽然抱住了她，竟是全身都在顫抖。

他錯了，是嗎？

他忽然覺得自己過去所嚮往的那種生殺予奪的力量其實是可怕的，是嗎？

「我果真不是什麼善類，我根本配不上你。你，不該選我的！」

沈菱心頭一愣：他的語氣是如此的沉痛！

雖然，她還不是很真切明白他的想法，但她也只是微微一笑，將身子偎得他更緊，柔聲道：「我不選你，要選誰呢？就算哪天你真要下地獄去，我也陪著你。」

上官夜天聞言一怔，心想：「不，要去地獄，我去就行了。那種地方，太不適合你了。」

可是他什麼話都沒有說，只是鎖著眉頭，緊緊的抱著她，只盼到了地獄的那天，還能記得此刻懷中的馨香。

✻ ◆ ✻

可惜，苗人婦女給的藥書並沒有烏蝶丹的記載。

沒有烏蝶丹的劑方，光是抓來幾隻烏蝶，秋晴也不知道該如何將烏蝶的毒性用來壓抑天蛛散。別登樓內，依然愁雲未散。

可是大夥兒都沒有放棄希望，沈冰每天一大早就率人去瘴林裡捉烏蝶，再帶回來由秋晴配藥實驗。整個魏蘭城，每個人都希望上官夜天活下去。

更別說沈菱、翟抱荊、雪琳等與他淵源深厚之人，幾日下來未曾一日安眠，鎮日想的全是他的生死大事。

這一切，上官夜天全都看在眼裡。

說也奇怪，他自從知道自己失了武功，甚至差點兒死在褚惟心手上後，幾乎就沒有真正入睡過，往往夜裡一點兒風吹草動，就會驚醒過來。現在弄成這般田地，他反而睡得深沉，心裡有種真正的安然。

這到底是什麼緣故，連他自己也說不上來。

他只是每日在就寢之前，會把這日身邊人的一言一行再度回想一遍，然後，心裡就會浮現一種在雲城不曾得到過的，真正的感動。

在雲城，他由於不是上官驪的親子，想獲得周遭人的認可，也得自己咬牙拚出像樣的功績，否則像四天王那樣的高手也只是天王，他憑什麼能是少主？

所以，他得到的關懷與尊重，都不是憑空得來，而是拿本事換的。一旦受傷，也只能躲起來默默地舔拭傷口，不能示弱——

是弱者，就不要來雲城；雲城，是為了打敗九大派而存在的！

可魏蘭卻不是這樣。

沈菱給了他滿滿的愛情，沈冰把他當自家兄弟，而沈幽燕於他為人雖頗有微詞，對他的安危也依然不遺餘力。

頓時，他方明白為什麼顏克齊一來到這地方，就想在這裡住上一輩子。現在他也是了。

這裡不只天候四季如春，連人心也是。

可惜，他明白得已有些晚了。

靜夜裡，他坐在床上，寧靜回想自己這一生經歷起伏、萬般遭遇，所有愛過的、憎過的、殺過的、怕過的、渴望過的……

在他的思潮裡，有第一次失去親人的悲傷、第一次殲戮敵人的瘋狂、第一次對長者的孺慕、第一次掌握權力的狂妄……

更有第一次愛慕異性的感覺、第一次如癡如狂的思念、第一次兩情相悅的甜蜜、第一次了解生命無常的心碎……

太多了，也太少了！

在世上留下的痕跡與回憶，永遠都嫌不夠。

他忍不住想問問自己，過去的二十五年，他有沒有後悔？如果自己還能再活二十五年，他會不會用相同的方式生活下去？

唉，他也不知道啊，因為如今的他，只能等死。這麼多感嘆，就是等死的滋味。

不知不覺，東方漸白，又一天過去了。

而他的烏蝶丹，只剩三顆了。

這日早飯過後，涂爾聰也已收拾好一些簡單行李，打算辭行。

他的毒已全解了，至於表弟趙劍飛，服過了鬼交藤，解毒之後，仍為著雷翠之死傷心，又走不出她是殺母仇人的矛盾。涂爾聰知道他需要自己一個人冷靜，便讓他先行回去了。

如今，他已沒有留在南疆的理由，除了因別登樓上上下下都關注著上官夜天，沒人有心思招呼他，更因為他與上官夜天之間關係敏感，此刻實在不宜觀人於難。

適時的退避，也是一種禮貌。

故，並未抱持幸災樂禍的居心，涂爾聰騎上了沈家送的快馬，向北去了。

自從知道上官驪就是蕭朗之後，涂爾聰至今還沒有從當時的震驚恢復過來。尤其在了解上官驪的逞威、雲城的挑釁，全都其來有自，他甚至困惑，自己此後該用什麼樣的心情，來面對雙方的對立？

太矛盾了！

冷靜詳慮如他，也不知道該如何自處。

這也是為什麼中秋劍會後，他對上官夜天敵意大減，他心裡明白，自己身邊的那些長輩們，當年那樣算計救命恩人，不見得就比上官夜天清白多少。

正策馬於大道間，迎面居然來了一輛華貴的雙馬快車，十分惹眼。

這樣的馬車就算是出現在定音城的東街上，也要引人驚嘆的，何況是在南疆僻地？

涂爾聰不禁放緩了馬速，暗自留神觀注。

不想那車伕居然也在他身前停下，朗聲問道：「這位公子，向你打聽，這魏蘭城方向怎麼走？」

涂爾聰聽他問起魏蘭城，心中暗凜。他注意到這車伕指節粗大，手背筋絡浮凸，顯然練過武術，不是一般車伕。車內之人，絕非尋常人等，卻不知道去魏蘭做什麼？

他心下疑竇，便道：「真不好意思，我也是第一次來南疆，也正要找去魏蘭的路呢！」

車伕道：「原來如此，那麼魏蘭城不在前方囉？」

涂爾聰道：「我才從那裡過來，魏蘭不在那裡。」

卻聽簾內之人道：「咦，這聲音、這口音……難道是……」跟著一隻修長的右手揭開車簾，探出頭來。

涂爾聰一見到那人，全身一震，只疑身在夢中——

他怎麼可能在這裡碰上這位老朋友?!

可是，是真的。

「爾聰，果然是你！」車內之人驚喜道。

「秋旭！」

秋旭，秋晴的哥哥，巫羽的本名。

一時之間，兩人俱是震動狂喜，一個下馬、一個下車，怔怔望著對方，繼而激動地抱在一起。

「好兄弟！是你……當真是你！」

涂爾聰拍著他背心，咧嘴大笑，神情是那樣歡喜，卻又難以相信。

「是我！當然是我！天啊，爾聰，涂爾聰，我整整六年沒見過你了！」

「我又何嘗不是？」頓時，靜謐的林間小路，歡笑響遏天際。

過一會兒，涂爾聰道：「對了，你怎會在這裡？」

如果說，在南疆遇上老朋友，是第一件不可思議的世事變化，那秋旭接下來說的，就是第二件——

「說來話長。車子裡還有一人，是上官城主。」

車簾再度被人揭開，那人探出半個身子。涂爾聰不久前才在東靈山見過，此刻再遇，仍然不由得為他氣勢所懾，暗自屏息——

上官驪！

第三十五回　本心

上官驪怔怔聽著，一方面意外他的心境轉變，一方面這些話彷彿一字一句都敲在心底，同時呼喚著他心底深處，一種連自己也陌生的情緒。

蕭朗從來沒有想過，自己有一天會成為這樣的人。

原本，每個人出生之時，看似都是一樣的，餓了要奶、睏了要睡、乏了要哄，安然棲於大人們的懷抱，一派無知。

可是隨著歲月流逝，人跟人之間，差別就漸漸大了起來，甚者別若天淵。

有美的與醜的、賢的與愚的、善的與惡的、富的與窮的、貴的與賤的，奴役人的與被奴役的、殺人的與被殺的、耀眼的與黯淡的……

所以每個人都追求功成名就，每個人都不想成為被踩在腳下的那一個，用盡心機、爭權奪利。

可是蕭朗在非常年輕的時候，就拒絕奉陪這樣的人生遊戲。

他既不肯踩著別人，也絕不願被人踩在腳下。

因為他很早就找到了精神的寄託——劍道。

只要劍道的境界能夠更上層樓，他的心靈就已十分滿足；劍道以外的世界，人世間種種的城府算計、勾心鬥角，他不是不懂，只覺無聊。若不是後來遇上了顏小釵，他只怕真會像他師父一樣，以劍為妻，終了此生了。

惟縱然是偃鼠飲河，甘於平淡，世情偏不允許。

他無法攜酒佩劍，逍遙江湖，與心愛的女人共度此生，反而坐擁荊都、技壓天龍、威震武林，掌握著人世間絕頂的權、勢、名、利——然後，竟一點都不快樂，只有滿心的空虛！

那一天，他在失手殺了朱銘之後，忽然覺悟到了這一點。

朱銘的腰帶出現在蘇娃的房間裡，他百口莫辯，只能認罪。

那一刻，上官驪再次嚐到了被親信背叛的滋味，怒不可遏，親手痛打了朱銘一頓。

朱銘！居然是朱銘！真真該死的東西！

上官驪原本推想奸夫是夜天，偶爾也疑心阿穎，就是不曾懷疑過老實穩重的朱銘。尤其，他明明知道自己已對夜天下了追緝令，居然坐視著這一切發生，還派人南下，眈視著這少主之位……

可惡！當真可惡透頂！

登時只聽得碎裂撞擊之聲陣陣不絕，朱銘房間裡能砸爛的東西都砸爛了。

上官驪狂怒之下，出手本就凌厲，而朱銘心虛，膽色便弱了五分。但他若是立刻下跪懺悔，說明情由，上官驪未必會要他性命，偏偏他反擊了，反擊之餘還道：「城主，請聽我解釋，是夫人勾引我的……」

上官驪聽了這話，立刻理智崩斷，怒道：「放屁！她要勾引也只會勾引夜天，哪裡看得上你？你強逼了她是不？你居然趁我閉關之時，強逼我妻子，你……」他不再多言，腰部運勁，勁力直騰向雙臂如蛇，電光火石，向朱銘胸前便是一擊——

頓時，朱銘整個人飛拋而起——砰！他整個人從外房拋入，不偏不倚地跌向內房的床架，力道之快猛，竟將整張梨花床給跌塌了，登時木條床帳，紛紛掩落。

上官驪這一掌朱銘並不陌生，正是韋千里的絕技絕陽掌，只不過上官驪也會，而且還融合了靈蛇拳的變化，威力更倍於千里。

這一下非同小可，他彷彿覺知到自己內臟碎裂，雙唇微啟，想要說話：「饒……命……」聲音低微，似出未出，只有自己才聽得到。

上官驪走來將朱銘臉面上的帳布揭起，立見他的七竅出血，臉色如紙，只剩殘餘的一口氣了。不知怎麼，忽然又心生不忍，覺得朱銘也有幾分可憐，遂立刻點了他幾處穴道，助他順氣，然後道：

「念在你隨我多年，也立了不少功勞，你有什麼心願就說吧，能做的我盡量替你完成。」

「是……」朱銘出聲了，聲音嘶啞，「蘇娃……勾引我……要我殺……沈菱……不然……就告訴你……」然後，便昏死過去。

上官驪心頭一凜，仔細推敲這幾個詞拼湊起來的意思，立刻便有七八分明白了。連忙朝外頭大喊：「傳巫羽，快！」

可惜，心脈重創，根本已毀，巫羽又不是神仙，如何能挽救將死之人？

「城主，屬下無能，救不回朱天王，還乞恕罪。」

「是嗎？」上官驪深深吸了口氣，卻不意外，那麼重的傷，他用看的也知道死多生少，召巫羽，也不過是聊作心理上的補償。

很奇怪啊人心，他方才明明恨死朱銘了，可在朱銘將死未死之際，腦海居然生生浮現他這十八年來的種種好處來，而不禁暗悔自己暴怒之下，下手的確是太重了些。只是依然一臉冷硬，看不出半分傷悔。

「辛苦你了，下去吧。」

可是巫羽沒有退下，他還站在那兒。

上官驪看了他一眼：「還有事嗎？」

「屬下有件事情，無論如何想向城主問個明白。」

「你說。」

「屬下聽說……城主您就是蕭朗，那個殺了悲聲島主的英雄。這可是真的？」

上官驪澀然一笑，道：「我若說是，你會失望嗎？」

巫羽當然不敢實說，低聲道：「屬下不敢。」

上官驪聽出他言不由衷，也不在意，道：「我的確是蕭朗，但也不是他了。你們南方人歌頌的傳奇故事，對我來說，早就久遠得連我自己都忘了。」

巫羽忍不住問道：「您既是蕭朗，為什麼會變成……現在這樣？」

上官驪深深凝視了他一眼，問道：「現在這樣？要不你覺得，蕭朗若是沒死在悲傷島上，他活到現在，該是什麼模樣？」

巫羽想了一會兒，嘆道：「我也不知道，其實我也不認識蕭朗，只不過小時候先父跟雪姨偶然說起你的事，言詞間都是大大的敬佩，遺憾上蒼怎麼讓你這樣的人好人大英雄英年早逝了，我……」

「如果可以重來，我寧可不當這大好人大英雄。」上官驪忽然打斷巫羽。

巫羽當然覺得奇怪，不明白究竟何意。

上官驪續道：「你若是知道，我當了這大好人大英雄，後來卻是什麼樣的下場，你也不會想幹的。」他登時談興大發，道：「當年我有個極要好的朋友，他生前曾警告我，我性格裡這樣不分是非的良善，遲早也會害慘自己。我沒聽他的，還指責他偏離正道，走火入魔，結果就是：我失去了他、失去了心愛的女子，也失去了自己……」他幽幽說著，眼色中有複雜的情感，千般的滋味。

但巫羽畢竟年輕，哪裡能夠體會，故而道：「您當年襄助九大派，殲滅悲聲島，怎會是不分是非呢？」

上官驪冷笑一聲，道：「算了算了，你什麼也不懂的。退下吧！」

巫羽拱手道：「城主，如今您已殺了司空掌門，九大派此後再不能是雲城的對手了……屬下有一事相求。」

「還有什麼事情？」

「屬下本是白馬堂派來的坐探，蒙城主仁義寬厚，饒屬下不死，屬下感恩不盡。只是屬下離家已久，心念南方，還望城主允許屬下辭去藥師一職。」

「你想回去？」

「是，屬下思念家鄉，更思念家人。」

「那千里的腿傷怎麼辦？」

「韋天王已能下床走路，並無大礙，只要按著目前的方式調養，不出三月就能恢復如昔了。」

上官驪考慮半晌，道：「你去意已決，我強將你留下來也沒意思，准你就是了。」

巫羽喜出望外，躬身一揖：「多謝城主。」

「可我要你替我再救一人。」

「不知城主要屬下救誰？」

「夜天。」

「少主！」

「是，我誤會他了。如今費鎮東已去了南方，朱銘也派了人手追查他下落，此刻即便向各分舵下詔令召回他們，也是緩不濟急。夜天孤身一人，恐無法全身而退。就怕連紫微也插手此事，他會用毒，最是棘手。我要馬上前去南疆阻下這道追捕令，你帶齊了藥物隨我同去，說不定到時候用得上你。」

「遵命。」

於是，他們即刻啟程離開荊都，並且幸運地在道上遇見涂爾聰。

當涂爾聰再次回到別登樓，所有人都怔住了，他們簡直不敢相信自己的眼睛！

大廳裡，沈幽燕、沈冰、秋晴、翟抱荊，都在。

沈家父子也還罷了，秋晴跟翟抱荊見到來人，都立刻站了起來。

「哥哥——！」

「晴兒！」

他們兄妹兩人，分別已整整六年，乍然相逢，又驚又喜，又笑又淚，緊緊抱著彼此，感謝上天！

而另一邊，有一對好友，則已睽違五年——

「抱荊……」

「蕭朗，是你！」

這對友人不意相逢，恍如隔世。

上官驪詫異道：「你怎會在這裡？」

翟抱荊苦笑道：「怎麼，杜紫微五年前沒能殺我，你很失望嗎？」

上官驪道：「我當時在悲聲島上命懸一線，是你想方設法把我救轉過來的。『蕭朗』雖非你所生，可『上官驪』的生命卻是你給的，我盼望你平安長健都來不及了，怎會命紫微殺你？」

翟抱荊嘆道：「我原想依你為人，也絕不致待我如此絕情，可杜紫微步步要致我死地，卻是事實。」

上官驪聽了，默然好一會兒，嘆道：「我知道紫微聰明伶俐，手段厲害，因此才派他對付你，原也只是望你能交出蝕骨金蜂，好讓我內功修習得以順利進行。我一直感念你的情誼，從無殺你之意，只是沒想到紫微會背著我幹出這等事來！唉，吾友，確實是我負了你，你要恨要怨，我都不會有第二句話。」

翟抱荊從年輕時就甚是激賞蕭朗，就算杜紫微曾率人逼殺，可他事後暗自思量，原就認為許是杜紫微欲藉機除去他這眼中釘，不與蕭朗相干。如今聽他這麼說道，更是疑心盡去，不再有半分猜疑。

「唉呀，說什麼怨啊恨的，哪那麼嚴重了？又不是什麼了不得的大事。反正我現在一樣活得好好的，過去的事便由它去吧，只是以後別再讓我看見那姓杜的臭小子，否則我非剝了他的皮不可！」說著，大夥兒都是一笑。

明明當年他是蒙受著那樣天大的委屈，被逼得幾無生路，卻仍讓此事那麼雲淡風輕的過去了！如不是翟抱荊，天下又有誰具有這等胸懷呢？

上官驪口中未言，心中卻滿是感激之意。能夠結交翟抱荊這樣的朋友，夫復何求？

＊

◆

＊

魄源河是南疆最長最寬廣的河流，日光照射下，水波粼粼，美得像幅畫。

上官夜天並不是第一次見過此景，卻始到今次才覺得南疆之美，當真別處未見，格外繫人。

他也不是一個人過來，他身畔有沈菱，身後則有雪琳默默守衛，以防豬惟心之事再度重演。

沈菱這些天來，除了睡覺洗澡，幾乎時時刻刻都陪在他身邊，現在當然也不例外。

是她向上官夜天提議來河邊釣魚的，因為像是釣魚、蒔花、登高、摘果這些她平素喜歡的活動，她都想讓上官夜天一同參與。

這大概就是真正愛上一個人後會想做的事：積極地想了解對方過去的一切，同時也希望對方能夠盡快地涉入自己的生活裡。

沈菱串餌垂鉤的手法甚是熟稔，教著上官夜天依樣做了，兩人於是閒坐在河畔垂釣。

「如果釣到大魚，今晚上我做魚湯跟烤魚給你吃。」她笑道。

「好啊，我最愛喝魚湯了。」

「我們魏蘭有一種西瓜綿燉魚湯，湯頭又鮮又酸，最是開胃順口，哥一個人就可以喝去半鍋呢！你一定要試試。」

「什麼是西瓜綿？」

「那是將還未成熟的小西瓜去皮切片，醃漬而成的小菜，一般多用來煮湯。你是北方人，只怕是聽都沒聽過。」

「的確沒聽過，從來不知道西瓜竟還可以拿來煮湯！」

沈菱笑道：「翟伯伯第一次聽說時，也跟你說一樣的話。」既提到翟抱荊，順勢道：「我五年前也是在河畔玩耍的時候，發現翟伯伯的。」

「是嗎？」

上官夜天好奇心起，豎耳待聽當時的情況。

不料沈菱原來沒打算說起此事，卻是道：「我第一次遇見你跟顏克齊，也是。」她目光悠悠，神思似乎回到了當時的伏天六月，神色既溫柔，又甜蜜，笑道：「那個時候，為什麼你們一直盯著我瞧？」

上官夜天想起前事，也不禁好笑，道：「因為我當時跟他打了個挺不正經的賭……」便將經過細細說了。

沈菱聽了，忍不住好笑，笑得連眼角都出淚了。

上官夜天臉上雖也掛著笑容，惟只要一想到顏克齊如此慘死，眉宇間仍難掩傷感。

沈菱抹去眼角淚水，道：「聽來，我還真該謝謝顏克齊呢，若非如此，你當時只怕便不會向我看上一眼了。」

上官夜天卻嘆了一聲，道：「如是這樣，會不會反而比較好？」

「什麼？」

「我昨晚想了很多事情，如果不是我從苗人手上救出了你，你便不會喜歡上我，那麼，你就會在你父親的安排下，嫁涂爾聰為妻……」

「不要說了，還提那件事幹什麼？」

上官夜天知道她不喜歡他說到涂爾聰，可他還是要說：「因為你還很年輕，以後還有很長的路要走，可惜我是不能陪著你一起走下去了。」

沈菱聽他竟說出這樣的話來，霎時鼻頭酸楚，豆大的淚珠也隨之滑了下來——他是在跟她道別嗎？原本強作的歡笑，霎時消散得無影無蹤。她再也無法偽裝，無力的伏在他胸前，雙肩抽動，眼淚把他胸前的衣服都浸得溼了。

雪琳倚著他們倆後方的一顆大樹旁，默默看著，也自悵嘆，心想：「烏蝶丹只剩三顆了，既然秋晴姑娘無計可施，不如帶少主回雲城找巫羽，或可還有一線生機。」三天之內要奔回雲城，就算馬不停蹄，連夜趕路，也不知來不來得及？可除此之外，她也想不出其他法子了。

雪琳計定後走出樹蔭，打算向上官夜天提議，忽然一陣快速的馬蹄聲自後方響起，三人向後望去，來人是沈冰。

沈冰勒馬停住，大聲道：「夜天，快回別登樓去，上官城主跟秋家大哥都來了！」

三人聞言，都甚為意外：上官驪居然親臨魏蘭！

三人用最快的速度回去。其時偏廳之內，上官驪、翟抱荊，以及秋家兄妹等四人，正在討論著天蛛散之事，忽見上官夜天跟雪琳快步而入——

「義父！」

「師父！」

三人相望了一會兒，上官驪還沒有說話，雪琳已跪下道：「徒兒擅離雲城，求師父恕罪。」

上官夜天也跪了下來，道：「義父，我……我沒有對不起你！我可以對天發誓，我真的沒有……求您相信我！」說著，聲音微顫，連眼眶都溼了，此固然是為了蒙受不白之冤而感到委屈，卻也更是因為他想不到自己在生命盡頭的最後幾天裡，還可以再見到上官驪。

他的義父，比親生父母還親的義父！

這一見，他才知道自己對他是何等依戀！

縱然要死，他也絕不願是在上官驪誤會深恨自己的情況下死去。

只聽上官驪溫言道：「沒事，已經沒事了，你們都起來吧。」他嚴峻起來固然凌厲如霜，可溫藹待人時，當真又是和煦更勝春風。

跪著的兩人沒想到上官驪一副釋懷前事之態，不禁互看一眼，都感意外。

上官驪向旁人道：「可否麻煩諸位都先出去一會兒，我有話要單獨跟夜天說。」

「是。」雪琳跟秋旭答應道，其他人也跟著退出，帶上廳門。

人一下子少了許多，斗室內忽然那樣地靜了下來，反倒讓人一時間不太習慣。

上官夜天凝視著上官驪，心中只覺對他是既親愛，又陌生；既敬仰，又畏懼，只恐他與自己斷絕父子關係，那麼他就真的不知該如何是好了。

上官驪擺了擺手，示意他到近前的椅子坐下，然後道：

「夜天，這些日子，你受委屈了。」

上官夜天不意聽見此語，心頭一熱，淚水在眼中打轉，喉頭也哽塞著，一句話也說不出來。

「蘇娃她……」上官驪嘆了一聲，道：「我知道那件事不是你做的，她是為了氣我，才故意那樣說的。」

上官夜天忙問：「義父，那個人到底是誰？」

「是朱銘。」

「是他?!」上官夜天訝道：「怎麼會，蘇娃根本沒把他放在眼裡！」

「她委身朱銘，為的是要朱銘替她殺死沈菱。」

「殺死阿菱！」這一下，上官夜天終於恍然大悟了，只是這箇中緣由，也未免太教人痛心，不由得惋嘆道：「傻瓜……她真是傻瓜，何苦如此？」

「女子一但心懷妒嫉，什麼事都做得出來。可你也別怪她，她行此事，全是給我逼的。若不是我一意強留，不放她自由，教她眼睜睜看著心愛的男人要跟其他女子共諧連理，她也不會行差踏錯，走上這一步。說到底，所有的錯誤，全是因我而起。」

兩人想到蘇娃死得如此悲哀，一時間都無話了。

一會兒，上官驪忽道：「我在你這個年紀的時候，深愛著一名女子。她原本是司空淵的近身侍女，在司空淵身邊伺候了整整十年。當年的司空淵，當真是名手采絕頂的人物，兼之身分高貴，劍術絕倫，當時武林中不知多少名媛淑女，都巴望能與之親近，成為司空家的媳婦。小釵原本也是愛慕著他的，他對小釵也很好很好，可是沒有人想得到，就連我自己也想像不到，她最後居然選擇了我！」

上官驪臉上露出一道奇異而溫暖的笑容，眼前彷彿浮現那天的情景：一切是那麼意外，又是那麼驚喜。可他的笑容隨即隱去，續道：

「然而她一生之不幸，只怕也是由此而起。總之，她後來被人陷害死在悲聲島，遭受極可怕的折磨而死，我當時……真的好想好想，就這麼跟她一起去了。我們分開得那麼意外，那麼突然，我還有好多好多話要跟她說，卻通通都來不及了。你知道，我當時可有多麼不甘，多麼怨恨！

「所以我得到雲城之後，我就動用雲城的力量到處找她——找她的轉世。」

「轉世？」

哪怕上官夜天已在雪琳那裡聽說過了，但如今親聽上官離說起這等幽冥無憑之事，還是有些吃驚。堂堂一代霸主，在心靈的最脆弱處，竟也不得不寄託於此了。

「我曾聽法師說，轉世的痕跡表徵於兩處：一是該人會記得前世之事，二是身體會存有前世的胎記。我一直謹記著，然後，我在蘇娃身上看到了跟小釵一模一樣的胎記，那左耳耳垂的後方，一抹殷紅的小印。

「所以一直以來，我深信不疑，蘇娃就是小釵，只要她能回憶起從前的事，我們就能夠像過去那樣在一起生活了！可笑的是，這原來都是我一廂情願，蘇娃不是小釵，她心裡從來就不曾有過我的位置……」

上官驪說到此處，神色一痛。他其實已分不清自己對蘇娃到底是什麼樣的情感，似移情又似憐惜，又有一種說不上來的深深眷戀。若然她並非小釵轉世，他是否還會這樣情繫於她呢？他也不知道了。

上官夜天想起蘇娃火燄般的情意，也不禁目光瑩然。想當時，她真是他的唯一，這五年來不知道有多少個夜晚，他是念想著她入夢的，然而又有誰能料得到，五年後的今日，兩人會是這般了局！

只聽上官驪緩緩道：「我其實早就知道你們的事，只是一直都不肯死心，心想只要我以誠意感動她，她遲早有一天，也會對我交付同樣的感情，哪裡想得到，原來這五年來她在我的身邊，一直是強言歡笑，度日如年。早知如此，我真該成全你們，也不致教她如今為了你白白殉命……」可惜這個道理，他已明白得太晚，無論如何悔恨，也已彌補不了半分。

上官夜天做夢也沒想到會有這樣的一天，他竟終於聽見上官驪願意成全他跟蘇娃了！可是，還是那一句話：為時已晚，太晚了，為什麼偏偏那麼晚呢？想到蘇娃為己殉情，他既傷感又歉疚，心想再過得三日，自己便可與她在黃泉重聚，以償其情。

卻聽上官驪道：「夜天，回來雲城吧，只要你願意，它就是你的。」

上官夜天很是意外：「義父，你不怪我了嗎？」

上官驪道：「你又沒做錯事情，我怪你什麼？」

上官夜天低頭道：「我與蘇娃雖然清清白白，可到底懷有私情，蘇娃更因我而死，總是對您過意不去……」

上官驪搖了搖頭，道：「我要是還記恨這些事，今日也不會過來這裡了。」

上官夜天嘆道：「孩兒深謝義父，可是孩兒身中天蛛散毒，只剩三日性命……」

上官驪打斷他道：「我會救你。」

「這毒已無藥可解。」

「巫羽說了，這毒雖無藥可解，卻可用內功逼出。我能助你。」

「……真的?!」上官夜天不意竟還有一線生機，眼神再度散發出神采。

「以我的內功，再加上巫羽的醫術，無論如何，絕對要保住你性命！」

上官夜天聽他言詞懇切真摯，不禁感動。

「多謝義父，可是……」

「可是什麼？」

「就算孩兒此番保住性命，恐怕亦不能隨您回雲城了。」

上官驪一愣：「為什麼？」

上官夜天忽地跪下，道：「我喜歡魏蘭，想跟阿菱在這裡一起生活下去，求義父成全！」

上官驪還當他是不願跟沈菱分開，奇道：「你如果喜歡沈家姑娘，義父沒有不許你接她回雲城啊！」

上官夜天再道：「不是的，義父。我不但想跟阿菱在一起，也想留在魏蘭。」

上官驪方聽明白他的意思，詫道：「你不回雲城了？」

上官夜天垂著頭，不敢看他：「求義父恕罪，因為我……我覺得後悔！」他咬著牙，說出了「後悔」二字，他很少聽到身邊的人說這個詞，自己恐怕也是第一次說。嚮往力量者，豈能示弱？可如今，這卻實在是他真正的心聲。

上官驪不解：「你後悔什麼？」

「殺人。我不想再殺人了。」

原本畏怯的人也會在坦白後變得勇敢，上官夜天抬起頭來正視上官驪，目光是如此澄然明亮。

「我如果回去雲城，就一定還會有人死在我手上。不管是敵人還是朋友，不管是有罪的還是無辜的，我覺得……這其實很可怕。我從前……也不覺得殺人這事有什麼大不了的，直到這回中了天蛛散，又失了烏蝶丹，眼看著日子一天天過去，死亡就要來到，我……我也不怕您取笑，我是真的怕，真的害怕！我從前殺人那麼容易，轉個頭便忘了，但等到我自己要被害死，卻是一萬個不願！」他心底冷笑一聲，諷刺自己道：而且雷翠殺我也不算枉殺呢！

「這些日子，阿菱為我流乾了眼淚，我那麼捨不得她，卻又毫無辦法……義父，你能了解那種心情嗎？過去多少人在我鞭下喪生，我又害得多少姑娘傷心流淚？我的武功那麼高強，連名馳西北的衛銀龍也不是我對手，可那又真的是好事嗎？我想……我想做一些改變了……也許那樣的生活，也早該變了。」

上官驪怔怔聽著，一方面意外他的心境轉變，一方面這些話彷彿一字一句都敲在心底，同時呼喚著他心底深處，一種連自己也陌生的情緒。

「所以，義父，對不起，我辜負你的期望了。」

過一會兒，上官驪聽見上官夜天再次賠罪，這才回過神道：「既然你心意已決，那我也就不勉強你了。你能看明白自己的心思，那也很好。」他勉強擠出一絲微笑，卻掩藏不了那眼神中的寂寞。

然後，他緩緩站起身來，走出偏廳。

巫羽等人都還在外頭。上官驪只向巫羽道：「方才逼毒的事還沒說完，我們到外頭說去。」

「是。」

他們倆才剛邁出步伐，翟抱荊忽道：「蕭朗，此事非同小可，你自己要想清楚。」

上官驪回頭道：「你放心，我有分寸。」便同巫羽去了。

雪琳聽出兩人間的對話頗有蹊蹺，問道：「這事會對師父有什麼影響嗎？」

翟抱荊拉著她走到角落，方低聲道：「巫羽那套『真元驅毒』的功法或能奏效，可如此一來，必會大量耗損你師父的內家真元。你師父體內其實潛藏蝕骨金蜂之毒，一直是靠著自身的陰陽真元，平衡臟腑裡的蜂毒，如果他把真元渡給夜天驅毒，那他自己可就兇多吉少了。」

雪琳怔道：「怎麼師父體內有蜂毒？巫藥師難道解不得嗎？」

「那蝕骨金蜂不同別的毒物，天性能增益陽陰兩氣，因此一直以來不被西域人視作害人之物，反是練功的奇藥。惟雌雄蜂毒同用，反而令體內陰陽真氣不能自協。你說，天底下又哪有藥石，能化解陰陽互逆的症狀呢？」

雪琳聽罷，二話不說，轉頭疾步而去。

翟抱荊叫道：「丫頭，你去哪裡？」語音甫落，她也已不見人影。

＊　＊

後院的木桌上，攤展著一張三尺見方人體經絡圖，上頭畫著六道人體圖，分別詳標著奇經八脈與正經十二脈上頭的諸多要穴。

巫羽的指頭正指著心包經上的穴位，道：「少主脈象不寧、胸悶、掌心發熱，顯然這毒積於三焦，滲於心包。城主若要替其驅毒，得從天池穴下手，順著曲澤、內關諸穴，將毒逼出中沖。」

上官驪問道：「如此便成了？」

巫羽點了點頭，道：「如此便成。只不過這天蛛散毒性劇烈而險詭，若要竟功，便得一次將毒全數逼出，中途絕不可斷絕真氣，否則一旦毒性回流，反入心脈，少主立死，再無可救。故您運功之時，萬不可分神，一旦分神，前功盡棄。」

「我知道了。何時可以開始？」

「等會兒屬下先去準備藥浴，活絡少主周身氣血，待少主泡得半個時辰後，即可施行。」

「好，你去吧！記得，我的事情，絕對不可讓夜天知道。」

「屬下明白。」

巫羽轉身即退，卻見雪琳肅然而來。她一來，即道：「師父，我可以救少主。」說完，她定定望著上官驪。

上官驪只看了她一眼，即問：「抱荊跟你說了？」

雪琳沉默不語。

上官驪嘆道：「真是……就知道是他多嘴。」

雪琳道：「徒兒願為少主犧牲真元，求師父成全！」

上官驪道：「他是我的義子，要救他，也合該是我出手，怎能讓你犧牲？你好好練你的刀法，其他就別管了。」說完看向巫羽，道：「咱們走吧！」

兩個人很快就消失在雪琳的視線範圍之內，任憑她再如何呼喊，亦不為所動——上官驪決定的事情，從不輕易動搖。

真元，那是將內家功夫練到極深湛的高手才有的東西。長年修練內氣鎖於丹田裡，時日一久，便能聚氣成丹，成為引動真氣的核心。可是，若是持續驅動不止，耗損過度，真元便會有難以修補的風險，日後驅動真氣的威力大減，無可逆挽。

雪琳立在當地，怔怔望著他遠去的背影，鼻子一酸，眼眶泛出了淚光。

第三十六回　荊都如夢

魏蘭給了我比雲城還珍貴的東西，此後，這裡才是我真正的家。

房間裡，上官夜天與上官驪盤腿相對坐於床上，巫羽搬了張凳子坐在床前，觀察他們的情況。上官夜天赤著上身，上官驪右手掌心則緊抵著他左胸，沉著運氣。兩人的頭頂都冒著絲絲白煙，熱氣蒸騰，額上全是汗珠。

上官夜天右手中指指端，一滴一滴的，緩緩滲出了黑血。

不必別人告訴他，上官夜天也已心裡有數，自己是不會死了！

他的身體從來也沒這麼舒泰過，雄渾的真氣彷彿溫酒，慢慢沁入天池穴裡，流散於四肢百骸，將多日來累積於他體內的天蛛毒漸次消融，點滴滲出。

同時，所有被毒質堵塞的經脈，也已逐漸疏通，他的丹田終於能再度運勁，真氣隨著呼吸緩緩提了上來，與上官驪的真氣裡應外合，逼出毒質。只見中沖穴的血滴愈來愈大顆，再過得兩盞茶時分，黑血漸淡，轉為暗紅。

巫羽喜道：「可以了，毒質已盡數被逼出來了！」

上官父子聽見，同時撤回真氣。

上官夜天容光燦然，眉宇間英氣勃發。他實在由衷感激上官驪，不想竟能從此擺脫天蛛散的惡夢，重獲新生。

可是當他睜開眼來，他的笑容就立刻僵住了，因為他萬萬想不到，為了救自己性命，上官驪居然得付出這樣的代價！

「義父，你——」話到一半，再也說不下去。他無論如何也說不出這句：「你竟變得這樣蒼老！」

可是，上官驪的鬢髮的確變得斑白，原本光潤的雙頰也顯得鬆弛，至於額頭與眼角的皺紋，更是顯然。

他至少老了二十歲有！

「怎麼會這樣？」上官夜天驚訝之餘，立轉頭問巫羽：「巫藥師，義父為什麼會這樣？」

「這是因為……」巫羽話沒說完，就聽上官驪沉聲道：「行了，剩下的事，我來跟他說。你也辛苦了，下去休息吧。」

巫羽一揖，當即退了出去。

門扉一闔，上官夜天再也止不住滿腔激動，淚眼道：「義父，孩兒對不起你！都是我害了你……」

上官驪微微一哂，道：「說什麼傻話呢，我早知道會這樣了，不關你的事。」

上官夜天一愣：「你早知道？」

上官驪道：「我修練多年的陰陽真元，七成都用來替你驅毒了，可我並不後悔。我這二十五年來，惟一值得驕傲的，就是收了雪琳跟你。」

「義父……」

上官夜天登時心情激昂，熱淚盈眶。

他對上官驪，一向是又敬又怕又愛，共處十多年來，他一直摸不透上官驪究竟是怎樣的一個人，只覺他威若天神，深不可測，仰之彌高，鑽之彌堅。兩人雖為父子之親，可只怕他對他的了解，也不會比四天王多上多少。

可是，每每只要上官驪稍釋關懷之意，上官夜天便會感動得不能自己，只盼日後能不負所託，報其大恩。

從小到大，他生日時上官驪送他的禮物、他受傷時上官驪送去的膏藥、他患病時上官驪送去的補品、他首次立功時上官驪送他的殺神鞭……

上官驪在他心中的份量，也隨著這些事情一點一滴的茁壯。

每一樣上官驪送的東西、每一句上官驪關心他的話語、每一件上官驪為他做的事……這麼些細瑣小事，也許連上官驪自己都早已忘了，他卻至今還深深牢記。

只是他怎樣也想不到，上官驪除了造就他的武力與地位，居然也願意為他犧牲七成功力，且還是在蘇娃為己殉情之後！

上官驪怎麼待他這樣的好法?!

上官夜天雙頰掛著淚痕，一句話都說不出來，只能垂頭歉道：「義父，我對不起你，都是我害了你……」

上官驪的神色異常安詳寧定，溫言道：「你沒有害我什麼，今天我之所以走上這一步，那都是我自己選擇的。正如你說的，我們都該做一些改變，也許早就該變了。」

上官夜天凝視著他眼眸，一時間還不太懂他的意思。

上官驪道：「我原本應該是蕭朗，而不是上官驪。我要的也很簡單，求訪天下劍譜、鑽研劍道學問，然後娶一紅顏知己，兩人一同遊歷天下，訪覽名川勝景，結交四方豪傑，過上一種真正逍遙自在的日子……可我不知道為什麼，我竟成了現在這個樣子，連我自己都不認得自己了……」

他闔上眼眸，皺眉長嘆，道：「這二十五年來，我就只是為了報復九大派而活著。我素不喜歡騙人、殺人，尤其是跟自己無冤無仇的人，可當年我為了掌握雲城的資源打擊天龍會，我欺騙了葛華城主與葛香——他們都對我很好，可是我騙了他們；我為了成為葛家的乘龍快婿，我陷害了那些反對我的雲城高手，同你翟伯伯挑撥他們跟葛華城主的關係，又將他們的親信全都逐出荊都，逼死了好幾條人命……

「這本不是我會幹的事情，可為了對付司空淵，我全都昧著良心做了。司空淵一日不死，我固然一日不願罷休，可如今司空淵已死，我卻又何嘗快樂了……」

說到此處，他自嘲道：「說來也不怕你笑話，其實司空淵死了之後，我竟也覺得有幾分寂寞。他原本是九大派眼中獨一無二的劍術天才，我一出道，就與他不相伯仲，他從此便將我視為對手。而後又為了小釵之事，恨我入骨。我跟他鬥了大半輩子，如今他死了，我贏了——唉，我倒也不是為他傷感，只是他一死，雲城對我來說，到底又算什麼呢？」

是啊，連蘇娃都不在那裡了，回去又有什麼意思呢？

無論上官驪提到什麼事情，心思總是會再繞回蘇娃身上，而只要想到蘇娃，他總是抑不下那滿腔悔恨。

若說顏小釵留給他的遺憾乃是外力所致，那麼蘇娃所帶給他的傷痛，就是他自己鑄成的，所以這也比小釵之死，更摧折他的心靈。

「蘇娃……如果她還在……如果她能不死，我就是將整座雲城都讓給你們，也不會有半句怨悔……」他忽然轉過頭去，神情是那樣哀傷。

上官夜天見他如此情狀，不由得心頭一震。那話語裡所流露的情意，已遠超過了他的想像。直到今日，他才終於發現，上官驪原來對感情是如此深沉執著！

他自問對蘇娃的感情固然纏綿繾綣，也無法與之相提並論，忍不住想道：「蘇娃，若你知道義父遠比我還更愛惜你，你是否也會被他感動？」

可惜蘇娃永遠也不會知道了，她生前一直以為自己只是另一個女人的替身，因為就連上官驪原也是這麼想的。偏就在她永遠離開之後，上官驪這才明白就算她跟顏小釵毫無干係，也依然是他摯愛。

如果他能早些覺悟到自身的感情，她的結局會不會便有所不同呢？

＊ ◆ ＊

房門終於開了。

所有人都在外頭等著，明明只有兩個時辰，卻如此磨人漫長。

開門的是上官夜天。

沈菱立刻迎了上去，問道：「夜天，你沒事了嗎？」她雙眼眨都不眨，神情小心翼翼。

上官夜天握住她手，笑得跟陽光一樣燦爛，道：「是，阿菱，我沒事了，跟從前一樣好了。」

沈菱喜難自禁，忍不住朝他懷裡撲去。

兩人緊緊相擁，身子彼此依偎，臉上眉眼唇鼻無不歡喜，就算知道旁邊還有其他人，也顧不得了。

眾人心中一爽，都鬆了口氣，也自替他們慶幸。

雪琳、翟抱荊、巫羽三人立刻進房看上官驪去，不意外地，上官驪已不再年輕，所幸也沒有他們想像的虛弱，尚餘三成的功力協調蜂毒，不致有性命之憂。

當晚，別登樓擺席大宴，魏蘭城民全體歡騰同樂。

上官夜天親口向沈幽燕許諾，他功力雖復，亦不回雲城繼任城主之位，願長居魏蘭，只求沈幽燕能將沈菱許配給他。

沈幽燕點頭答應了，上官夜天雖不是他心中的女婿首選，也已沒什麼好挑剔了。

秋晴則拉著哥哥不住說話，六年的分別委實太長，兩人對彼此都有道不完的關心。

涂爾聰的處境則不免尷尬，好在有沈幽燕貼心的寬慰相陪。

上官驪、翟抱荊、雪琳同坐一處，說的多半是雲城諸事。

每個人各自喜悅，其樂融融，一場酒宴，熱鬧非凡，竟至四更方歇。惟，天下沒有不散的筵席。

次日，上官驪與雪琳告辭眾人，返回雲城。雲城事務眾多，還不能就這麼擱著。翟抱荊念上官驪身體虛弱，朱銘又不在了，只怕極多事務需他相幫，因此不待上官驪開口相請，就已先跟沈幽燕說出自己的打算。

沈幽燕同翟抱荊也是至交好友，兩人相識五年，其中恩澤難言。翟抱荊乍然求去，沈幽燕雖然不捨，卻也不便強留，兩人在城外珍重惜別，均盼日後還能有相見之時。

另一方離開魏蘭的，自是涂爾聰了，與他同路的是秋旭，他離鄉多年，極是思念定音城，恨不得早些回家，只可惜老家沒有家人，未免孤寂。

車上，秋旭忍不住嘆道：「我真想不到，晴兒居然沒跟你在一起，你們當年是那麼要好！」

涂爾聰釋然一笑，道：「她現在這樣不也很好嗎？嫁給沈冰，未必便遜於嫁我，你瞧她，不是比六年前還更嬌潤嗎？」

秋旭點頭道：「不錯，看得出來她過得很幸福，沈家的人也都待他很好，只是……唉，她沒選擇你，我總是覺得有些可惜。」

涂爾聰岔開話道：「你在雲城這些年，上官驪待你可好？」

說到上官驪，秋旭陡地陷入沉思，嘆道：「我到現在還是不太敢相信，他居然就是咱們從小崇拜的少年英雄——蕭朗！你可知道，我當時知道這事時，可有多麼震驚！」

涂爾聰微微點頭，表示理解，只因他也是同樣的心情。

「我竟然在毫不知情的情況下，與蕭朗共處了五年！這……我真不知道該怎麼訴說我的感覺才好！」

涂爾聰道：「想來上官驪跟你想像中的蕭朗很不一樣。傳說大多如此，比真相更美好，真相有時只會教人心碎、失望。」

秋旭笑道：「瞧你，怎麼忽然這樣多愁善感起來了？是，上官驪是不像蕭朗，卻也不似九大派說得那樣殘忍邪惡。其實，若非我與費鎮東有不共戴天之仇，只怕差點兒就歸順雲城了。」

「怎麼說？」

「雲城武功精強，對付九大派從不留手，這都不錯，可是對九大派以外的人事，倒是常濟弱扶窮，施惠鄉里。相比之下，司空掌門可就沒這般慈心了。」

涂爾聰雖也同意他說的話，卻沒搭腔，畢竟死者為大，他也不好在司空淵死後，再議論他生前是非，只道：「真想不到，雲城跟九大派纏鬥十年，到頭來是這般了局！」九大派輸了，可雲城城主不久後也將退隱江湖，而就連那最剽悍囂張的殺神上官夜天，居然也放下了寶蓮寺的恩怨，不再過問紅塵是非……

這些事都來得太快，發展也太出乎涂爾聰的意料了！

馬車奔馳愈速，一陣狂風吹來，拂亂得車簾翻飛。涂爾聰探頭回望，魏蘭城已愈來愈小，心中頓時浮現沈菱的容顏，不覺眷戀，低喃道：

「想必，他們之後會過得很快樂吧？」

「誰？晴兒跟沈冰嗎？還是……」

「晴兒跟沈冰是一定會很快樂的，瞧他們那樣子就知道。我只希望沈姑娘此後，也能跟晴兒一樣幸福。」涂爾聰深吸了口氣，強笑道：「只要她們都過得好，我就沒有遺憾了。」

秋旭見他風度灑脫，不禁暗自欽佩，笑道：「你果然還是從前的涂爾聰！她們雖沒選擇你，但以後一定會有更適合你的姑娘的。」

涂爾聰回首道：「可我現在不想要姑娘，只想要老朋友陪我喝個痛快。」

秋旭道：「那有什麼問題？今晚咱們就上太白樓去，喝他個不醉不歸！」說罷，車裡揚起了歡暢的笑聲。

風兒將笑聲留住，拂向魏蘭。別登樓外，草色青青，上官夜天與沈菱攜手漫步其間，又是另一番心情。

「夜天，你是真心實意想留在魏蘭的嗎？你當真一點兒也不覺得勉強？如你還想著雲城，你可要直說，我是隨時都願意同你回去的。」

上官夜天好笑道：「阿菱，你怎就不信我是真的喜歡魏蘭呢？」

「因為你以前老是說著荊都何等繁華富裕，天底下再沒第二個地方比得上，雲城又是你自小生長的地方，所以我……」

「傻瓜。」上官夜天一把摟住了她肩膀，道：「我此番由死而生，武功失而復得，可我的心境，已不是從前的上官夜天了。魏蘭給了我比雲城還珍貴的東西，此後，這裡才是我真正的家。是啊，再多的權勢榮華，又怎比得上患難交心的情義？」

沈菱大喜過望，滿臉燦笑，立時忘情地將他抱個滿懷。

——全書完——

後記　關於《荊都夢》的一些瑣事

《荊都夢》是一部且戰且走的創作。

主要是因為很想出書，於是我參加了第九屆的溫世仁武俠小說比賽。但這個比賽有個頗為難的地方，就是它長篇項目的字數必須介於十五萬到三十萬之間，令我躊躇。

我喜歡的武俠作品幾乎沒有低於四十萬字的，連宗師金庸合乎這個字數要求的作品，也只有《連城訣》及《雪山飛狐》，相較於宗師的其他著作，此二部的討論性及知名度確實都比較低。似乎武俠小說當真長一點比較好看，約莫五十萬字以上，是較妥當的長度。

然字數規定雖無奈，怎樣還是得遵守。當時我估算著只有一年的時間可寫，於是直接拿一個高中時構思過，才寫了開頭幾章的故事發揮，但若要完成當初設想的情節內容，沒有四、五十萬字不成。因此，除了若干人物的設定保留沿用，九成以上的內容都是重新編織，與原本想寫的故事面目已絕然不同了。原本的故事灰暗得多，沒有苗疆的設定，魏蘭後來就是被雲城吞併，女主角的秉性及遭遇，其實是沈菱跟雷翠的結合體，可若照舊去寫，故事必然會綿長難以收尾，只好把女主角一分為二，就成了現在這樣。

一開始動筆的時候，我根本不知道它最後會被寫成什麼樣子，而我幾乎就是我第一個讀者，寫作與閱讀緊接進行，這感覺真的很特別。尤其是杜紫微跟雷翠，帶給我寫作時最多的樂趣，幾乎所有角色的對話在落筆前，都要稍微想一下，唯獨這兩人一出場，要說的話就順理成章的在腦海中綿綿不絕地跑了出來，打字時毫不費力。比較棘手的就是要在字數的限制內，達到我對幾個特定人物的刻劃，並考慮情節的啟承轉合，其中數度絞盡腦汁，至今想來令人莞爾。

後來第九屆雖只有入圍，所幸第十屆很幸運的得獎了，然而溫武最後一屆竟不再幫得獎作品出書，我當時內心之失落可想而知。

當然我還是很感謝溫武，因為這個獎，我才能認識一些平時生活圈根本接觸不到的人物，都是很優秀也很喜歡武俠的文字高手，當中也包括了替我寫推薦序的果子離老師及乃賴。工作人員對武俠也有著出版界中少見的熱情，令人動容。

在這個出版慘澹，眾家出版社早已放棄武俠的今日，溫武獎對武俠界長達十年的挹注，不可謂不深。然同時，我更要感謝的對象，則是秀威。除了謝謝他們選中我的作品付梓，整個合作過程我都能感受到他們對作者的尊重，以及對作品的重視。

在這裡我要特別感謝責編辛秉學，過程中我龜龜毛毛，反覆修整的情況不少，每一次他都不厭其煩地配合我的要求，真是辛苦他了。還有幫我寫序的果子離老師，除了在溫武複賽時支持我的作品，從他的序文裡我也很清楚感受到他對我創作的鼓勵，令我感動又感恩；乃賴則是早從網路上就知道的名人，想不到有一天竟能請他幫我寫序，對我來說真是一大驚喜。

還有創作過程中包容我的父母家人、大力襄助的光傑表哥、給予支持的一眾長輩、幫我校稿的季涵與孟羚、看完後認真分享心得的小P、提供我創作想法的群剴、幫我分享資訊的戲雪、玩具刀、沉默、奇魯、梁哈金……

還有關心我小說上市日期的宛玥、若凡、韋妍、芷寧、宥陞、康佑、昱頎、鄭燁、品瑜、文嘉、淮松、廷宇、詩婷、家凱、子儀、士翔、承緯、千惠、庭瑄……，還有恭賀我得獎並鼓勵我創作的惠均、莛婷、品妤、柏宏、友誠、姵璇、杰妮、杰娜、杰漢、虹羽、琮皓、沛欣、佳陽、育淵、子元、芷亦、昌昇、昌昀、涵方、維屏、雅柔、明真、豔秋、靜涵、淑媛、雅薇、雅婷、令娟、蓁兒、筱玲、黃鼠、蓁兒、欣怡、榆庭、娜珍……，還有兩回參賽支持拙作的評審：鐘文音、D51、蔡國榮、果子離、朱宥勳、甘耀明、陳曉林、陳大為等諸位老師（依評審時間順序排列），以及看完這個故事的讀者們。

要感謝的人真的太多，一時間也還謝不完。只能說如果沒有這些家人朋友的支持，我的寫作之路必將會走得更加孤獨而辛苦。

最後，我在寫《荊都夢》之前，原也有一些武俠小說的創作，但大多是殘篇，主要的問題是腦中雖然有故事概念與人物設想，筆力卻很難將其發揮出來，實際成果的呈現，遠比不上預想的精彩。後來才明白，這是因為我的敘述手法生嫩模糊，無法隨心所欲地運用文字把故事說好。

當時是大一的暑假，自己利用閒暇試寫了一部很不成熟的武俠小說，由於浸淫古龍與金庸的作品太深，寫作時很難不受到他們的影響，其影響主要是表現在人物塑造及敘事聲腔。我在創作方面，原本頗認同晚明公安派所提倡的：「獨抒性靈，不拘格套，反對模擬，貴獨創」，但自己一寫作就破功，實在那東西當年我自己看了，就知道那文字表達的方式，幾乎是被金庸與古龍牽著走，透著一種邯鄲學步的拙劣，讀得心驚肉跳。

因為我並非刻意學步，我其實是想儘量擺脫他們的影響，但下筆竟仍不由自主地流洩出前輩的文風感覺，十分無奈，只能再練。這些年來或持續或間斷的寫作修改，累積的字數多到連自己都數不清，直到這回完成了《荊都夢》，總算才確定了自己的敘事手法，較能精準的去表現情節及人物。
希望有一天，能把高中時那個色調比較灰暗的荊都夢，換個名字後再重新完成它。

釀冒險09　PG1455

荊都夢(下卷)
──雲城梟奪

作　　者　綠　水
責任編輯　辛秉學
圖文排版　楊家齊、周政緯
封面設計　楊廣榕

出版策劃　釀出版
製作發行　秀威資訊科技股份有限公司
114 台北市內湖區瑞光路76巷65號1樓
電話：+886-2-2796-3638　傳真：+886-2-2796-1377
服務信箱：service@showwe.com.tw
http://www.showwe.com.tw
郵政劃撥　19563868　戶名：秀威資訊科技股份有限公司
展售門市　國家書店【松江門市】
104 台北市中山區松江路209號1樓
電話：+886-2-2518-0207　傳真：+886-2-2518-0778
網路訂購　秀威網路書店：http://www.bodbooks.com.tw
國家網路書店：http://www.govbooks.com.tw
法律顧問　毛國樑　律師
總 經 銷　聯合發行股份有限公司
231新北市新店區寶橋路235巷6弄6號4F
電話：+886-2-2917-8022　傳真：+886-2-2915-6275

出版日期　2016年01月　BOD一版
定　　價　280元

國家圖書館出版品預行編目

荊都夢. 下卷, 雲城梟奪 / 綠水著. -- 一版. --
臺北市 : 釀出版, 2016.01
面； 公分
BOD版
ISBN 978-986-445-053-4(平裝)

857.7 104017398

讀者回函卡

感謝您購買本書，為提升服務品質，請填妥以下資料，將讀者回函卡直接寄回或傳真本公司，收到您的寶貴意見後，我們會收藏記錄及檢討，謝謝！
如您需要了解本公司最新出版書目、購書優惠或企劃活動，歡迎您上網查詢或下載相關資料：http:// www.showwe.com.tw

您購買的書名：______________________________

出生日期：________年________月________日

學歷：□高中（含）以下　□大專　□研究所（含）以上

職業：□製造業　□金融業　□資訊業　□軍警　□傳播業　□自由業
　　　□服務業　□公務員　□教職　□學生　□家管　□其它_____

購書地點：□網路書店　□實體書店　□書展　□郵購　□贈閱　□其他

您從何得知本書的消息？

□網路書店　□實體書店　□網路搜尋　□電子報　□書訊　□雜誌
□傳播媒體　□親友推薦　□網站推薦　□部落格　□其他__________

您對本書的評價：（請填代號　1.非常滿意　2.滿意　3.尚可　4.再改進）

封面設計____　版面編排____　內容____　文／譯筆____　價格____

讀完書後您覺得：

□很有收穫　□有收穫　□收穫不多　□沒收穫

對我們的建議：______________________________

____

____

____

請貼
郵票

11466
台北市內湖區瑞光路 76 巷 65 號 1 樓

秀威資訊科技股份有限公司 收

BOD 數位出版事業部

....

（請沿線對折寄回，謝謝！）

姓　　名：＿＿＿＿＿＿＿＿　年齡：＿＿＿＿　性別：□女　□男

郵遞區號：□□□□□

地　　址：＿＿＿＿＿＿＿＿＿＿＿＿＿＿＿＿＿＿＿＿

聯絡電話：(日)＿＿＿＿＿＿＿＿＿＿　(夜)＿＿＿＿＿＿＿＿＿＿

E-mail：＿＿＿＿＿＿＿＿＿＿＿＿＿＿＿＿＿＿＿＿